天堂網之謎

馮敏飛 著

永無止境的逃避與追尋
希望與絕望只有一線之隔

從前，月亮長了一棵玉桂樹
而今，天堂多了一片紅豆林
如果妳是光輝的太陽，我就是癡情的向日葵
幸福來得悄無聲息，卻又稍縱即逝
命運總是無情的作弄人

目 錄

第一章　愛神 …………………………………… 005

第二章　邂逅 …………………………………… 017

第三章　追尋 …………………………………… 037

第四章　絕招 …………………………………… 053

第五章　忠告 …………………………………… 071

第六章　醋罐 …………………………………… 095

第七章　處女 …………………………………… 113

第八章　婚變 …………………………………… 131

第九章　廣告 …………………………………… 149

第十章　酒瘋 …………………………………… 167

第十一章　逃亡 ………………………………… 187

第十二章　豔遇 ………………………………… 203

第十三章　驚喜 ………………………………… 225

目錄

第十四章　真相 …………………………………… 243

第十五章　審判 …………………………………… 261

第十六章　天堂 …………………………………… 275

第一章
愛神

第一章　愛神

「快跑！」

突然有個女人大喊，將朱紫橙從被窩裡拎起就跑，破窗而出，騰空而飛，疾速飛過浩大的城市，遠遠地飛去……朱紫橙本能地掙扎：「等等，我先穿衣服……」

「命要緊還是衣服要緊？」

「妳是誰？」朱紫橙一手被她緊緊抓著，另一隻手揉了揉兩眼，才發現她不是尋常女人，赤裸的身子長了雙翅膀，像西方神話中的愛神，但她的臉龐卻很像林香梅，長頸鹿一般的脖子繞著一條長長的紅豆項鍊。他們飛越沙漠，飛越大海……朱紫橙追問：「妳究竟是誰？」

「你老婆啊！」她說。「還會是誰？」

朱紫橙集中精神，果然嗅到她那別緻的幽香，果真是林香梅！於是，他馬上想到另一個問題：「妳不恨我嗎？」

「恨你？恨你還救你？」

「救我……我怎麼啦？」

「小行星要撞地球了！地球要毀滅了……」

「地球毀滅……妳怎麼知道地球要毀滅？」

「天堂的人，當然比你早知道天上的事！」

這時，他們正飛過一座很高很高的雪山，一顆巨大的天體迎面撞來，昏天暗地，地動山搖，雪山隨之崩塌，而林香梅的手被一塊飛濺的石塊砸疼，不由得五指鬆開，朱紫橙隨之往下掉，往深深的山谷墜去……「香梅？！」朱紫橙死命叫喊。隨著這一聲悽慘的叫喊，朱紫橙驚醒……

即使不做惡夢，每天這時，朱紫橙也會醒來。

有時做香豔的夢，也夢見林香梅，恩恩愛愛，翻雲覆雨，隨著高潮驚醒而來。有時什麼夢也沒有，只是像準點的鬧鐘，鈴聲驟然響起，而這鈴聲又像打破瓷器，朱紫橙再也不能入睡。雖然沒睜開眼，還在抗拒，但思緒像煮開的熱水……這令他煩惱不已。據說，清晨早早醒來，醒來再不能入睡，是衰老的表現，——可是他才二十多歲，人生才剛開始呢！

　　這都是從那個清晨開始的，經常發生。清晰地記得，那個清晨……噢，忘了它吧！

　　朱紫橙抗拒那思緒。他側過身，摟過阿貓的裸體。阿貓仍在熟睡，但是在睡夢中回應朱紫橙，頭枕在他的手臂上，自己一手攬到他背上，雙腿則直伸，讓下身夾在他兩腿之間。除非做愛，這是兩個人最親密的限度。然而，朱紫橙的思緒雖然逃離那個清晨，卻沒能逃脫林香梅的幽靈，覺得此時此刻緊擁的就是林香梅！

　　朱紫橙近來才明白：愛是具體的，也許真有一種叫邱比特之類名字的神靈，惹不起。但不明白，愛神還將如何懲處他。失眠是愛神最常用的刑罰，如同孩提時犯錯，父母揪耳朵、打屁股。就此而已嗎？他犯下的罪，難道就此贖得了？他不信，不信愛神如此慈仁。好在他認罪，並願意伏法……忽然，朱紫橙覺得口乾舌燥。昨晚吃酸菜炒筍，價錢便宜，又鹹又辣，他從小愛吃。阿貓埋怨那沒營養，卻又經常煮給他吃，她自己也學著吃。有了可口的菜，酒也多喝了點。多喝了酒，愛意倍增，早早控制不住，兩番雲雨，然後就睡了。難怪醒得這麼早！他終於找到了今天失眠的原因。然而他仍想：此時此刻懷裡的要是林香梅那該多好……這麼一想，阿貓變得索然無味。朱紫橙睜開眼，抽身出來，伸手摸床頭櫃上的茶杯。一不小心，茶杯翻了，茶水濺到阿貓身上，茶杯掉到地板，驚醒她：「怎麼了？怎麼了？」

第一章　愛神

「沒、沒什麼！我喝水，不小心弄倒了。」

「討厭。」

朱紫橙索性開燈起床，收拾殘局。阿貓起來上完洗手間，幫朱紫橙一起打掃。然後，喝杯水，關燈上床，兩人相擁繼續睡。

朱紫橙毫無睡意，悄悄從阿貓脖子下抽出手來，側向另一面。側累了改為正躺，躺累了又側向阿貓，並將手悄悄伸回她脖子下。沒想到，她生氣了：「你睡不著不要打擾我，明天還要考試呢！你看書或看電視吧！」

算了。朱紫橙迫不急待伸手到床頭櫃上摸遙控器，一摸就準。他坐起來，開啟正對面的電視機。電視節目很多，還有很多臺深夜頻道，可是卻沒有一臺能吸引他的。內容五花八門，聲音時大時小，有時把自己嚇一跳。他怕阿貓又生氣，關了電視，開啟檯燈看書。

這幾天，朱紫橙和阿貓正在看村上春樹小說《挪威的森林》。這小說令他有許多聯想，看完一遍緊接看第二遍。然而今天，不知怎麼看不下去，老是分心。看著看著，他突然發覺自己在聽頂燈的聲音。這燈品質不好，一到深更半夜，萬籟俱靜，便嗡嗡作響，很煩人。他強制自己低頭看書，不久又發覺自己在聽阿貓的酣睡聲，而這又令他聯想到林香梅……朱紫橙生氣地把書扔下，躺在床頭生氣。說不清生誰的氣，只恨自己的腦袋，怎麼也安寧不了……朱紫橙看一眼床頭櫃上的鐘，發現才凌晨兩點多，該再睡一下。於是，他服了三片安眠藥。正要關燈，又注意到電腦。阿貓像貓一樣懶。這間房子明明很豪華，她卻要把電視、電腦都堆在臥室。電腦放在床的左邊窗前，像電視一樣電源插座都不拔，用起來很方便。一看到電腦，他馬上聯想到「愛在旅途」的拉拉，隨即起身。

拉拉是朱紫橙在網路上結識的，一見如故。

前天晚上，朱紫橙以網路化名「流浪漢」進入「愛在旅途」群組。打出第一行字，公告「哪位朋友有興趣聊聊」。姜太公釣魚，願者上鉤，不論天南地北，不論男女老少。不到幾秒鐘，螢幕上出現「深宮婦」的回覆：「：)你好！」

　　於是，朱紫橙與深宮婦單獨聊：

流浪漢：你好！
深宮婦：你是男生？
流浪漢：我都「流浪」了，還學生嗎？為什麼你一想就是學生？你是女生嗎？
深宮婦：：)是的：)。
流浪漢：高中還是大學？
深宮婦：你猜。
流浪漢：自稱「婦」，至少大學吧。
深宮婦：隨便。
流浪漢：什麼主修？
深宮婦：你猜。
流浪漢：女人就是愛玩小聰明。大學科系不說上千，至少上百，我對妳又沒半點了解，叫我怎麼猜？猜謎至少得提示「猜一個什麼」吧！
深宮婦：你是個懶鬼，一點也不討人喜歡。
流浪漢：妳不喜歡有人喜歡。
深宮婦：好吧，告訴你，旅遊。
流浪漢：這專業時髦。不過，我不明白：一個好端端的大學生，幹嘛要自稱「婦」？
深宮婦：為什麼不行？
流浪漢：當然，網路上沒什麼不行。妳不怕人家起色心嗎？

第一章　愛神

深宮婦：誰怕誰啊？我軍校的呢！
流浪漢：妳不是說學電腦嗎？
深宮婦：這有什麼奇怪，還有學導彈的呢！
流浪漢：真的？
深宮婦：:）不信你來看看。
流浪漢：別嚇我。我可是有賊心沒賊膽。
深宮婦：那你還敢勾引女生？
流浪漢：我沒勾引妳啊！妳那母老虎樣的，我也沒興趣！
深宮婦：哼。我身高一米六，體重才四十四公斤。
流浪漢：這麼說，妳是苗條的，溫柔的……可是為什麼當兵呢？
深宮婦：:）部隊能鍛鍊人。
流浪漢：妳怎麼老是:）？
深宮婦：:）
流浪漢：妳特別愛:）？
深宮婦：不行嗎？
流浪漢：不行是罪過呢！少女面前，應該天天是燦爛的陽光，芬芳的鮮花，醇香的美酒，悠揚的旋律，還有乘著紅帆船的白馬王子。只有偽君子才會想要女人戴面紗，只有罪惡的人才會禁止婦女出門，才會製造深宮婦……
深宮婦：:）謝謝！
流浪漢：:）但願有一天能夠親眼目睹妳的面貌。
深宮婦：那是不可能的！
流浪漢：欣賞一下也不行？
深宮婦：不行。
流浪漢：為什麼？
深宮婦：因為我在深宮。
流浪漢：打倒帝王，火燒深宮！

深宮婦：我所在的「深宮」，沒人燒得了，因為這帝王也是我。

流浪漢：這話怎麼說？

深宮婦：不說這話題了，談點別的好嗎？

流浪漢：為什麼？

深宮婦：別對女人問那麼多為什麼。你說說，你是做什麼的？

流浪漢：:) 我說過：流浪漢。

深宮婦：我說真的呢！

流浪漢：當然真的！

流浪漢：……怎麼啦？

流浪漢：妳怎麼不說話？

深宮婦：你不願說就算了。

流浪漢：我說的千真萬確，絕不騙妳。雖然在網路上，沒人知道你是一條狗，完全可以騙，可是我不想！我完全可以自封大富翁、大帥哥、大官員，可是跟我自稱流浪漢、窮光蛋、小平民有什麼區別？

深宮婦：:) 我也這樣想。網路上假的太多！

流浪漢：當然，由於種種原因，我不能把什麼都如實告訴妳，但我既然說出來的，就不騙人。

深宮婦：:) 好樣的，我也這樣想。我不想知道你的真名實姓，甚至不想知道你在哪，唯求你能夠是真誠的。

流浪漢：:) 是啊！大千世界，芸芸眾生，居然會苦於找不到一個傾訴心思的人，只能戴著面具到網路上來，彷彿跑到荒山野嶺，蓋上臉面，才能赤裸裸地晒一晒，晒去那幽閉了千古的陰鬱。

就這樣，朱紫橙跟深宮婦越談越投機。

夜很深了，阿貓催他上床休息，他說終於找到一個知音，還想聊一會兒。他也幾曾勸深宮婦休息，還道了再見，可誰也下不了線。朱紫橙說

第一章　愛神

女士先行。深宮婦說：「你明知道我不想走的。」朱紫橙好感動。深宮婦說肚子餓了，去煮包泡麵，幾分鐘就回來。朱紫橙要上洗手間，也先「請假」，跑步來回。除此，他們不停地用鍵盤交談。

最後，深宮婦說：其實她已結婚，並不是軍校女生，並辯解「生為女人沒有不說點謊的」。她還說現在的丈夫很愛她，不過她還是有自己的苦衷。她架設了一個網站，叫「愛在旅途」，歡迎訪問。朱紫橙則坦言告訴她，他也結過婚，現在跟別人同居。他說妻子名叫林香梅，仍然非常愛她⋯⋯

　　深宮婦：你妻子叫林香梅？？？？？？？？？？
　　流浪漢：怎麼，你認識她？？？？？？？？？？？？？？？
　　深宮婦：我有個朋友也叫林香梅。
　　流浪漢：她還活著嗎？
　　深宮婦：你怎能這樣問？
　　流浪漢：我的妻子林香梅已經死了。
　　深宮婦：不好意思。天底下同名同姓的太多了！
　　流浪漢：我把她在天堂網上祭弔她，每天都會給她上香、點燭、獻花、祭酒。歡迎上網欣賞、憑弔我的愛妻，請順便也給她獻一束鮮花。
　　深宮婦：一定！

這樣，朱紫橙和深宮婦終於下線關機。

「愛在旅途」是個旅遊網站，兼有情愛欄目，甚至設有「性愛指南」頁面。首頁頂端一幅山水畫和一段文字。那段文字摘自前蘇聯著名作家帕斯捷爾納克 (Boris Pasternak) 小說《齊瓦哥醫生》(Doctor Zhivago)，家庭女教師拉拉到一個名叫杜普卡的地方去度假——拉拉沿著鐵路路基在一條由朝聖的香客踩出來的路上走著，然後彎進一條通達到樹林子裡的小徑。她不時停下腳步，瞇起眼睛，呼吸著曠野中瀰漫著花香的空氣。這裡的空

氣比父母更可親，比情人更可愛，比書本有更多的智慧。霎時間，生存意識又展現在拉拉面前。這時她領悟到，她活在世上為的是能解開大地非凡的美妙之謎，並叫出所有事物的名稱來。如果她力不勝任，那就憑著對生活的熱愛養育後代，讓他們替她完成這項事業。

站長的網路化名就叫拉拉，也就是深宮婦。通常網站設有「關於我們」「站長簡介」之類的頁面。有的簡介並不簡單，簡直是徵婚啟事，包括姓名、性別、電子郵件、電話等等，附有精美照片。拉拉的簡介只有兩行，一行是「吃雞蛋何必還要見識生蛋的雞？」再一行是電子信箱，半張美人圖也沒有。

朱紫橙順手寄了電子郵件：「妳這網站挺好的，但沒必要弄什麼『性愛指南』，太俗了！」

拉拉回覆：「我不那樣認為。性是緊隨愛的，甚至密不可分。忽略了性的愛，那是危險的。另外，我到天堂網看你『愛妻』了，深為感動。但我覺得這樣不好，建議你盡快『掘』了。」

看了這封電子郵件，朱紫橙很生氣。想不到，拉拉這個女人，雖然愛微笑，外表肯定美麗，內心卻夠絕情……

林香梅之死，攪動了多少人的情愫！短短時間，有近兩萬人次訪問，並有千餘條留言。這些人天南地北，素昧平生，卻無不表現出人性至真至純的光芒。最多表示懷念與祝福，如：

——林香梅如此之美麗（如果照片確實是她的話），只能說她是仙女。仙女是不應該留在人間的，但願她的美麗永駐人間！

——悲憤使我難言。我只能說：慶幸天堂裡又多了一位天使！我們會記住妳的，香梅，一定會！

第一章　愛神

——看著妳，我想到了我那去世不久的好朋友。她和妳同樣那麼年輕，那麼美麗，但老天爺還是那麼不公平地奪走了妳們年輕又精彩的生命。相信妳們在天堂上過得快樂幸福，不過還是希望妳能早一天變成天使回到人間！

——嗨，香梅妹妹，妳看見了嗎？春天已經來了！只是我不知道天堂裡的春天美不美？如果妳能看到我的留言，就請妳告訴我，好嗎？我相信妳在春的季節裡一定過得很開心！願妳的笑容永遠像這春天的花兒開放一樣燦爛！！！

——當天空下雨時，我知道妳回來了；當風起的時候，我明白妳要回天堂了。但妳要明白，星星亮的時候是大家在思念妳。

還有人從中得到了自我寬慰，如：

——除了長長的嘆息之外，咱能說什麼呢？只願活著的人能從中體會點什麼，學會點什麼。逝者如斯，珍重！

——天堂沒有紅豆樹，但那裡也不會有人欺負妳，希望妳過得好。我不太會說話，但是我的話都是真心的。其實我的心情也不是很好，心裡想的事情還沒實現。說實話我是這裡的老客人了，希望妳能保佑我！

也有人表示憤怒與譴責，如：

——妳走得那麼無聲。我們今天才知道，才明白老天是如此的殘酷。為什麼要把可愛的妳帶走呢？我好恨！

——這麼可愛的女孩！這麼美好的花季！不該呀！真的不該就這麼走了！在我長時間無言的嘆息和痛心的時候，不禁要問：那凶手不怕惡有惡報嗎？

——人間遠不如天堂美好，但我相信一點：凶手必將受到法律的嚴懲！

一百多頁留言，說什麼的都有，就是沒一個勸說將林香梅這「墓」掘了。拉拉她怎麼如此不近人情？為什麼不讓人在網路上祭弔自己的妻子？為什麼不讓人繼續愛自己的亡妻？真不可理喻！

　　朱紫橙憤憤然站起來，離開電腦，開門走到陽臺，伸懶腰……

　　太陽已經升好高了，掛在最高的樓頂上，光芒耀眼。真該讓這樣的陽光多照照拉拉的深宮！真該讓拉拉這樣的深宮婦多曬曬太陽！這麼想著，朱紫橙回到電腦，回覆拉拉，責問：「你何以出如此下策？」

　　拉拉回覆：「你想想也許就明白。」

　　朱紫橙十分生氣：「該明白的是妳，妳不知道我多麼愛她，更不知道她是怎麼死的。如果知道了真相，妳肯定能理解我！」

　　於是，朱紫橙將準備放到林香梅紀念館的回憶錄用電子郵件傳給拉拉。

第一章　愛神

第二章
邂逅

第二章　邂逅

　　我把一切告訴妳。

　　她叫林香梅，絕對真名實姓。我們從國中開始就是同學，我從那時候就開始暗戀她，但高中畢業時分手。這裡說「分手」，不是男女戀愛分道揚鑣，而是說畢業那種自然分別。一般同學分別，要不是特別關係，很快就忘，偶爾相逢又親同手足。儘管我暗戀她多年，畢業後也如此。如果沒有那次邂逅，恐怕一輩子就如此。

　　那是一次連續假期，盧如騰邀我去旅遊，替我出費用，不去白不去。問題是他要求也帶個女友，這可難倒我。在我們班、我們系、我們校以至我所有認識的女性中篩選過去，竟沒一個合適。你想想，四人兩對男女，那是什麼關係？平時沒交情，臨時拉來配對，貼錢也沒人願意！想了一整天，還是交白卷。

　　「真的找不到一個？」盧如騰不相信。吃完晚飯，一邊剔牙一邊往外走，出校門一碰面就追問。

　　說實話，我也不願意是真的：「幹嘛要騙你？」

　　「大膽試一下呀！平時總有一兩個有點接觸吧，試邀一下。一連七天，不出去待在這幹什麼？女人也是人啊！你沒聽說嗎：『不怕女人不肯，就怕男人嘴不穩』，大膽點！」

　　「這一回我是真的下了決心，可是的確找不到一個合適的。何苦……何苦要逼我？」

　　「不是逼你。你不帶一個，僱你當『燈泡』？」

　　「那……我就不去了，為你省點。」

　　「我也不是錢多得沒地方花。我是想，最後一兩個月了，畢業以後再要這樣輕輕鬆鬆去玩，恐怕難有機會。」

我也捨不得放棄，可是無奈。

不知不覺散步到河邊，駐足遠眺。再往前，就是蘆葦叢，長滿樹木的小山，戀人們的天下。即將入海的河水不再奔騰，變得悠然，彷彿留戀，只有浩瀚的微波在夕陽的輝映下泛著柔和的光采。

盧如騰忽然說：「叫呂莉去跟你配對怎麼樣？」

「哪個呂……呂什麼？」

「張娜那個同學，一起喝過酒……在……哪個店忘了……你忘啦？也是我們四個，我們一對，你們一對，把你灌得……」

「哦，想起了！想起了！」她那天穿一件棗紅色時裝，低低的領口露出大塊黑色，分不清同一件還是另一件，裸露雪白的肩膀，還有內衣肩帶。她笑起來很燦爛，很能喝，善辭令，又大方。「那是開玩笑，那怎麼能當真！」

「那次能開玩笑，這次也能開玩笑。多開幾次玩笑，就不是玩笑！怎麼樣，長得不錯吧？」

那倒是……人也不錯……能夠與這樣一個美女去兜風，當然不錯。問題是，人家願意嗎？我很茫然，覺得她就像前方那汪洋中樹葉似的歸舟。

「她跟張娜是同鄉，我也包了。條件是，你必須把她搞定。搞定了，費用我一起出；搞不定，連你的一塊還我。怎麼樣？」

我有點決心：「你不要後悔啊！」

四張票兩個下鋪，再是一中一上，剛好占著中間的茶几。一上車我們就打撲克牌，直到十點鐘熄燈。盧如騰安排我和呂莉睡下鋪，他睡中鋪，張娜睡上鋪。上鋪更便宜，下鋪更貴，我和呂莉過意不去。沒多久，我發現盧如騰也跑上鋪去了，這才明白這傢伙原來有陰謀。

第二章　邂逅

　　這麼窄小的鋪，怎麼擠兩個？如果那鋪架子塌下來，我豈不遭殃⋯⋯

　　他們有些隱約動作，不時傳出響聲。呂莉面壁而臥，拿報紙蓋了臉，沉沉睡去。我心猿意馬，胡思亂想，一夜失眠，恨不能將盧如騰揪下來⋯⋯

　　清晨六點十分，火車到站，我們魚貫下車。

　　這個旅遊團挺大，一個小學的老師就三十多人，加上我們七、八個散客。兩位當地的導遊到月臺迎接，引導我們分成兩組，搭乘兩部中型巴士。我們四個稍後，搭上後面一部。登車門時，我不經意發現前部中巴門口那位導遊小姐很面熟，但不容我看第二眼，盧如騰在後頭拱我的屁股：「快點！別老太婆似的！」

　　我迅速上車，找個窗邊座位，行李抱在腿上，急忙去尋找那導遊小姐。

　　那位導遊小姐仍在車門口引導。她背對著我的視線，高舉旅行社的小黃旗，而那手腕上戴一個銀鐲⋯⋯難道她是林香梅？不可能！她怎麼會跑來當導遊？可是，她怎麼會給我這般神奇的感覺？除了她，還有誰曾令我如此銘心刻骨？

　　林香梅和我同鄉，村子相鄰，國中開始就是同學。她真像梅花一樣，冷豔而幽香。她長得漂亮，又愛唱歌，開晚會總是當女主持人，高年級都有人追她。不過又是有名的「冰山美人」。她那笑靨像鐘乳清泉，一滴、一滴、滴了千年百年才滴出來的小穴，渾然天成，純淨澄明，淺淺圓旋，如果不笑顯露不出，然而她的笑像十五月圓，一年也沒幾回。我們班體育股長黃新后土坐她後頭，迷她迷得最瘋。

　　黃新后土不是日本人，也沒「黃新」複姓。「后土」是一個上下結構的字：壵。取名時，黃家重修家譜，發現他們也是客家人，祖先來自河南

禹縣那著名的瓷都「神垕」。為了表示不忘祖宗，取這地名給他做名字。「垕」字生僻，不過可以根據漢字通常的唸法唸成「厚」，所以這名字本來沒給他帶來什麼麻煩。不料，上國中那年，學雜費改為繳銀行，銀行電腦打不出「垕」字，只好按當時通行辦法打成「黃新后土（上下結構）」。本來這也沒什麼，問題是銀行存摺上的姓名最多只能四個字，那後面的括號不能不忍痛割愛。姓名只是個符號，他本人無所謂。但同學們覺得有趣，從此給他改名黃新后土。有時，老師也這麼叫。

黃新后土很不知趣。老師提問林香梅，他老是搶著提示，可是答案往往又錯。她每次都要討厭地朝後擺擺手，有時把桌子碰得很響，有時把筆盒打到地上，弄得哄堂大笑……「我這輩子非她不娶，不信你們等著瞧！」在男生面前，他公開吹牛。他家新蓋了房子，房前有個院子。他在院子空地種幾棵梅，公然聲稱「黃梅之家」……

說來我跟「梅」也有緣。我家東鄰「蛤蟆婆」家後院有一棵老梅樹，瘦削削的，好高好高。那梅子成熟後究竟怎樣，我好像沒印象，但那青梅至死也忘不了。七、八歲那些年，我和幾個夥伴年年等著那梅樹結果。等著等著，覺得它比我們長大還慢，不耐煩了就去偷。圍牆好高，梅樹枝杈多皮又一層層鐵片似的硬著裂出來，青果又酸又澀，現在想起來，打死我也不吃一個，可是那時候我們卻垂涎三尺。我們三天兩頭去偷，爬牆爬得滿身泥塵，每每遭家人罵。「蛤蟆婆」太厲害了，沒幾天就能抓到一次。她不打我們，只是站在村口路口用俚語破口大罵。在農村可以少學數理化，不學文學藝術，但不能不學罵人，學不好就鬧笑話。傳說剛嫁來我們村子不久，她學我們方言沒學精，罵人剛好把話說反，鄰里長輩常拿來取笑。罵我們這一代的時候，她的「罵藝」進步到爐火純青：

「短命仔！青青的梅子怎麼吃哩，你們等不到了呀！」試想：梅子從開

第二章　邂逅

花到結果成熟才多少天,而一個人的生命該多少年月,怎麼果子成熟都等不了呢?當時,有的父母罵自己兒女也這麼罵,不以為然,現在想來就覺得太狠毒。

「短命仔,沒人管教的!你家爹媽到牌仂下數樹葉啦!」牌仂下在通往林香梅家半嶺的路邊,樹多葉多,專門埋女人,到那去數樹葉就是說死了埋到那去了……家長們聽了心如刀絞,逮著小子不論青紅皂白先揍一通再說。

可是我們依舊抵不過那又酸又澀的青梅的誘惑,一年年一次次去偷。終於有一回,在我九歲那年一個雨天傍晚,我從梅樹上摔下,耳朵從斷枝上刷過,留下一道終生不可癒合的傷口,留下一個綽號:「順風」。

在外人聽來,「順風」也不逆耳。但是在知道我們鄉俗的人聽來,至少是笑料。豬是好吃不好聽的東西,於是我們把豬腳美喻為「千里香」,把豬耳朵美稱為「順風」。豬的這些部位是不難聽了,可是我的形象呢?

那時候沒留長頭髮,傷口遮不住。跟同學拌嘴,沒理得輸,有理給罵一句「順風」也像虧三分。現在好了,頭髮留長一些,許多同學大學四年居然還不知道我耳朵有個創傷。

當然,我自己不可能忘,甚至覺得這也是「殘疾」,因此更自卑,因此配不上林香梅,因此更必須發憤圖強。也因此我不再喜歡梅樹,不喜歡帶「梅」的字眼,卻偏偏迷上林香梅。

黃新后土跟我較勁,不僅要搶林香梅還去種梅。聽說這事,我暗暗嘔了不少氣,只是無法生氣。他沒考上大學,現在在鄉公所當司機。這半年我常跑鄉裡常坐他的車,有次談到林香梅,我還取笑他:「你家黃梅開花結果了吧!」

「早不知到誰懷抱去嘍!」他有點不好意思,邊自嘲邊搖頭。

看他那樣子，我覺得開心，但又覺得有種醋意。

　　我也很早就開始喜歡林香梅，但從不像黃新后土那麼公開。清楚地記得，那是一個早上，上完第一節課，她上廁所，路過操場，不知為什麼突然回眸一望，而我剛好站在樓上欄杆邊，無意間注意到她。那天她穿一件粉紅的羽絨衣，那時的太陽正在我們教室頂上，於是她衣服上特大的拉鍊頭反射到陽光，不偏不倚射到我的眼睛。我感到眩目，感到一種莫名的興奮。可是她旋即轉身了，再也沒那樣的巧合，不久那件粉紅的羽絨衣也不穿了，但那流星似的拉鍊光永遠留在我的心上。直到高中畢業，我仍是老遠地看看她背著紅書包走路的樣子就知足了。當然也想跟她說說話，拉拉手，甚至想吻吻她那可愛的笑靨，但只限於幻想和夢想，寫了一封情書給她也不敢署名……

　　直到呂莉用手肘撞我，才發現車子抵達一間飯店門口。導遊叫我們把行李留在車上，人下車吃早餐。

　　熙熙攘攘五大桌。我不僅不敢跟那位像是林香梅的導遊小姐同桌，反而隨盧如騰坐在背對著她的位置。不過，對面牆裝飾著一面大鏡子，她的一舉一動都映在鏡中。我盯著那面大鏡，欣賞她的臉，還有她吃飯、起身、邁步、盛飯等一系列動作，越看越覺得像。當然，畢竟四年了，女大十八變，如果她是林香梅也不是當年的林香梅。如果說當年是小花蕾，那麼如今是含苞欲放的大花朵。她的身材還是那麼嬌小靈巧，以至讓人不忍心想像將來懷孕之類的事。她的面龐似乎圓潤些，肌膚更有血色，但神情依然那樣安祥，── 真的很可能是她呀！

　　忽然，我發現張娜用筷子悄悄指著鏡子，盧如騰和呂莉順著那筷子望去，三人會意地大笑……

第二章　邂逅

又上車了。到風景區還有一個多小時路程。導遊小姐過意不去，簡要介紹完景點概況，提議玩個遊戲，要求大家連著說成語，說不出來的要罰唱歌。這遊戲太文縐縐，沒玩兩個便有人作梗，故意接不上，自願挨罰，但要求與她合唱流行情歌。導遊小姐拗不過，半推半就唱起「小妹妹我坐床（船）頭」，「讓你親個夠」，給意淫一番……

歡樂聲充滿山谷，唯有我的心更加沉重：難道林香梅也正陷入這樣的境地？下了中巴，搭上纜車，我心思仍在林香梅。這索道又長又險，要坐四十多分鐘。一部纜車坐兩人，剛好成全盧如騰和張娜。一進去，張娜把臉和大半個身子埋在盧如騰懷裡，根本不顧纜車前後都有透明玻璃。呂莉跟我同坐，怕高，但她不敢學張娜，只能閉起雙眼，緊挨著我。我挺著腰桿，一動不動，給她以大山般感覺。時間一久，挺不住，轉過脖子想看看後頭，她馬上命令別動，好像一動就會弄掉纜車樣似的。

過鐵塔的時候，像火車經過鐵軌介面處，鋼繩嘎嘟嘎嘟地響，似乎搖搖欲墜。我突然想起前幾天一則新聞，說一家三口坐纜車，突然出事，父母硬是用兩雙手把兒子托起來，結果兒子得救，某歌星要收養這孩子。我逗她：「如果這掉下去，恐怕跟飛機從天上掉下來沒什麼兩樣。不過，我會……」

「閉上你的烏鴉嘴！」

我想：她怕，張娜也怕，女人十之八九都膽小，可是林香梅呢？她經常坐這樣的纜車……林香梅像飄忽的山嵐一樣隱隱約約地籠罩著我的心。

上清宮是這個景區主要景點之一，也是我們選擇這個景區的主要理由。高聳入雲的山巔，相傳是兩千年前著名仙人修道、煉丹的地方，至今完整保存有許多歷史遺跡的宮、殿、墓、府、臺塔等等。張娜是古董謎，

盧如騰則崇尚道教。盧如騰說道教是最具人性和理性的宗教。宗教一般主張節慾，以求來生幸福。道教則不同，雖然也追求羽化成仙，但不主張節慾，甚至研究「房中術」，試圖透過「採陰」即性生活吸取長壽的養分。他對道教頗有研究，邊看邊問，提了大堆問題，搞得兩個導遊小姐連連表示抱歉。藉此機會，我走近那位像林香梅的導遊小姐，檢視她掛在胸前的工作牌，上面卻只有編號而沒有姓名。

雙門峽是一個頗有特色的景點。兩座瘦削的山岩緊夾，其一像樹根分出一塊拱形石門。那像林香梅似的導遊小姐佇立在雙門上方，說：「左邊是『長壽門』，右邊是『快樂門』。要長壽還是要快樂，大家可以自己選擇。」

「這很科學。」盧如騰興奮起來。「長壽和快樂，只能選擇其一。我只要快樂！不快樂，活到九十一百，嘰嘰歪歪，飯都要人餵，那有什麼意思？」

盧如騰牽張娜穿過快樂門，呂莉跟上去。我停滯在雙門前，像是觀察選擇，兩眼餘光則在欣賞那個像林香梅的導遊小姐。她站累了，彎下腰來，雙手撐在雙膝上，催促我快點。她盈盈地笑著，笑露那對迷人的小酒窩……她就是林香梅啊！

我步上快樂門，大膽走到她身邊：「請問小姐貴姓？」

「姓林，雙木林」

天啊，果然是她！我正要狂喜，倏然又有個念頭閃現：不，不對！如果真是，她該早認出我！亂跟小姐攀交情，多不好。人家還以為馬路求愛，花花公子……我很快恢復平靜，隨大家一起觀賞奇峰異嶂。

午餐在途中女神山莊。遊客太多，擠得人山人海。雖然早訂好，也得排隊，等前一批遊客吃完。肚子早餓了，大家有氣無力席地而坐在外頭，怕多用一下眼都得多消耗能量，昏昏欲睡。

第二章　邂逅

「啊，如果林導是那光輝的太陽，我們的紫橙就是那痴情的葵花！」盧如騰詩興大發，拿我開玩笑，邊吟詠邊比劃早上吃飯、夾菜的動作，逗得張娜和呂莉捧腹大笑。「啊，太陽啊！你他媽的轉吧，不停地轉！不論你轉到菜桌邊還是轉到飯桶邊，我們的葵花永遠向著你！永遠！永遠！直到山崩地裂，直到……唉呀，他媽的，我肚子實在是太餓了！」

就這樣瘋瘋癲癲，幾天很快過去。踏上歸途的時候，真有點依依不捨。兩位導遊小姐送我們走後門進月臺，跟一些較熟的遊客話別。那位像林香梅的導遊小姐不巧從另一頭開始告別，看樣子沒等輪到我火車就要進站。我覺得不能再等了，大膽走過去，老遠伸出手：「林小姐，歡迎有空到我們那邊去旅遊！」

她燦爛一笑，熱情與我握手：「會哩！我常回家。哪天順路……」

「妳家在……」

「泉上。」

「不會吧？」

「還有什麼會不會，老家還能隨便說？」

「妳真是林香梅？」

「你真是朱紫橙？」

「哎呀──！」我恨不得甩自己一耳光。「我第一眼就覺得妳很像，又想不可能……」

「我也是！我想你以前又矮又小，老是坐第一排，怎麼可能一下長這麼高……」

「妳外表變化倒是不太大。我是想，妳怎麼可能跑到外地來……」

「你不知道啊？我老爸就這地方人。」

「你老爸是這地方？」

正說著，傳來一聲刺耳的汽笛聲。

「唉，以後告訴你吧！我常回去，以後有機會見的。」

火車聲越來越大，我連忙說：「給我電話吧。」

我的心不停地蕩漾起來。我明白：我仍愛著林香梅！

好不容易熬了一星期，我打電話給林香梅。萬萬沒想到，她已經不在那個旅行社了。相繼打了好幾通，才弄清原委：林香梅戶口不在當地，不是正式導遊，而最近統一清理「野導」，她便離開了。

那麼，離開旅行社後她去哪了？無人知曉。林香梅就這樣從天而降，又如天仙變幻而去。她一如既往生活在自己的天地裡，可我卻再也不能恢復寧靜……

不久，回縣裡實習，找到拐彎抹角有點親戚關係的李局長幫忙。李局長當時是農業局局長，兼三浪橋電力站籌建處主任。我名義上到農業局，實際上到電力站籌建處。畢業後，正試應徵到那裡。

七月初，李局長要去籌措經費。他說我讀了四年大學，應該有不少同學朋友或新人脈，要我一塊去。

李局長是好人，但有個毛病。他睡覺習慣連老婆都受不了，別人更是難以容忍，所以沒幾個人願跟他出差。他喜歡帶我，因為我酒量好，又靈活。其實也只因為一件事。有一次請一位長官唱KTV，那長官帶了自己一大群朋友，連一個跟我們工作無關的獄警同鄉都請來。李局長突然有其他事，留下我一個人奉陪。唱歌喝酒跳舞到十二點，我想該差不多了，到櫃臺買單。一問要一萬六千多元，而我身上總共才八千多塊，怎麼辦？有

第二章　邂逅

幾種處理方式，一是簽單，但我沒那麼大面子；二是直接說錢不夠，向客人借一點（或者乾脆由他們買單），這得丟我們的面子；三是跑出去籌錢，可這深更半夜，非常麻煩。我想到一計，回包廂叫小姐繼續上酒，請客人繼續喝，喝得我不省人事，他們只好去買單，既應了急又省了錢，還不丟面子。事後，李局長直誇我。

這次剛好盧如騰他老爹在相關單位，很快打通林處長的關係，三浪橋電力站資金果然已有些眉目。

這天工作完成，按計畫可以打道回府。沒想到山洪暴發，公路、鐵路都被沖斷，我們被困住了。

晚上吃完飯回客房，李局長催我先洗，他泡澡要很久。我快速地沖一下，不等裡頭水霧排完，李局長迫不急待進去。關門的時候，手機響了，充耳不聞。

「局長，電話！」

「你接一下。」

我開機接，發現是林處長的。我敲門叫局長：「林處長找你！」

「來了！馬上來！」財神爺的電話不敢怠慢，他裹條浴巾出來。我連忙把窗關上，拉上窗簾。

林處長說他剛從電視上看到交通中斷的消息，怕我們被堵在中途，特地關心一下。得悉我們還在賓館，又說過來看看。接完電話，李局長迭聲稱道：「林處長做人真好！」這麼好的長官要屈尊光臨，泡澡自然得推後。他把洗手間的門關緊——別讓熱氣散了，慌忙穿上衣服褲子，還叫我幫他把領帶繫正一些。

房間裡只有兩個茶杯，我到服務檯借兩個。剛泡好茶，林處長就到

了，不僅他和司機，還帶了個女孩。

那女孩膚色偏黑，但整體清純亮麗。林處長說她是他的女兒，忙大考讀得頭昏腦脹，出來散散步。

禮節性幾句一完，話題轉入洪水，沒完沒了。一連下了多少天雨，哪個城市災情怎麼樣，哪個村子的山體下滑，驚心動魄⋯⋯那女孩很不耐煩，不時暗暗地扯她爸的衣角。林處長不忍中斷話題，好幾回悄然撥開女兒的手。那女孩也固執，終於惹他發火：「待會兒嘛！要跟也是妳，要走也是妳！」

李局長善解人意，呵呵大笑：「來日方長！只要處長肯給面子，聊天的機會以後多得是。今天就不要影響她學習了！」

「學個屁！你以為她趕回去讀書呀？有那麼自覺是好嘍，不要我操心囉！她不是的，要去看洪水！整天神經兮兮，什麼諾斯特拉達姆士（Nostradamus），什麼『世界末日』⋯⋯」

「好了好了，處長，我這麼老了也想看看洪水呢！我們坐在這不也是聊洪水嗎，出去也是聊⋯⋯」

如此一說，林處長只好收場。

車子在橋頭停下，我開啟車門邊撐開雨傘。這裡已經很多人在看洪水。一片空曠，城市好像突然消失了，幸好沒停電。濤聲又大又急，在耳朵邊滾滾而過。腳下的大地微微顫動，頭上黑乎乎的天空，霹出一道道閃電，瞬間掠過洶湧的洪面，以及遠處的高樓大廈。一串串驚雷追著閃電，炸得人們掩耳不及，的確好像要天翻地覆了！真的好像「世界末日」要來了！

就在我們這些大男人都感到岌岌可危的時候，那女孩卻往橋面去⋯⋯

第二章　邂逅

那橋可是隨時會被沖垮啊！林處長衝上去，一把拖回她，摑了她一巴掌：「再亂跑，我把妳扔下去！」

林處長邊罵邊把她推進小車，指令司機開走。

到家，處長太太把女兒關進閨房，然後笑容可掬地為我們泡茶。林處長怒氣未消：「奮鬥一輩子，到頭來兒女不爭氣，你說有什麼意思？」

「唉，也是！不過，兒孫自有兒孫福，過多操心也不必。」這話，只有李局長仗著年齡大敢說。

林處長的家很豪華，三房兩衛一廳。廳很大，真皮沙發，彩色大電視，博古架上陳列滿了五花八門的酒。我以為林處長是收藏家，那酒是收購來的空瓶子，上趟洗手間出來走近欣賞兩眼，發現那些酒瓶的封口全在，嚇得不敢多看。隨便看去都可以感覺到林處長有錢有勢，日子一定過得瀟灑，不料寶貝女兒讓他傷透腦筋。有篇外國小說提到窮人也可以笑，看來只說對了一半，還有一半應當說富人也想哭……碰上家醜，賓客都尷尬。沒坐多久，李局長提出告辭。林處長沒多留，送我們出門。

「處長，請留步！」

「沒關係，你們難得來我家一趟，再送一下。」

下樓到街邊，一眼望見斜對面有一家「卡秋莎酒店」。李局長立即邀請林處長：「走，泡個澡！」

林處長很客氣，也可能真的沒心思：「不了，謝謝！謝謝！」

「唉，客氣什麼？泡一下，什麼煩惱都泡沒了！」

卡秋莎酒店一條龍服務，樓下三溫暖，樓上休息、推拿、卡拉OK之類。

李局長的三大嗜好，一是抽菸，二是吃豬小腸，三是泡澡和泡妞。抽菸，他上床後還要抽兩支，接著再點一支，邊閉目邊抽，抽到一半把菸一掐，在煙霧籠罩之中飄然入睡。睡到半夜坐起來再抽兩支半，不然沒法睡。他老婆受不了，結婚不到半年就開始跟他分床，但他如今年近知花甲，還毫無悔改之意。吃豬小腸，可以當飯吃，而且要吃那種沒多洗的，腸內留有黏物、有點苦味的，這點老婆成全他，大小館店也儘量滿足他。泡澡，他一泡要老半天，邊泡邊抽菸喝茶，喝完兩個開水壺的茶，邊喝邊拉，拉到沒一點尿味。他發明一套理論：一邊茶水灌進去，一邊熱水泡出汗，五臟六腑洗得一乾二淨，什麼尼古丁什麼邪氣也都洗光了，完全可以延年益壽。此外，他還愛泡妞。這點，他並不迴避找。他常提及一句俚語：「三十癢皮四十癢骨，六十七十癢得流淚。」他常說他沒幾年了，再過些年有妞也泡不動。那種地方我不該去，被人知道了，老婆都找不到，但有時候得去買單。李局長也是土生土長，在部隊當過營級長官，可惜沒手腕，年齡又大，升遷無望，人卻很善良。他忠告我：「我們這些人年紀大了，玩一次少一次，吃一餐少一餐，你們年紀輕輕可不行！大家都這樣，只好應付應付，但千萬不能陷進去啊！」這話說一次我就記住了，但他說了好多次。

　　推拿有中式的、泰式的，但我都沒去。那裡頭也不需要奉陪，我躺在大廳看影片。推拿出來，餘興猶濃，接著唱卡拉OK。

　　唱卡拉OK我得陪，不然太說不過去。要兩間包廂，李局長陪林處長一間，我和他司機一間，都請了坐檯小姐。

　　我還沒談戀愛，不該對坐檯小姐感興趣，反而得躲著些。當然樣子要做，也請位小姐坐一旁，跳兩三支舞，唱四五首歌，說六七句話，喝八九杯酒，裝十分醉態，不然客人要見外，但絕不主動說調情的話，不主動碰

第二章　邂逅

她敏感部位。至於其他人說了些什麼，又做了些什麼，我一是不小心聽到當沒聽到，二是不小心看到當沒看到。

林處長這一天有點怪，不好好待在他自己的包廂，卻一次次跑到我們包廂來，跟他司機用俚語說笑好一陣。

第四、五次過來，他說那位小姐很不開放，說是「坐檯小姐有坐檯小姐的尊嚴」，很沒意思。我聽了個大概，馬上把我的小姐推薦給他。這小姐好像早跟他商量好，馬上到隔壁去。另一位小姐很快過來，見兩旁空缺，即挨著我坐下。

儘管色燈紅暗，我還是一眼發現這位小姐身段好，膚色白，眼睛亮，令我的心怦然一動，但又不敢直視。

「老闆貴姓？」

「姓馬。」我隨口便答。有道是「假名假姓假地址，假心假意假柔情，五十一百」，這種場合只有五十或一百元的小費是真。

我剛答完，她二話不說，起身便走。哪有這道理？我轉眼看去，她一頭不回。然而，該死的，我一眼瞥見她手腕上的銀手鐲，是林香梅？這怎麼可能？

還愣什麼？

她帶上包廂的房門，我猛然拉開，抓住她戴著銀手鐲的那隻手。她掙扎幾下掙不脫，便不動，只是低著頭。我急忙申辯：「這種場合我極少來……」

「我可是這常客喲，怕麼？」她抬起頭，撩了撩瀏海上的頭髮，說完又埋下頭。

「坐一下好嗎？」我鬆開她的手。「那次回來後，我打了好多電話給

妳，知道妳離開那了，但不知妳到哪了。」

「現在不就知道了？」

「真沒想到！」我重新拉起她的手。「來，我們坐坐。」

我跟司機介紹她是我的老同學。司機馬上敬她酒。我請她跳舞，特意站起來很紳士地伸出手，很顯然地把她視為公主。

她很高興，那微笑特別甜。

「這太小，我們到大廳吧！」

「我也討厭包廂……」她嚥了下半句。

大廳氣氛好，金屬樂直撼人心，五彩旋轉燈令人目眩。我把林香梅牽入舞池，但心情好緊張，居然踩到她好幾次腳。

「怎麼了？」

「今天喝多了點。」其實我只是心兒醉。高中畢業分手幾年來，從鄉村到城市，從平民之子到天之驕子，我遇到過不少女孩，但我發現漂亮的女孩越來越多，可愛的女孩越來越少。現代的東西美化了她們的外表，而世俗的東西燻汙了她們的心靈。她們多了虛情、時尚和勢利，少了真情、純樸和浪漫。遇到的女孩越多，我越多地想起林香梅，夢見林香梅。萬萬沒想今天真會遇上，而且牽了她的手翩躚起舞……

今天的林香梅比當年誘人多了！我此生第一個愛戀就選擇她沒錯。此時此刻，更令人快慰。她身高跟我差不多。低頭一看，見她牛仔褲上閃亮的拉鍊頭，不禁怦然一動。我還想，只要輕輕一攬，肯定唇齒相印，但我不敢……

林香梅迴避我的目光，轉而去注視歌手。這讓我膽子大些，偷偷伸長脖子去探她的胸口，並想騰出一隻手把她領子再撥開一些。這樣做顯然過

第二章　邂逅

分，我不能失態……

如果悄悄吻她一下，應該不算過分，想必也沒問題，然而我不。她在我心目中仍然是一尊聖潔的女神，只能小心翼翼地磕拜。我一直認為：吻一個女人，應當堂堂正正地吻，相親相愛地吻，甜甜蜜蜜地吻。那種偷雞摸狗的吻，虛情假意的吻，仗勢欺人的吻，絕不是我朱某所為！我心情十分緊張，老是踩錯節拍……

一曲終了，我們在大廳邊上落座。

服務小姐馬上跟到，攤開夾子：「請問：要點什麼？」

乍一見面，她怎麼好挑三撿四？還是我來：「葡萄酒，要好的。配的嘛，牛肉乾什麼的都行，再要個水果拼盤……」

「夠了，這裡東西特別貴！」林香梅勸阻。

「沒關係，讓我假公濟私一回吧！」我從沒這麼大方，只因為從沒今天開心。「妳現在哪？」

「還用問嗎？」

我問的不僅廢話，而且忌諱，真笨！連忙介紹自己：「我現在畢業了，在縣裡農業局工作。三浪溪要建個電力站，我就在那。」

「祝賀你！」她主動跟我乾杯。我端起酒杯，跟她的杯子重重地碰了一下。「小心杯子破了！」

杯子破了小事，別讓這醉人的氛圍破了。偏偏女人的心像飄忽的汽球，男人沒法把握。

「我可沒你那個本事，也沒你那個命！」

「哪裡！從國中開始，妳經常比我考得好。」

「那有什麼用？大考證明一切，決定一切。一失足成千古恨，我越來越覺得這話有道理⋯⋯」

　　這又是個愚蠢的話題！我連忙說：「別說了。我相信妳，相信妳實際上並不消極。一時幾時的挫折誰都會有，一時幾時的消極也是誰都會有。我相信妳還是那麼⋯⋯那麼⋯⋯」

　　「謝謝，難得還有人這麼相信我！」說著，她又舉起酒杯。「祝你心想事成！」

　　喝一半，她撫弄著酒杯說：「補習一年，還沒考上，我就出來。我不想過早承認失敗，不想加重父母負擔，也討厭親戚朋友問東問西。這幾年都在外打工，先是唐叔介紹在老家當導遊，這你知道。突然不許做了。還能做什麼呢？我想試試在唱歌方面有沒有前途，拜藝校一位教授為師，那也要錢，沒辦法只好晚上出來邊練嗓子邊賺點錢⋯⋯」

　　我關注著她的眼神，輕輕地點了點頭，以示理解。

　　「這種打工容易讓人誤解，偶然碰到熟人不敢相認。剛碰到你⋯⋯」她想了想，不禁發笑。「不知道⋯⋯一下子⋯⋯一下子，太突然了⋯⋯」

　　她像被老師叫起來做檢討。我激動地把雙手伸前，連杯子一起握住她的手：「我們有緣啊！」

　　她的手要掙脫，我知趣地鬆開。她兩手仍握著酒杯，信手捧起來喝光，好像她剛剛的動作只是為了喝酒而不是拒絕。

　　「我可不敢跟大學生高攀什麼緣分，只希望回去替我留點面子。」

　　「請相信我！」

　　她點著頭微微一笑。

第二章　邂逅

沉默一會兒，她忽然興奮：「我為老同學唱一首，看有沒有進步。」說著拿起歌本翻，一翻就選中，邊填寫邊介紹。「〈潮溼的心〉！」這歌曲子低徊，詞句幽怨，她又發揮得淋漓盡致：

是什麼淋溼了我的眼睛，
看不清你遠去的背影；
是什麼冰冷了我的心情，
握不住你從前的溫馨……

我聽得入神，等她走下來才想起忘了獻花。

難道她知道我心裡愛她，而她又正失戀？轉念又想不要自做多情，歌聲不等於心聲。林香梅請我唱，我刻意選〈真的好想你〉：

真的好想你，
我在夜裡呼喚黎明。
天上的星星喲，
也了解我的心，
我心裡只有你……

我唱歌時，她獻了花。下來，我把花獻還她手上：「但願我留在你的心。」

「小女子心胸狹窄，那可裝不下！」她笑得由衷，比當年多了幾分嫵媚。

我當年的選擇，還有這麼多年的等候，絕對沒錯！

「既然別人沒把妳娶走，那麼我一定要娶妳！絕不再錯過！」當然，這話只能說在心裡頭。

第三章
追尋

第三章　追尋

　　這一夜我轉輾反側，天花板上滿是林香梅的影子。我後悔沒趁熱打鐵當場求愛，決定明天向她表白。

　　第二天一早，我打電話給她。可是一連撥幾遍，都是服務小姐的聲音：「你撥的號碼是空號。」怎麼可能？有問題！

　　難道她騙我？不可能！

　　難道我記錯？這倒不能說沒有可能。昨晚酒不一定喝多，但興奮一定過度，什麼過度都可能誤事。不過，什麼事不好誤，偏偏誤這種千年等一回的大事？真是該死！

　　昨夜分手，我要送，她堅持不肯；我要手機號碼，她馬上報給我。我立即記到小本子上，記完還念一遍，怎麼還會錯一個或者幾個數字？

　　手機號由十個數字列成，頭兩個09是固定號，除此還有八個數。我在這八個數字中試作變動，一個一個撥過去。世上無難事只要肯登攀，只要功夫深鐵棍磨成針，無數的真理告誡我：只要真心愛林香梅，不愁找不到！不就是區區幾個數字嗎？對一個大男人來說，何足掛齒！

　　雨雖然小了但還下個沒完沒了，交通雖然已在日夜搶修，但不是半天一天能通。沒什麼事也不愛上街，我們困在房間看電視。我邊看電視邊撥電話，撥完一個接著撥第二個，撥完第二個接著撥第三個……「你到底要找什麼人？」

　　「一個要好同學，號碼忘了。」

　　李局長是好人，但畢竟屬於不同時代，他們那一代對我們這一代的感情世界肯定難以理解。

　　我的電話該不會像這討厭的梅雨吧？

　　我也陷入一個綿綿的雨季。睜眼閉眼是她的影子：那飄到後桌的黑頭

髮,那肩上的紅書包,那手腕的銀鐲子,那吸吮葡萄酒的紅唇,那微露到領口的酥胸溝,那閃亮的牛仔褲拉鍊頭,還有她那特有的幽香……天啊,簡直是折磨!

我不知道沒有林香梅這些年是怎麼過來的,更不知道今後幾十年沒她怎麼過。不管怎麼說得先找到她,得把這八個數字撥完。

結果一個又一個錯。有的人比較客氣,我說聲「對不起」,他(她)還說沒關係;有的人修養差,一聽打錯就破口大罵,好不氣人。不過,為了呼喚我的林香梅我的愛,這點兒氣微不足道。我繼續變化著撥,撥完一個排除一個。一共才九個數字,不信找不到!

為了找回林香梅,我盡力爭取機會出差。如果一兩個月還沒機會,就自費跑一趟,住宿到盧如騰他家。

盧如騰在某知名早報副刊部工作,在報社附近租了一間房子,和張娜公開同居。我私事來,吃住他全包了。我只說來玩,沒告訴他關於林香梅的事,怕他嘲笑。

我繼續撥電話,也直接到卡秋莎酒店找。

城裡大街上逛一圈,沒幾個熟面孔,但仔細一想,我們班就有十來個本市的。林處長就住那附近,他太太也可能認識,他女兒……她倒是……我記不清楚她的模樣了,想必她更不記得我。林處長會上酒店,而且可能是那的常客。萬一……只要萬一就夠了!萬一被碰上,他們以為我放著正當的戀愛不談卻迷戀那些婊子暗娼,多丟臉!即使找到林香梅,她也可能這麼想,也可能因此看不起我……可是,不上酒店又能上哪兒去尋去覓?

酒店大門邊,有禮儀小姐迎賓,也有警察模樣的巡視。以往都是一行幾個人,沒把他們放眼裡,今天卻好像做賊,遠遠地腳步就開始不聽使

第三章　追尋

喚。在大門外徘徊了幾圈，我想起人們說當今社會一個現象：那些有保全站崗的地方，你越是誠恐誠惶，他越是刁難你，你越是大搖大擺，他以為你是什麼大人物，他越是屁都不敢放。比照這個道理，我目不斜視，直接而入。大門過，服務檯也過了，澡堂邊的卻不放行。

「我找個人。」

「這是營業場所，謝絕找人。」

「我要上去玩！」

「請先洗澡更衣。」

我只好退出，好不狼狽。

回來，躺進被窩，想了想，我又覺得後悔。為什麼不大大方方洗個澡換衣上去？不就是幾個錢嗎？幾個錢都捨不得，還敢說真愛？這麼一想，馬上起床，重到卡秋莎。洗了澡換了衣，像模像樣上樓。

服務小姐熱情地走到我身邊，單膝跪下一腿，請我喝茶，請我自己挑選香菸。又打了火幫我點著，邊點邊問：「先生要哪位小姐，自己挑。」

抬眼望去，兩邊的小姐像小城鎮街市兩邊趕集擺攤的鄉下人一樣。她們有的嗑瓜子，有的說笑，有的打瞌睡，有的打牌，有的用撲克牌算命。見我走來，有的扭頭假裝怕羞，有的則張眼獻媚，搞得我不好意思。我沒理會她們，只希望林香梅發現我，並主動上前⋯⋯

大廳躺了好些男人，不時有人走動。看著影片，有服務小姐添菸加茶，挺愜意。小姐來來往往，如秋天山溪裡的紅葉飄忽不斷，卻唯獨不見我的林香梅。難道她不坐檯了？

也好！這種地方會有什麼好女人？模樣是漂亮，可是誰想要都可以要，像小攤上任何待價而沽的商品，甚至比那還方便，可以先消費再付

錢。你不是討厭那種女人嗎？那為什麼迷林香梅？

　　林香梅當然不一樣！她在哪兒都不一樣，正所謂「出汙泥而不染」。你看那天，她對林處長也堅持說「坐檯小姐有坐檯小姐的尊嚴」，那做檢討似的神態還是背紅書包時候樣的純真⋯⋯她很可能就在那，倒是誤以為我聲色犬馬，尋花問柳，因此鄙視，不肯相認。不過，也可能只是在這種場合不肯⋯⋯對了，一定是這樣！我應當離開這齷齪之地，她會很快追出來！

　　我在酒店大門外佇立著，徘徊著，但許久許久仍不見我的林香梅。

　　第二天晚上，我繼續到卡秋莎等林香梅。洗了澡更了衣，躺在大廳抽菸喝茶，面朝走道，辨認每一個經過的小姐。

　　我是不是太傻了？她如果不愛我呢？如果她也愛我，當年怎麼不回信？如果她也愛我，那天怎麼不給真的號碼？如果她也愛我，這些天怎麼不見？如果她不愛我，這樣尋尋覓覓有什麼意義？溫度到了自然會孵出小雞，可是如果孵的是一塊石頭⋯⋯

　　該不會如此。當年她沒回信，那只能怪我自己，匿名，又從來沒透露，她想回覆也不知回覆誰。電話號碼錯，也只能怪我自己，粗心大意，說過兩遍還記錯。至於這些天沒見，也許她壓根兒就沒坐檯了⋯⋯哈哈，林香梅終於來啦！正苦苦想著，突然發現有個小姐非常像林香梅！她跑步上樓，馬不停蹄往右跑，像躲我，又像找什麼東西，慌慌張張，一閃而過。我當機立斷，跳起來追過去⋯⋯

　　「快！警察！」那小姐在走道上大喊。

　　走道邊是推拿的小包間，裡頭的男女聞風而動。但我還沒反應過來，一大群狀漢就衝上來了：「警察！不許動！⋯⋯」

第三章　追尋

　　他們著便裝，但都拿了槍，一個個凶神惡煞……有幾個人剛跑出小間，一見這情形不敢動了。在警察的指揮下，我們雙手抱住頭，面朝牆壁，蹲成一排……剛才那個小姐就蹲在我旁邊，我壯起膽子轉頭看她，發現她根本不是什麼林香梅！

　　又有一些男女被押出來，披頭散髮，有的還只穿條褲衩。還搜出一堆保險套，沒用的一個個裝在小包裡，用過的則亂七八糟扔在一個紙簍，被一腳踢到走道，散了一地……

　　要人保釋，我只好找盧如騰。他很有辦法，很快疏通關係，交五千元罰款了事。但他也認為我嫖娼了，有口難辯。法律禁止賣淫嫖娼，可平時根本沒人在意，。只有政策要求「嚴打」，才會抓幾個倒楣鬼。再者警方要完成罰款任務，也要抓幾個倒楣鬼。要是碰上，那你就真要倒十八輩子楣。報紙上不止一次報導過，有的小姐被當暗娼抓了，體檢卻發現還是處女，但警方堅持說沒錯，說是還可以其他方式提供性服務。嗚呼，一個男人，沒什麼可以證明處男，我怎能證明自己清白？我只能認倒楣，可是盧如騰老哥們應該相信我啊！

　　「說實話，那種事我並不是沒幹過，只要你對我說句實話。」

　　「確實沒有，那種念頭都沒有！」

　　我只好把追尋林香梅的事告訴他。他這方面比我先進多了。剛進大學，我還不大敢和女同學說話，他就敢寫風花雪月，就有「愛情博士」之稱。他還曾向我炫耀讀國中時候的「光榮歷史」：和同學打賭穿裙子的女老師穿什麼內褲，別人都瞎猜，他卻拿一面小鏡子，上課時悄悄放到走道上，等講完課，安排學生做作業，她走下來巡視，路過那面鏡子，有目共睹。後來，女老師知道這件事，哭了三天三夜，學校要開除他，是他爸出

面，將那女老師調到一個更好的學校，才平息這事。他在女人方面花的工夫，絕對比功課多，當我愛情指導老師綽綽有餘。不過儘管如此，我還是隱瞞了給林香梅寫匿名情書等等有失顏面而又與當前關係不大的細節。

「四年沒追一個女孩，你怎麼突然追這麼瘋狂？那是個什麼樣的『尤物』？」

「你見過，就是那個導遊小姐，那個太陽！」

「噢，那倒真是個美女！」

我把隨身帶的畢業合照給他看。盧如騰看得很認真，拿到眼睛邊看清了五官不算，又伸遠看她在眾人當中的效果：「從一肩長髮看，她富有幻想。」盧如騰分析。「雙唇豐滿，說明她內心感情豐富，還可能多愁善感，屬於林黛玉那類氣質，一般比較喜歡浪漫的愛情。這麼說，第一值得追，第二有勇還要有謀。」

我將信將疑，像醫生說中幾分就把整條性命交給他：「現在問題是怎麼找她？」

「你好好回憶一下，那天晚上留電話給你的具體情形，一個眼神一點語氣都要注意：她會不會故意留假的給你，這首先要弄清楚！」

「她怎麼可能騙我呢？」我接著撥也許是第一百個電話。

「你別浪費我的電話好嗎？」

「等找到林香梅，喜酒你白喝。」

「白喝？白喝你一場酒算什麼？你不是數學比我好嗎，你給我算一下八個數字的排列組合是多少？」

我這才意識到這是個天文數字：老天，等我查完，她早到別人懷裡去

第三章　追尋

了！盧如騰帶我到派出所，找他哥們，把暫住人口的登記簿拿出來查。透過這哥們，又查了附近三個派出所，一無所獲。

「要麼沒登記，要麼住其他區域，那就查不到了。」

「還有什麼辦法？」

「那只有笨辦法，到酒店找！」

到了酒店，盧如騰直接問領班小姐，雙手扒在櫃面，顯然比我老練：「你這有個叫林香梅的小姐嗎？」

「我們這女孩子太多，我也弄不清楚。」

「能幫我查一下嗎？」

「她們愛來就來，愛去就去，你叫我怎麼查？」

「不在算了，我們也不玩了！」

盧如騰拉我一把，轉身離開。那領班怕丟生意，連忙叫住我們：「等等，我看一下有沒有留電話。」

我連忙轉身，拉長了脖子看她手上的本子。

「沒⋯⋯沒有。」

「麻煩您再看一遍：姓林，雙木『林』，香梅，香花的『香』，梅花的『梅』，我在這碰到過她⋯⋯」

「沒有，真的沒有，不信你自己看！當然，小姐大都用假名，我也不清楚！」

我接過小本，逐個把那上百個姓名重查一遍，確實找不到林香梅的蹤跡。

從酒店出來，我終於有點喪氣，揶揄盧如騰：「你『情商』也不見得多

高啊!」

「是不大高,但比你高。我老婆肚皮都快大了,你連女人毛都沒見一根。」

自討沒趣,悶了一肚子氣。我說:「好了,算你比我行!那你說現在怎麼辦?」

「什麼怎麼辦?」

「別裝傻了!沒人恭維不舒服是不是?」

「好!要我說呀,別找了!坐檯小姐,遍地都是,多漂亮都有,何必在一棵樹上吊死?」

「你也會說這樣的話?」

「是呀!一個坐檯小姐,你還真當什麼公主啊?」

「你不了解她。」

「坐檯小姐誰不了解?」

「你別開口閉口坐檯小姐好不好?」

「那怎麼稱她?」

「有名有姓可以叫,你明知道我多愛她,她是我的維納斯,我的愛神,我的太陽!」

「喲,這種字眼在我詩裡都久違呢!」

「在我的詩裡才開始出現!」

「真不可思議!莎士比亞說戀人都是瞎子、聾子,看來不假。如果不生氣,我提醒你一下:她在包廂裡肯定跟很多男人摟摟抱抱過,甚至可能⋯⋯」

第三章　追尋

「你別再損了行嗎？」

「你真不介意？」

「我相信她仍然是純潔的，純潔得像那塵封億萬年的鐘乳石上，剛剛新湧出來的巖泉……」

「真正的愛情就是詩，詩就是愛情，難怪我的詩好久沒長進！」

「什麼意思？」

「說實話，我並不懷疑你的愛情，相反……簡直有點嫉妒！」

「又胡扯了！」

「跟你說真的又不信，不信我不說了。」

「『愛情博士』怎麼敢不信呢？」

「『愛情博士』不敢當，書本上讀愛情、現實中談愛情，比你多些，倒是真的。不怕你嘲笑，我還給愛情下過定義，就是：愛了在俗人眼中不該愛的人。愛了在俗人眼中該愛的，所謂『門當戶對』，大街上人人羨慕，那是婚姻，不是愛情……」

「頭回聽你這隻鳥叫。」

「真的嘛！你看外國的白朗寧（Robert Browning）愛上在床上癱瘓了二十四年的巴雷特（Elizabeth Barrett Browning）；西蒙・波娃（Simone de Beauvoir）愛上公開聲稱不願履行一夫一妻制的沙特（Jean-Paul Sartre），愛德華八世（Edward VIII）愛上逼他丟皇位的二婚女辛普森（Wallis Simpson），等等等等；中國也不少，你看宋慶齡愛比她大二十八歲且在流亡的孫中山；徐志摩愛警察廳副廳長的妻子陸小曼；司馬相如愛社會不容改嫁的寡婦卓文君；許廣平愛年已四十四歲的老師魯迅；唐明皇愛兒媳婦楊

玉環……你說他們在當時，別說當時，就是在今天世俗眼裡，他們哪一對是該愛的？然而，他們偏偏愛了！愛得如漆似膠，愛得甜蜜，愛得**轟轟烈烈**，愛得死去活來。什麼有形無形的框架準則，衣食住行的艱難困苦，左鄰右舍的冷嘲熱諷，父母的軟禁，丈夫的槍口，他們全然看不見、聽不到，一意孤行，義無反顧，於是他們享受到愛情的真諦。像三毛說的：除了他『我這一生還要誰呢』？於是他們創造出生命的奇蹟，像巴雷特竟突然下床行走並生兒育女……」

「愛情就是奇蹟！」

「真正的愛情，也實行『一票否決制』。這一票就是『真情』，除此之外的地位、金錢、名聲等等等等，都是『情外之物』，通通可以忽略不計。他們有的甚至沒有證書，沒有親人的祝福，有的甚至沒有生活的保障，唯有至誠至純的愛情……」

「說下去啊！」

「我說太多了，你說說吧！」

「說實話，活這麼大，愛情詩、愛情小說也讀不少，對愛情也有些自己的想法，但我就是……就是……唉，我沒你那個本事！」

「我可是見縫就插，見洞就鑽！不像你，沒你那個心思在拉鍊上瞻前顧後，前怕狼後怕虎，猶猶豫豫，折騰了幾年，沒半點實質性進展。」

轉眼春節，我斗膽前往林香梅家去找她。

她家在我隔壁村。從鄉裡去，過三浪橋，在丹霞巖分二路，一路到我家，一路到她家，過了牌坊下再走半個鐘頭左右就到。雖然不遠，但是山高路險。那村子二十多戶人家，十之八九打獵採藥。傳說從前官府不敢輕易上山收田賦、抓壯丁。一則當時官兵少，二則那些獵人強悍，遠遠就發現，站

第三章　追尋

到村口崖頂上，脫下一隻草鞋，往山澗小路上空一拋，隨手舉槍一打，草鞋稀爛，草屑紛紛揚揚飄落到行人身上。官兵望而生畏，止步掉頭。從前還有老虎，老虎進村進鎮、甚至進縣城傷人的事發生過不少。有的男人被老虎吃了，老婆用老公的血衣上吊成為烈女，埋在牌坊下並寫上縣誌永垂不朽，誰如果有本事打死一頭老虎，絕對比武松更風光。這種事半個多世紀前還發生過，但現在聯合國資助到處去找去尋，連虎毛也沒見到一根。

牌坊下一帶林木蔥鬱，溪澗淙淙，芳菲滿谷，鳥語花香。即使隆冬，依然充滿生機。崖頂的松，山麓的灌木，滿目皆綠。還有雞胗花一叢叢一串串，紅艷艷的。枳子則橙色，很奪目。野梅白花瓣中一點紅，俏也不爭春。紅樹花更清淡，白白的像小蝴蝶，星星點點，暗香幽然。叢中還有鳥兒，悠然吟哦著，歌唱著，私語著，只顧盡情地親暱，偶爾飛起好像也不因為人的緣故……難怪林香梅身上總有一種特別的幽香，原來她沐浴過這樣的百花園！

林香梅讀國中和高中，跟我一樣要到鄉裡，每星期一早上下山，星期六傍晚上山。村裡還有兩個同學跟她結伴而行。我也同行過幾回，但不好意思跟她並肩而行，只是不即不離地隨後，多看幾眼她背上那紅書包和橘黃色的髮夾就行。

怎麼那時候就會迷戀她呢？

我是「順風」，家裡又很窮，不是白馬王子。我的書包到高中還是用我媽手工縫製的，覺得不配愛她。黃新后土爸爸在鄉林業站工作，有權有勢，我居然會想他配得上她……真混蛋！

考上大學，終於覺得配得上她，但又覺得太遲。像她這樣的好女孩，肯定早被人搶走了。漸漸的，也就淡忘。哪曉得她隻身在外飄蕩，肯定迄

今名花無主！

我絕不能再錯過！

她到過的酒店也許無數個，家只有一個。她可以常年累月雲遊四方，新春佳節肯定回來。也許大年三十回來、初二就走，但今天大年初一，一定會在家。這一回，妳跑不了！

我沒有拐彎抹角，直接到她家，她家門前幾塊磚我都早數過。這是一大幢磚瓦房。要是在幾十年、上百年前，一定是大富人家。如今敗落，一面大牆像要倒的樣子，用好幾根小圓木撐著，有個地方還用一疊新磚墊牆基。裡頭也不堪目睹，還養豬，臭味燻人……那麼可愛的林香梅居然是從這樣的地方出來！

裡頭住了好幾戶。有一戶，窗戶用舊薄膜遮著，外面壁板殘留著亂七八糟的張貼物。有幾年、幾十年前辦喜事的紅紙，好多年前的獎狀，還有佛教、道教之類符紙。最醒目是一大張女電影明星，那日曆表明已過三、五年，還是那麼高傲地笑著，一點也不在乎臉上的蜘蛛網……我真替她委屈。

聽說我找林香梅，鄰居熱情引導到上廳。有個四、五十歲的男子在劈竹片，是林香梅的父親，馬上停下活來歡迎我。他的臉白淨，長滿腮鬍，個子挺高，但一腿有疾，一拐一拐，邊拐邊朝裡頭喊：「客人來了喲！」

一個女人應聲而出，顯然是林香梅的母親。與男主人相反，她顯得又黑又老，唇不遮齒，真不敢相信美麗的林香梅會是她生的。難道林香梅將來也會變這模樣？這莫名其妙的問題簡直要把我嚇跑。好在她衣著很整潔，泥地被打掃得油黑發亮，壁板也洗得雪白……「我與林香梅的同學，順路過來看看。」

第三章　追尋

　　她媽媽很熱情,但結果讓我失望:「梅仔沒回家過年。她說他們廠今年生意很好,忙不開……」

　　初三回縣城上班,路過鄉里,鬼使神差,我居然到黃新后土家拜年。

　　黃新后土家在小溪邊。時候已近正午,他媽說他還在一個副鄉長家打牌。

　　「沒關係,我下次來!」

　　「正月裡,嘴唇都沒溼怎麼能走?」黃新后土媽媽還年輕,拖住我的手臂不放。「你坐一下,我打個電話,一下就來!」

　　我只好坐下。黃新后土他媽進房間去打電話。

　　黃新后土家的房子跟他差不多年歲,單家獨戶,一幢小樓帶個小院。一進大門是院子,然後才上廳入房。院子以小徑一分為二,兩邊空地都種了梅,滿枝的花蕾含苞欲放……難道這梅花真是為林香梅而種?難道這梅花真能招來林香梅?我不信,但還是趁他媽打電話的時機走到梅樹前。

　　這梅樹比我還高,數不清的粉紅色小蕾帶著小綠葉掛滿枝頭。如果說這就是生機勃勃的美,生機勃勃的愛,那麼我為什麼不懂用來討好林香梅?看來,我不如黃新后土啊!

　　我真不如黃新后土嗎?我不信!

　　不久,黃新后土果然回來。遠遠一見,顯得吃驚,一邊進門一邊召呼:「嘿,是你啊,我還以為誰呢!」。

　　我笑道:「怎麼?不是當官的,也沒穿花衣裳,失望了?」

　　「那不是哩!我媽說:一個男的,是我同學,好像沒見過。我想誰呢?肯定是稀客,我手氣正旺,還是莊沒占完就趕來。」

黃新后土跟他媽一樣好客，馬上召集本鎮的同學來聚會。正月走親訪友忙，但還是很快來了三個，其中一個是女同學陳小妃。

　　酒還沒上桌，老同學就熱開鍋。三杯酒下肚，什麼話都出來：「陳小妃，你當時是不是跟黃新后土有一腿？」

　　「哪裡！黃新后土那時候眼睛多高哦，哪會看我們這些灰姑娘一眼，他天天迷的是校花林香梅！」

　　大夥大笑。

　　「可能有這回事吧，害得我讀書沒心思，不然我也考上大學！」黃新后土喜形於色，公然認帳。

　　「是就是吧，什麼『可能』！」陳小妃窮追猛打。「林香梅愛吃火腿腸，你三天兩頭買，下課時偷偷塞到她書包。她不知道誰的，又吃不完，分給我們。我們知道是你送的，偏不告訴她，你天天買，我們天天吃……」

　　一個個捧腹大笑。

　　林香梅愛吃火腿腸，黃新后土那時候就知道，我居然今天才知道！

　　我有所不知，但他們不知道更多。我敢保證，他們沒一個知道我更愛林香梅，當年就愛，至今如痴如醉。

　　「哎，林香梅現在在哪？」我問。

　　有的搖頭，有的只是瞪瞪眼，沒一個知道。我既感到失望又感到欣慰……

第三章　追尋

第四章
絶招

第四章　絕招

又一個梅雨季節開始的時候，我到城裡出差，繼續追尋林香梅。

我突然想起，林香梅說過，這幾年雖然在外打工，還想試試在唱歌方面有沒有前途，拜了藝校一位音樂教授為師。那麼，為什麼不到那去找一找？

「有道理！如果說到舞廳找是大海撈針的話，那麼到藝校是甕中捉鱉。城裡有大小舞廳幾百上千個，藝校只有一個。只要她這話不是騙你，不信找不到！」盧如騰把握十足。

其實這也不容易。藝校老師有好多，業餘收徒又沒登記，因此也得一個一個詢問。問到第三天，終於在一個姓劉的老師家問到：「林香梅？有有有！我有這麼一個學生，是泉上來的⋯⋯」

我追問：「她今晚會來嗎？」

「不來了。」

「為什麼？」

「她昨天晚上來了，她說⋯⋯」

「她昨天晚上來過？」

「嗯。」

「我們昨天晚上也在這裡啊！在前棟樓⋯⋯」

我們從最近的找起，一棟一棟找過來，卻不知道從這找起，要不然便可以碰上，好端端失之交臂。

「她昨天來說了什麼？」我又追問。

「上星期銀河歌手擂臺賽看了嗎？」

「沒有。」

「林香梅也參加了,可是一關也沒過⋯⋯」劉老師說。

這麼重要的電視居然不懂得看!這麼說來,以後凡是歌舞節目都得注意點,還要一個一個面孔辨認一下⋯⋯劉老師繼續說:「她的抗壓性不太好,經不起失敗。那天失敗,她說再不想唱了,老老實實過日子算了⋯⋯」

「她有沒有說去哪?」

「沒有。」

「她住哪?」

「不知道。」

「有她的電話嗎?」

劉老師還是搖頭。

從劉老師家出來,我和盧如騰互相埋怨。為什麼不早點到藝校來找?為什麼昨天不到劉老師這?現在,唯有大海撈針了。

這是一個有星無月的夜晚。江風襲人,平添幾份寒意。我和盧如騰轉了老半天沒收穫,從卡秋莎樓上下來,正要堰旗息鼓,卻發現林香梅從大門外走進來。我一眼發現,連忙將盧如騰扯到男澡堂門邊:「瞧。」

「哪?」

「那,第二個!」

「沒錯?」

「沒錯!」

她們直接上樓。我閃出,在她正要拐彎繼續上樓梯的時刻叫道:「香梅!」

第四章　絕招

「是你，朱紫橙！嘿，又碰到你了！」

「不是碰到！我打妳電話不下百次，找妳不下百趟⋯⋯」

「怎麼啦？」

看她樣子不像裝糊塗，我一步兩個樓梯衝上前，握起她的手：「我愛妳！」

她一把甩開我的手：「神經！」

「真的！」

她兩眼瞪著我，急思對策⋯⋯

我由衷地說：「真的！我想妳都快想瘋了！」

「我不認識你！」她翻臉了，轉身繼續上樓。

我衝到她前面，抓住她的肩：「妳怎麼這樣？」

「放開，不放我要喊了！」

我只得放手，眼睜睜看她繼續上去。我不明白，如此愛她，她怎麼不會感動。多少日思夜想，原來不過一場單相思⋯⋯這怎麼可能？

盧如騰見我一臉沮喪，嘲笑道：「我還以為多麼情投意合呢！」

讓他笑吧，活該！

「怎麼樣，現在滿意了吧？」

讓他滿意去！

「現在可以好好睡覺了！」

「你開心夠了吧？告訴你：我不會就此罷休！你說：現在該怎麼辦？給我說點正經的！」

「你自己都沒辦法，我能怎麼辦？」

「你沒辦法？你沒辦法，我就把你老婆搶來！」

「你有那本事嗎？你如果有那本事，讓給你！」

「誰要你吃剩的！你再幫我想想辦法，我總不能功虧一簣啊！」

「好吧，我再想想。」

吸完一支菸，我們重新進去，上樓直接找領班。

「要個包廂，請剛才那位叫林香梅的小姐，其他不要。」盧如騰塞給她一大張鈔票。「這是給妳的。」

馬上有服務小姐帶我們進包廂。到門口，盧如騰止步要走．「當爹媽也只能幫到洞房門口吧！」

我剛在包廂坐下，就有人敲門。

「請進！」

進來一個小姐，果然是林香梅。

「又是你！」她止步不前，手停留在門把上。

我狠心說：「我是請坐檯小姐。」

她正色回應：「好吧，我是坐檯小姐。」

她在我身旁坐下，收腹前傾，雙手支在膝上托著下顎，兩眼平視一言不發，故意氣我。

我很難堪。但對於我真摯地心愛的林香梅，這點兒委屈還能忍。我真不介意，倒了酒敬她。

「不喝！」她仍然一動不動。

第四章　絕招

「香梅，我是真的愛妳啊！真的！從國中開始我就喜歡妳，到了高中……」

「別說了！這是坐檯，要說同學什麼的請你換個地方。」

「那妳給我一個真的電話號碼，好嗎？」

「為什麼要給你？」

「因為我非常想見妳！」

「有緣自然會見，無緣見也沒用！」

我啞然，獨自連喝三杯啤酒，沉吟道：「我們總不至於是敵人吧？」

她沒說話。

「隨便聊聊也不行嗎？」

仍然沒說話。

我只好說：「好吧，我們改日再談吧！」

我想這種僵局持續下去有弊無利，不如退而結網。這麼一想，我站起來，叫服務小姐買單，然後跟她握手……她的手卻不肯收回：「小費。」

這人真絕，從頭到腳都冰透了！像地穴深處的鐘乳石，我滿腔的熱血溫不過她一隻紅袖！

林香梅呀林香梅，妳有什麼好神氣！天下女人多得是！坐檯小姐隨便一伸手就一大把，妳神氣個屁！妳有妳的尊嚴，我就沒我的尊嚴？！我比妳更有尊嚴！我一個大男人！一個大學生！一個大丈夫！真要叫我像戲裡頭向妳跪著求愛？不可能！妳冰心玉壺純潔，冰雪青松高傲，去妳的，我不愛妳了怎麼樣？一路上，我氣鼓鼓的，怒髮衝冠。林香梅！我如果再追妳，我就是……如果我再追她就是什麼？是小狗，那是女人家說的；是婊

子養，不，萬一其實不止是萬一的事，怎麼能咒自己的媽？

我在街邊買一瓶「二鍋頭」、一包瓜子，回到住房把盧如騰從張娜懷裡吵出來，要他陪我一醉方休。

盧如騰睡眼惺忪，只喝茶不喝酒：「看來，這美女確實有味！你啃不動的話，只好換我『愛情博士』上！」

「打斷你的腿！」

「紅顏薄命，看來這美女好事難終，你還是趁早撒手……」

「偏不！這輩子，死也要跟她死在一起！」

「豪言壯語有什麼用？這美女柔中有剛，還是要有奇招，否則別想開啟她的心扉。」

又是連續假期，我邀盧如騰和張娜到泉上玩。

「你們『床上』，除了『打砲』還有什麼好玩的？」盧如騰笑道。

這話有個來由，有個說話不標準的女人，攔車到我們泉上：「司機，停一下！停一下！我要做（坐）你的妻（車）子！」

「到哪？」

「到床（泉）上。」

「到泉上幹嘛？」

「看打砲。」

泉上確實駐紮砲兵部隊，而且就在我們津口。軍事禁區的界線，剛好劃到牌坊下的山邊。有人到泉上看打砲可能不假，但這笑話很可能是瞎編的。幾乎所有到過泉上，都聽過這個笑話。

其實，我們泉上也不是沒什麼好玩。偌大一個縣，還愁找不到一兩塊

第四章　絕招

稍有姿色的山水？不指望世界出名，讓外地來賓順便散散心，讓本地閒人附庸風雅一番也好。我們縣歷史上八景之一「考亭琴澗」，就在三浪溪邊。據說，宋朝著名理學家朱熹在我們這裡隱居時讀書的地方，留下一張放琴的小長桌。後來，農民將這張小長桌放到溪上當橋使用。奇怪的是，人們一走到上面就會響起琴聲。因此，當地文人墨客紛紛到這來頂禮膜拜。千百年過去，那小長桌早不知去向，人們也不再崇拜那地方。但一論旅遊，人們從發霉的舊縣誌中將這典故搬出來，果然生色不少，把盧如騰和張娜的胃口也給吊起來。

盧如騰在電話裡說：「那倒可以去看看。等以後很多人去了，那就沒意思。旅遊跟找女人一樣，有人『旅遊』過……」

「老流氓！」

在旁的張娜隨口罵一句，他馬上討好說：「我這位是念中文的呢，講旅遊比我更老到，你們以後可以請她當顧問。」

「死吹牛！」張娜又罵。

「真的！」盧如騰繼續跟我說。「我詩比她好，她散文比我好，歷史、地理什麼的比我懂，以後給你們寫寫遊記什麼的比我更行……」

盧如騰幫我們打通林處長的關係，幫了大忙，是有恩之人。所以，這次他們來雖是私事，李局長還是親自出面熱情接待。問題是，三浪溪那一帶山水險峻，荒無人煙，要去一趟很不容易。李局長致電上游的鄉鎮，請求幫助借兩張竹排。他想得很周到，怕遇毒蛇猛獸，又請鄉衛生院長帶來藥箱。

「還要準備什麼，你們幫我想想！」

我真想不出還差什麼。

「有縣誌嗎？舊的，新的不要。」張娜提出，李局長馬上撥電話聯繫。

縣誌辦公室的趙主任親自把一部四卷舊縣誌送到酒桌，張娜當場翻閱。

「你是說那一帶至今荒無人煙？」

「那一帶都沒村莊。」

「那裡的山、樹木……景象都還跟這寫的一樣？」

「那就不知道了！我剛調來，這些書還沒看。」

「夠了，這就夠了！」

三浪溪太原始了！那些孤兀聳天的岩石潔淨如洗，彷彿工共怒觸不周山剛剛崩裂下來一般新鮮。巖面洞穴星羅棋布，有的穴是鳥巢，那樹枝早已發白，老鷹在高空翱翔。林木扶疏，碩大的蒼松早乾枯，赤條條矗立。碧綠的青藤在岩石表面長成天書般的圖案，或是懸空垂到水面。水中還有些樹木，有的是巖邊長出來，橫斜在溪面；有的是斷木滯留，浸泡得發黑，嚴重地影響我們的航行，足見有好多年沒人通行。

張娜穿一件紅色的太空衫，分外耀眼。她對這山這水太喜愛了，不時站立起來，雙手握成一個喇叭，連續向大自然發出親切問候：

「大山，你好！」

「蒼松，你好！」

「老鷹，你好！」

「林中的動物們，你們好！」

「水中的魚兒們，你們好！」

清甜的聲音在四面迴響，使得整個封塵如昨的山川瞬時鮮活起來，充滿生機，充滿亮麗，充滿愛意……

第四章　絕招

　　漂流至「考亭琴潤」，棄筏登岸，漫步於溪邊。想像過去，當年這裡應該有個小涼亭。如今只是一塊小沙洲，灌木和雜草叢生，小花兒星星點點。稍幾步遠，便是兩岸對峙的丹巖絕壁，形成一個深巷似的潤谷，陣陣爽風隨溪流襲來。在這裡，默默地憑弔唐宋風韻，沉靜在思古幽情之中……

　　「那時候，怎麼會跑來這裡開考場？」盧如騰思忖道。

　　張娜正在喝礦泉水，一聽到這話被嗆到了：「我說你這歪才啊，就是愛想當然！誰告訴你『考亭』就是考場？NO！考亭是朱熹的尊稱。當然，不是朱熹的專利。最早是唐末五代戰亂，北方人紛紛入閩避亂。黃端隨他父親南下，在建陽定居，死後葬在那。黃端在那半山築一個亭子，『以望其考』，名為考亭。『考』是指父親，這你應該懂吧！後來，朱熹在考亭建書院，後人就把朱熹尊稱為『考亭公』……」

　　「你怎麼對朱熹那狗屎，像你祖宗一樣清楚啊，對你祖宗還沒這麼清楚吧？」

　　「那當然！誰叫我祖宗沒朱熹偉大呢？」

　　「呸！那狗屎還偉大？」

　　「你不要目中無人！」

　　「我目中的人多得是，就是討厭偽君子，特別是像朱熹那樣的偽君子，他還是個歷史罪人！」

　　「人都不是完人，不要求全責備。」

　　「難道說討厭希特勒也是『求全責備』？」

　　「怎能拿他們相提並論？」

「朱熹那套歪理邪說製造了多少『烈女』？」

「荒謬透頂！」

「朱熹可惡的是還虛偽，一面鼓吹『革盡人欲』，一面又搞『婚外情』勾引尼姑到處跑。如果要我研究朱熹，我就研究你紫橙的家譜，看你老祖宗是不是朱熹那狗屁的私生子……」

「怎麼扯上我啦？」我大叫起來。

「別理他！」張娜氣鼓鼓勸慰我。「對了，根據你們縣誌上記載，這附近有個丹霞巖寺。」

我正愁怎麼引開話題，連忙說：「對對對！就在這上面一點，不遠，我以前經常路過……」

丹霞巖寺在懸崖絕壁中部，得繞到懸崖盡頭，從林中沿著「之」字形的石嶺上去，然後經過一條長長的裂縫。這條裂縫橫穿懸岩，大小不一，有的地方可容人直立而行，有的地方則逼著你四肢落地。由於沒有岔路，或由於還在生盧如騰的氣，張娜遠遠走在前，到了巖寺中則像個考古學家，這裡看看、那裡問問，好像有什麼目的。

我和盧如騰對這種地方沒什麼興趣，慢吞吞走在後頭。到了巖寺，喝幾口泉水，就坐在旁邊休息。

「天下最不幸的事就是陪女人逛街！」盧如騰說。

我說：「你不想想，多少人連陪女人的資格都沒有，不是更不幸？」

「那當然！不過，這是不同性質的問題。」

「有的人吃太飽，撐得要死，有的人又餓得要死，是不同性質。」

「你覺得『餓』是嗎？」

第四章　絕招

「當然！我們兩個相比，就有如一個撐死、一個餓死，你說這世道還有什麼公平可言？」

「你怎麼會餓呢？你不是有林香梅嗎？」

「那是畫餅充饑，望梅止渴。」

「你不是還吃了『雞』嗎？」

「我把你扔下去，你還敢說這話！」

「開句玩笑嘛，幹嘛那麼凶！」

「人家給你說正經，你他媽的就說亂七八糟。給你說一下我吃『雞』，你說我這輩子還想找林香梅嗎？」

「好好好，我不說了。哎，你真的還在想她？」

「還用問嗎？」

「單相思，一廂情願，自討苦吃！」

「我相信不會。」

「你打算怎麼辦？」

「不知道。」

「她最喜歡什麼？」

「不知道。」

「她最不喜歡什麼？」

「不知道。」

「那你還愛個屁啊！」

「你不相信我真的愛她？」我真不知道要怎樣解釋才能表白自己的心

跡。如果不是真心愛她，她怎能這樣日復一日、年復一年地「活」在我心靈深處？如果不是真心愛她，我何苦這樣一而再、再而三地追尋？

「如果我這樣還不算真的愛，那你告訴我：怎樣才是真的愛？」我追問。

盧如騰愣了愣，吱唔說：「我……我怎麼說得清楚？」

我告訴他，在我心靈深處，不僅有她那有點泛白的紅書包，那鐘乳巖穴似的笑靨，那純如蔗糖的歌聲，還有那掛著淚花的睫毛。漂亮的女孩總是從小就多麻煩。記得有一年六月一日，幾位同學走了十幾公里路，到她家向她祝賀生日，讓她第一次享受爸媽以外的愛。那天去的都是平時跟她要好的同學，知道她家窮，湊錢買了魚肉和啤酒可樂之類，鬧到半夜回來，又在三浪溪邊開營火晚會到天亮，玩得非常開心。她覺得天特別藍、水特別綠、人特別親，一連幾星期好心情，一下課就哼悠揚的曲子。魏萍嫉妒得要死，竟然編一套豔詞把她說得一蹋糊塗。她在班上哭了，發誓說再也不過生日了……魏萍本來跟她很要好，下課上廁所都要手拉手。那天過生日，魏萍也去了，也很開心，哪知她背地裡會來這一手。從那開始，她再也不理魏萍，魏萍在我們其他同學心目中也變得可惡。我說：「當然，這一切都過去了。魏萍如今在縣招待所，我常碰到她，也挺熱情，好像根本沒那回事一樣……」

「可是，在林香梅的心裡，永遠不會過去。樹怕傷皮，人怕傷心，這種心靈的創傷一輩子也不可能痊癒！」盧如騰分析。「對，可以從這方面做點文章！」

愛情使人聰明。

盧如騰精心策劃一個圈套，對我也嚴格保密。

第四章　絕招

　　五月三十一日晚上，暗中買通卡秋莎酒店，請林香梅「坐檯」。十幾個人都是我的大學同學，但女同學喬裝成跟林香梅一樣的身分。

　　我被軟禁在一個空包廂，他們在大廳唱歌跳舞。包廂門上有一個小窗，可以裡外張望，而且門不能反鎖。這是警方規定的，老闆不敢違反。這包廂在走廊盡頭，望不到大廳。他們只是要求我不得擅自出去，並沒有派人看守。然而，我不懂這傢伙葫蘆裡頭究竟賣什麼藥，生怕一不小心壞了大事，門上沒鎖我的心上了鎖。

　　他們究竟在幹什麼呢？歌聲不斷傳來。有人豪情萬丈地高歌「熱血寫春秋」，也有人柔情似水低吟「明天我要嫁給你」，蘿蔔青菜，盡已所愛。我還聽得出來，這是男同學某某，那是女同學某某……

　　　是什麼淋溼了我的眼睛，
　　　看不清你遠去的背影；
　　　是什麼冰冷了我的心情，
　　　握不住你從前的溫馨……

　　這是林香梅唱的！她果真來了！唱得真好！正規比賽沒名次，在我們面前還是鶴立雞群。看來，有練沒練就是不一樣，有心沒心……她的心還是潮溼的？此時此刻，她的心跟我的心一樣嗎？我可是全心的……心真要跳出來了！可是，連看也看不到她，急死我了！

　　我開門，將走廊的服務小姐叫進來問：「他們在幹嘛？」

　　「誰？」

　　「廳上那些人。」

　　「在唱歌，跳舞。」

　　「廢話！你幫我把那個姓盧的先生叫來，快！」

「怎麼樣，什麼事？」盧如騰來了，居然裝傻。

「到底搞什麼名堂？」

「我說過保密。你要提前知道也行，壞了事可別怪我。」

「嗯……好吧好吧！上當也就一回，你去吧，我乖乖當你的囚犯！」

我忍了一會兒，還是放不下心，又叫走廊上的服務小姐：「你幫我把那個姓司馬的小姐請來，注意點，別讓人知道。」

服務小姐很快把我那個胖同學帶來。我熱情迎上，笑笑說：「我想跟妳說句悄悄話。」

「哦，是麼？本大姐深感榮幸！」她誇張地鞠了躬。「不過，我想，你是等不耐煩了吧？」

略一尷尬，我只好直問：「你們究竟搞什麼陰謀？」

「這問題好像不該問吧！」

「好了好了，我不問！」我死心，也安心。

我把門重重地關上，拿起話筒獨自高歌。突然，我想如果林香梅聽出我的聲音……馬上扔了話筒，轉而開啤酒，獨自豪飲。沒喝幾杯，我又想如果醉了……酒也不敢喝了。我站起來踱步，來回踱，轉圈踱，活如掉進陷阱的困獸……零時整，大廳的燈突然全暗，服務小姐推出蛋糕，點上蠟燭……「我宣布：慶賀林香梅小姐生日儀式，現在開始！」盧如騰宣布完，同學們立即把林香梅和生日蛋糕圍在當中，只留一條包廂方向的通道。

這時，大螢幕上的畫面也變，赫然出現「祝林香梅小姐生日快樂」的字幕，並響起那首古老的英文歌：

第四章　絕招

Happy birthday to you,

Happy birthday to you,

Happy birthday to you……

林香梅不敢相信這一切是真的，愣愣不知所措……

這時，才有同學交給我一條用紅豆串成的項鍊。這條項鍊特長，像紅繩一樣繞了幾圈。我用雙手捧著，款款步入大廳……「現在，請金氏世界紀錄工作人員宣讀證書。」

一名中年女士應聲而出，宣讀：「朱紫橙先生獻給他愛人林香梅小姐的項鍊，長五百二十公分，九千九百九十九粒紅豆，屬目前世界最長……」

人們鼓掌起來，歡呼起來……

紅豆在燭光裡熠熠閃亮……

盧如騰動情地吟詠王維的〈相思〉──

紅豆生南國，春來發幾枝？
願君多採擷，此物最相思。

我凝視林香梅那晶瑩的雙眸，她也久久地看著我……「還傻愣著幹嘛？」盧如騰暗中狠捏我一把。

我確實不知道：「幹嘛？」

「快給她戴上啊！」

對！我走近兩步，把長長的紅豆項鍊戴到她長頸鹿般秀麗的脖子上。林香梅的眼淚，像紅豆般從項鍊上滾滾而落……「我說什麼呢？」林香梅問我。

我說:「妳什麼都可以說,也可以什麼都不說。」

她想了想,什麼也沒說,忽然吻了我一下,隨著一陣幽香襲進我懷裡⋯⋯這倒是讓人意外。報紙、電視記者連忙搶拍特寫鏡頭⋯⋯

第四章　絕招

第五章
忠告

第五章　忠告

　　生日晚會結束，已是凌晨兩點多，大街仍然車水馬龍。如今大小城市都講究夜生活，有些人還要開心到天亮。
　　從卡秋莎酒店出來，同學們東南西北散去，盧如騰也要走。
　　「我們一起送送她吧！」我說。
　　「對不起，我得回家陪老婆了！」
　　握手時，盧如騰趁勢拉我離開林香梅幾步，悄然交代：「記住我十六字：固鞏陣地，乘勇追擊，白刃相見，奪取全勝。」
　　「哪來這麼多名堂啊！」我聽了發笑，一時真領會不了。
　　「不聽我的，以後別找我！」
　　盧如騰跟林香梅握手告別，坐上一輛載客摩托車箭一般離去。
　　我們搭上一輛計程車。林香梅迫不急待評論：「你那個姓盧的同學，跟你好像特別……很特別啊！」
　　「去哪？」司機問。
　　「到通湖路……中路，到那我再告訴你。」林香梅說。
　　我說：「他叫盧如騰，如果的『如』，騰空的『騰』，跟我最肝膽。」
　　「我看你們狼狽為奸！」
　　「怎麼說這麼難聽！大學四年，我們一直同坐一張桌子。他這人腦子很聰明，就是沒花在讀書上，每次考試總要叫我幫一把……」
　　「你看，我沒說錯吧，幫人家考試作弊，不是『狼狽為奸』是什麼？」
　　「就算是吧！」
　　「是就是，不要什麼『就算』。你幫了他作弊，他現在幫你勾引女人……」
　　「怎麼能這樣說呢！」

我側臉看她，她看窗外：「司機先生，前面那個路口往左轉。」

這是一輛紅色桑塔納（Santana），我們並肩坐後座。我一直正襟危坐，雙手抱膝，儘量避免向她身邊靠，以免給她留下什麼不良印象。我們的新關係才開始，不可能馬上給我高度信任。兩顆心走到一起要有過程，只能期盼這過程儘可能短一些。然而，她把我對她這至誠至深的愛戀看成是「勾引女人」？我試探性伸出一隻手，替她理好脖頸上的紅豆項鍊，順水推舟越過右肩搭在她左肩上。她沒反感……林香梅突然說：「司機先生，前面那個路口往右轉。」

轉彎時，車有傾斜。隨著車傾斜，她的身子略向我這邊移。本來我身子也會自然向右傾，連忙坐定原勢。這樣，她就依在我身邊。我左手趁機攬住她的肩，她順其自然，並有意把頭偎到我肩上。頓時，我熱血沸騰……我沒有再動，連口都避免開，生怕驚動她。我希望車子就這樣開下去，一直往前開去，開到很遠很遠，開到朝霞滿天的黎明，開到山花爛漫的春天……忽然，林香梅又發指令：「司機，就這下車。」

非常遺憾！

「你跟這車子回去吧！」林香梅說。

我沒同意，也沒反對：「妳住哪？」

「前面，走一會兒就到，沒關係！你回去吧，你住哪？」

「盧如騰那，屏山那邊。」

「挺遠的。你先坐車走吧，真的！」

我不跟她爭，付錢把計程車打發走。

這是一條幽深的小巷子，燈光亮處空無一人。巨大的榕樹鋪天蓋地，陰森可怖。我攬住林香梅，又雙手將她摟到懷裡吻一把，挽著她開步。我

第五章　忠告

想這不是久留之地，不可貪婪。這種地方，首要的是警覺。萬一有什麼不測，首先要把她保護好。現在社會治安到處很糟，這不是沒有可能。不過，要是真發生的話，未必壞事。再演一出「英雄救美」，那一定更好。當然不能過分，不能傷著她，我受點傷可以但不能重……

「剛才我說你和盧如騰狼狽為奸，你生氣了？」

「沒有哩，那麼容易生氣還得了？」

「就是嘛，我想也不至於。其實，我想也是應該感激……」

「是嗎？」

「那一天，我也看到他。今天或者說昨天晚上，又是他在那裡敲邊鼓。如果不是很要好朋友，不會這麼幫你。」

「那當然！」

「他剛剛又偷偷跟你說什麼？」

「什麼剛剛？」

「我們出來的時候，大門口，街邊，他拉你到一旁……」

「哦，他說……他說不是關於你的事。」

「真的嗎？」

「真的。」

「你騙我！」

我可不能留下一個騙的印象：「其實也沒什麼，他叫我要好好吻你……」

「盡出餿主意！」

「怎麼能說餿主意呢？這麼好的事……」

「好了好了，我到了，就這棟樓，你留步吧！」

「哪裡？」

「第一個樓梯，505號。」

「我送你上去！」

「那我又送你下來？沒必要！房子專門有人看，房間還有一個女伴，我們很要好，沒事。真的，你走吧！」

「那……」

我看看她，她看看我，都不知道再說些什麼。她伸出手，我一握就鬆不開，但又不知道進而如何……

「你回去啊！」

「我……我、我……」

「明白了！你朋友給你安排的作業還沒做是嗎？」

我想了一下才明白。但這時，她主動閃電般吻我一下。我不滿足，猛地拉過她要瘋狂地吻一番，她卻掙脫……

「被人看到呢！」她有點生氣的樣子。

盧如騰早睡著。本來他留了鑰匙給我，我未歸不會扣門，可今天反扣了，叫好久才開，一臉驚訝：「你怎麼回來了？」

「我沒說不回來呀！」

「我不是教你了嗎？」

「你教我不回來？」

「我不是教你十六個字嗎？是不是說了『白刃相見』……」

「『白刃相見』？」我真不明白他說話怎麼變得像說禪。

「唉——，『豎子不足與謀』，一點沒錯！」

第五章　忠告

「你說天書一樣，鬼曉得你說什麼！」

「說這麼明白，怎麼還像天書？說白了吧：白刃相見，就是兩個人全脫了……」

「原來說那麼下流，—— 你怎麼會想那麼下流呢？」

「你爸爸和你媽媽生你下流不下流？」

「那是兩碼事。」

「是啊，這也是兩碼事。反正你們相親相愛，兩情相悅，遲早是那麼回事，遲一點不如早一點？」

「當然……但是……總得有個過程，總不可能一見面就要求人家……要求人家……總不可能吧！」

「怎麼不可能呢？」

「怎麼可能呢？」

「我問你，她今天穿什麼褲子？」我不理他。「牛仔褲是不是？」

「是又怎麼樣？」

「牛仔褲是不是有條拉鍊？」

「你太過分了吧，我真正愛……」

「我知道！我不過分！只說到拉鍊，只是告訴你一個道理。你知道老外發明拉鍊的偉大意義嗎？」

我回想起林香梅那件粉紅羽絨衣上的拉鍊頭，在陽光的照耀下，光芒四射……「拉鍊的偉大意義在於：你可以在一秒鐘之內把女人脫個精光。」

原來如此！我承認這話精彩，但我不能接受他盧某人的理論。我說：「凡事總得有個規矩……」

「我知道規矩，比如要坐車就得買票，可是不買票上車——先上車後補票，行不行？」

「何必呢？」

「就是有必要啊！存在就是合理，不合理不存在。」

上床後，我把昨晚以來的事細細回味了兩遍才入睡。很自然夢到林香梅。還是同學時，學校晚會上，她演唱〈潮溼的心〉，我上臺獻給她紅豆項鍊並熱烈地吻她，老師和同學們全都鼓掌。在雷鳴般一陣又一陣掌聲中，我牽攜著她步下舞臺，走出禮堂，登上等在臺階邊的紅色小車，那車裝飾了鮮花彩帶。一切都那麼美好，那麼溫馨，那麼迷人⋯⋯

然而，那車噪音太大，一發動就把我吵醒。多可惜啊，我帶著無限的悔意想返回，可是任我怎麼閉眼睛怎麼換睡姿也不能重新入夢。我們要乘彩車到哪兒去呢？到紅彤的洞房，還是人跡罕至的海灘？或密林深處？要麼⋯⋯總之是愛的天堂、情的伊甸園，只可惜早醒。

馬上去找她，不就是美夢成真嗎？這麼一想，我瞬間從被窩躍起。

林香梅住那叫什麼新村什麼樓，記不清了。但沒關係，以前那麼大海撈針尋尋覓覓都找到，現在更不成問題。到通湖中路試探著左拐右拐，沒多久拐到那棵大榕樹下。

到林香梅房門口，才十點多一些，想讓她多休息一下，便退到樓梯口靜候。

她在夢什麼呢？如果和我的夢一樣那多好！如果叫她選擇，她會喜歡海灘還是密林⋯⋯正呆呆想著，突然出現一名老婦。她把我從頭到腳掃視一遍，不放鬆警惕：「在這幹什麼？」

「找人。」

第五章　忠告

「找誰？」

「找林香梅。」

「在哪？」

「就這，505。」

「為什麼不進去？」

「沒人。」

「沒人為什麼還在這？」

「不是沒人，是她還在睡覺。」

「那為什麼不敲門在這傻站？」

「我願意，——人家還『程門立雪』呢！」

「你罵人？」

「沒沒沒，您老聽錯了！我是說……說、說人家姓陳的門前還立雙靴子，我女朋友她門前怎麼拖鞋也不放一隻。」

「不要油腔滑調，有身分證嗎？」我老老實實掏出來讓她驗明正身。「快敲一下，有人進去、沒人就走！」

「再等幾分鐘行嗎？」

「我可沒工夫等你啊，都這樣其他地方不要看啦？」

我想說我大大的良民一個沒必要要你陪，又想跟她囉嗦不如讓林香梅去怨幾句。我還是選擇敲門……

「誰？」

「我也不知道我是誰。」

一開門，我就撲過去擁抱她。她掙脫出一隻手去關門：「有人呢！」

「讓她看吧，怕什麼？誰也不怕，全世界來看也不怕！他們要是想看，讓電視直播！」說著重重一吻，咬痛了她。

「你怎麼像前輩子沒碰過女人似的！」

「何止，前輩子、再前輩子也是單身漢呢！」

「你以前可是像女孩子一般靦腆啊，怎麼變油嘴滑舌了？」

「邱比特是個魔，可以讓快嘴變啞吧，也可以叫啞吧變快嘴。」

「愛說話！」

「愛說話」是本地女孩子新流行一句口頭禪。她還穿著睡衣睡褲，脖子上繞著紅豆項鍊。項鍊太大，剛好圈在兩個乳房上。她沒穿胸罩，乳頭恰巧頂著紅豆，令我兩眼變得奇亮……「流氓！」她臉面一紅，一下掙脫，轉身忙亂。進洗手間出來，換一套紫色連衣裙，只見山巒不見峰。「你剛才說什麼『我也不知道我是誰』？」

「是啊，我是你同學，又是你朋友，還是你未婚夫……」

她跳出我的懷抱，急得直跺腳：「你想到哪去呀！人家『得寸進尺』，我看你是『得寸進丈』！」

「那好啊！我追妳從同學到朋友追追了十萬八千里，難道從朋友到夫妻還要八千十萬里？」

「我不跟你鬥嘴了，累了！」我把她抱進懷裡，她居然像娃娃似地想睡。

「妳每天晚上都要忙到很晚是嗎？」

「不，不是那意思！我是說我像一頭離群的小鹿，得拚命往前跑，一

079

第五章　忠告

路上又不時有豺狼虎豹殺出來，——包括你這條色狼！」說著狠狠刮一下我的鼻子。

「你把我看成一條色狼？」

「差不多嘛……」

久雨初晴，倍覺太陽可愛。林香梅顧不得先吃早飯，趕著把被褥衣物搬到陽臺上晒。自語說：「到處潮潮的，討厭死了！」

女人的東西花紅柳綠，我不好意思插手也插不上嘴。好在這是一間獨立套房，我可以在廚房、臥室和陽臺走動，不至於太拘束。不過，單身者的廚房太簡陋，女孩子的臥室太複雜，我只好多走陽臺，憑欄遠眺。

眼前高樓大廈，遠處滔滔的河流。河水變寬闊，也變泥濁，由此想上游再上游那家鄉的河溪渠溝：淫雨浸透了冬眠的大地，於是溢流溝渠，匯入溪河，奔騰著，咆哮著，摧枯拉朽，橫衝直撞……等她忙完已近中午，我們早餐、午餐合併一餐泡麵。

「對不起，第一次到我『家』做客，就沒什麼好招待。」

「沒關係！我們家鄉不是常說嗎：人情好喝水都甜。有妳在，我不吃都飽。」

「看一眼我都飽？」她邊往碗裡沖開水邊用方言講。我們家鄉俚語「看一下你都會飽」，是表示討厭。

我連忙糾正：「瞅妳一眼我就餓！」

她滿意地笑了：「餓了沒關係，我這泡麵夠你吃三天！」

「不，那是吃不飽的。我餓了就要吃……」我上前，兩手從後面抱住她。接著騰出一隻手，撥過她的臉來熱吻。她的臉白裡透紅，我想咬起來一定像那又甜又脆的蘋果……

「哎喲——，痛死我了！」她手上濺了開水，面頰也可能被我咬疼……

「對不起！」

「要放辣嗎？」

「要，沒辣怎麼吃啊！」

「我以為你做了城裡人不吃辣了。」

「怎麼可能呢？吃的習慣跟鄉音一樣難改。」

「還要放什麼？」

「妳這還有什麼？」

「蝦油，醬油，花生油，鹽巴，味精……」

我突然想起什麼，一種快意由衷而來：「有火腿腸嗎？」

「火腿腸？這倒是沒有。如果你愛吃的話，可以到樓下買。大門左邊有個小店，很快。」

「妳不是愛吃嗎？」

「哦，是喲，——那是以前！」

「現在不愛吃了？」

「不吃了。」

「為什麼？」

「嗯——，不告訴你！」

「為什麼不告訴我？」

「不為什麼。」

「哼——，妳不說我也知道！」

第五章　忠告

「你知道什麼？」

「我知道我們同班的時候，有一個花花公子經常買火腿腸偷偷給妳，妳吃不掉，分給要好的女同學……」

「你吃醋了？」

「我才不吃那門子陳年老醋呢！」

「哼，不吃──！看你滿臉妳又沒喜歡他，相反討厭他，連火腿腸都不吃了……」

「你別亂講！我吃不吃火腿腸跟他無關……」

「那跟誰有關？」

「你真想知道嗎？」我真怕她端出一罐新的醋來，但又點了頭。「跟你們男人有關，這倒不假……」

她好像有意賣關子，我的心劇跳不已。我鬆開手，離開她，來回踱步，邊走邊甩動雙手，裝著手痠的樣子，裝著對她那跟男人有關的故事不在意……「你記得一個電視廣告嗎？影星問男人：『你在幹嘛？』男人說：『想女孩。』接著出現某牌子火腿腸，男人喜歡不得了。又問：『你還想她嗎？』男孩反問：『她是誰？』這廣告你看過嗎？」

「有，有有有！」

「我非常討厭這廣告！《編輯部的故事》看了吧？」

「嗯──，看了好幾集。」

「你知道，男孩是愛戀女孩的，可是那些奸商那些戲子卻讓他們的火腿腸奪走對女孩的愛，你說可惡不可惡？」

「有同感！」

「有一本小說，女孩說：『利用感情為工具，達到某種目的的人，該殺！玩弄感情的人，該殺！輕視感情的人，該殺！無情而裝有情的人，該殺！』我不能去殺那些奸商戲子，但我可以不吃那種公然褻瀆愛情的火腿腸！」

我大為震驚。一連串「該殺」，驚心觸目，不寒而慄。是不是指桑罵槐，警告我不要利用她的感情，不要玩弄她的感情，不要輕視她的感情，不要對她虛情假意？我又想她不是那種工於心計的人，我不能不做賊也心虛。不管怎麼說，這表明她非常重情。我說：「我想起『五四』運動，想起我們的前輩抵制洋貨、抵制日貨……」

「你別笑我！真的！我就是這樣不吃火腿腸的，不騙你！」

真的，我不能欺騙妳的感情！

好不容易吃完泡麵，和林香梅同租一套房的女室友回來。林香梅介紹，她叫陳筱華。

陳筱華不算漂亮，妝化很濃，該黑的很黑，該白的很白，該紅的很紅，豔麗奪目。她跟我點個頭，便開始介紹她剛買回來的一本書：「香梅，『世界末日』真的快到了！」

簡直胡說八道！我們的愛情才正式開始呢，怎麼碰上這麼個烏鴉嘴？當然，我沒罵出聲。

「妳別亂聽人胡說！」林香梅笑笑，很可能跟我一樣想法。

「不是胡說，我翻給你看！」這本書介紹法國大預言家諾斯特拉達姆士。早在四百多年前，這位大預言家就明確寫下某年天上降下大災星。也就是說，再過兩年「世界末日」就要到了！

我想起林處長的女兒，她說的跟陳筱華說的應該是同一件事。我忍不住插嘴：「純粹是無稽之談！」

第五章　忠告

「你憑什麼說人家無稽之談？」陳筱華怒目圓睜，跟我擺出一付論戰的架式。

「他憑什麼說過兩年有大災？」

「他……人家……人家是專家啊！你看——」她又跟我翻書，三兩下就翻到。看來，她一買到手就把全書翻閱了一遍，可能還是邊走邊看。

日本人五島勉解釋：到那時，以地球為中心，太陽、月亮和八大行星將形成罕見的「十字架」，給地球帶來一場可怕的大災難。天文學專家還說，近五億年以來，地球一共發生六次物種滅絕，專家們基本一致認為主要是小行星撞擊地球造成。直徑為一至二公里的行星、彗星，撞擊地球後會使全球氣候發生變化，文明中斷，機率是數萬年一次。直徑三點九公里的行星、彗星撞擊地球，將使種族滅絕，生物進化更替。使恐龍滅絕的行星，直徑十公里多，五千八百萬年才發生一次。目前，直徑二公里以上的小行星有兩萬多顆。她說：「清楚了沒有？我們頭上的災星兩萬多顆呢！不是兩三顆，也不是兩三百、兩三千，而是兩萬多！這麼多災星在我們頭上，不是用繩子用鏈條綁好鎖好，全都是竄來竄去的，不安份守已，像一個個兩三歲的孩子，教不聽，管不住。只要它們中隨便一顆出一點點問題，一不小心，像我們走路時不小心拐一腳，那麼——，我們地球上的人……」

「那怕什麼？天蹋下來，有蘆葦頂著。」林香梅發笑。

陳筱華可沒心情笑。大難臨頭，居然還有心思發笑？她氣得眼睛鼻子跟著嘴巴歪到一邊。

「什麼預言家，那在歐洲古代是占星術，在中國古代是卜卦，信了它褲子都沒得穿！」我想做總結，轉移話題。

陳筱華忍住怒，忍不住話：「不能一棍子把人打死！那些算命先生、算命婆我都不信，廟裡的菩薩也不信，可這個諾斯特拉達姆士你不能不信！他預言很多，很多都被證明是真的。比如法國大革命、第二次世界大戰、波斯灣戰爭，發明電影、飛機、原子能，還有很多很多，他都在事先準確地預言過。」

說著，她又翻書。我連忙說：「著名學者羅素（Bertrand Russell）講過一個故事：一隻小雞每天都吃到主人送來的食物，它就以為明天主人還會來餵食，然而第二天它就被主人吃掉了。邏輯學告訴我們：張三說第一句話是對的，第二句話是對的，第三句話是對的，第四句話還是對的，第一百句話仍是對的，可仍然不能等於第一百零一句話是對的！」

「你這是邏輯推理，人家那是歷史證明。」

「那還只是其一。還有其二：最多只能說存在『世界末日』的可能，然而這種可能的事，他可以預言，你可以預言，我也可以預言，誰都可以預言。比如，我可以說『世界末日』可能是西元二千二百二十二年二月二日，也可以說可能是明天，可以說可能是今天以後的任何一個日子，甚至可以說可能是一秒鐘兩秒種之後的任何一分秒……」

陳筱華不服：「你有什麼根據呢？」

「諾什麼人有什麼根據呢？」我反問她。

「好了好了，吵死了！」林香梅不耐煩了。「走，陪我上街！」

人如果走火入魔真不可思議。陳筱華，還有林處長那個寶貝女兒，陷在「世界末日」裡不能自拔。看她們那虔虔誠誠的樣子，再聽她們旁徵博引一番，你也不免變頹廢。可是走出房間，雨後的世界像出水的芙蓉。大街上人如潮湧，大店小店都在做生意，有錢人沒錢人都在計較價錢，並沒

第五章　忠告

有誰想著「世界末日」快來而少賺點，也沒有誰因而亂花。醫院裡垂危的病人仍在為多活三五年飽受刮骨剖腹之痛，工地上的工人仍在為三五年後才竣工的大廈拚命勞作……窗外的世界永遠是一種萬物伊始的樣子！

走出那個房間，離開諾斯特拉達姆士之流製造的恐怖，我的心情很快好起來。我們只是逛街，沒有目標，東張張西望望，散散心而已。林香梅戴墨鏡，判若兩人，我不時側頭欣賞。她警告我：「正經點好嗎？」

女人很怪，目不斜視卻知道左右或者後頭有人在看她。我也覺得失態，努力轉移注意力。

大街上車水馬龍，女人是流動的風景。應當承認，現在漂亮的女人越來越多，大街上漂亮的女人又更多些。古人注重「衣錦還鄉」，認為得志以後如果不回家鄉風光風光，就像黑夜裡穿好衣裳一樣。女人普遍懂得這個道理，一穿件新衣服必定得上街，一提個新包包必定得上街，一抹點新口紅也必定得上街，亮麗的女人總有上不完街的理由。這倒好，男人也有了上街的理由。循環過來，女人又為「回頭率」上街。越漂亮的女人「回頭率」越高，增加了她們的信心，促使她們穿得更露，胸挺得更高聳，臉笑得更甜。一個女人千姿百態，十個女人就萬姿千態……

奇怪，千千萬萬的女人，我怎麼獨獨對林香梅如此如痴如醉？

人與人之間都隔著一條無法踰越的星河，看來有道理。我和她也是。這條星河上的鵲橋從十來年前開始架設，直到昨天——不，是今天零點才架通，我才踏著一粒粒紅豆渡過，直抵她的心房……

林香梅問：「你說，我送你一樣什麼禮物？」

我說：「不要不要，謝謝！」

「不，我要送你一個做紀念。」

「妳已經送過了！」

「嗯──？」

「妳的吻就最好的禮物，那情那愛我永遠珍藏在心靈深處！」

「真受不了，大街上呢！」

我一路不說話了，一回房間，林香梅就追問：「你在想什麼？」

「想妳！」

「愛說話！」

「真的。我想：妳怎麼對紅豆那麼敏感，好像白骨精見到孫悟空⋯⋯」

「呵──，我是白骨精？」

「哦──，不不不！我只是借⋯⋯打個比方。我是說，妳怎麼對紅豆特別⋯⋯特別⋯⋯特別那個？」

「你想知道？」

「不想還問幹嘛？」

「那我告訴你吧！我家出來，不是要路過牌坊下嗎？」

「知道。」

「那不是有棵紅樹？」

「那有紅樹？」

「有啊！」

「唔⋯⋯我認不出。」

「就在山邊。那裡本來有很多紅樹。紅木是做家具的上等木材，但以前人們迷信，牌坊下是我們村的水口，誰也不敢到那去砍。前些年不迷信

第五章　忠告

了，那裡的大樹被砍光。紅樹還剩一棵，只因為軍事禁區的鐵絲網剛好從樹上繞過，可算可不算禁區範圍，但沒人敢惹。紅樹很漂亮。四五月間，開出白白的小花，一陣陣清香。有次，偶然聽一個地方官員說，那就是長相思紅豆的樹。但這種樹單性繁殖，要有幾棵紅樹長在一起，才會長出紅豆。像這樣孤零零一棵，只會開花不會結果⋯⋯」

「樹木還這麼風流？」

「你知道紅豆為什麼血紅嗎？」

「不知道。」

「我也不知道。我猜想，紅色跟女人有關，比如女人叫『紅顏』，女人出的汗叫『紅汗』。那血色是心血，女人為愛情而思念，心血滴滴成豆。所以，我那時候就開始在心裡暗暗想：將來，哪個男子送我這樣一顆紅豆就好了！我只是想在心裡，從來沒跟人說過，你怎麼知道？」

「我⋯⋯嘿嘿，瞎猜吧！」我總不能說是盧如騰他們的主意。事實上，事後我問盧如騰，他也說是瞎猜。「紅豆，如果不是送一大串只送一粒，能打動妳嗎？」

「不知道。」

剛買回來鮮桃，她拿了幾個去洗。我還在想紅豆問題，自言自語：「沒錯，還是大串好，火箭炮似的，一排接一排，地毯式轟炸，敵人喘氣的機會都沒有！」

「別得意啦，乘人之危算什麼本事！」

「你有什麼『危』？」

「前一陣子擂臺賽，我又沒入選。看來，我吃不了這碗飯，這一陣子心情糟透了！」

我連忙擁住她，吻她：「我用愛烘乾妳這顆潮溼的心，用心感受妳這份滴水的痴情。」

　　「我真有一種累的感覺，是心累，經不起你『轟炸』！」她嘆一聲，轉而發笑。「我投降了，你會優待俘虜嗎？」

　　「我會，我會！」我緊緊抱住她。「但我要把妳關押在我的心牢，關一輩子，終生監禁！」

　　「那我認罪，我伏法！我伏法！」

　　正開心時，手機響了，盧如騰催我們吃飯。接完電話，我要她的手機號碼。她說一串數字，我覺得挺熟悉……我想起來了！那號碼浪費了我幾十上百個電話，怎麼能忘？我衝過去，找她算帳：「八個數字排列組合是多少？妳算一下，──一組號碼一個吻！」

　　晚上盧如騰專門宴請我和林香梅，慶賀「紅豆大捷」。

　　菜已上桌，盧如騰和張娜坐桌上邊看報紙邊等。我們一到，直接上桌，但盧如騰又叫先看報紙：「快看看你們的光輝形象！」

　　張娜興奮說：「你們現在是『愛情明星』了！」

　　我一目三行查閱報紙。大報的社會版重政治，標題〈紅豆為國增光〉，著重說中國是文明古國，自古有許多人吟詠紅豆，如今又創世界紀錄，弘揚傳統文化。地方報重市民胃口，標題〈求愛絕招〉，著重寫我向林香梅求愛，十八般武藝都沒用，驚世駭俗的紅豆項鍊一出，大美人隨之傾倒在懷。知名日報因為盧如騰的緣故，一個整版，通欄標題〈南國紅豆冠五洲〉，圖文並茂，談古論今，詩情畫意，雅俗共賞。關於林香梅的身分，只說是我老同學，新歌手，隻字未提坐檯小姐之類。

　　林香梅匆匆看完幾份報紙，果然很高興，馬上以茶代酒感謝盧如騰。

第五章　忠告

然後,將有關的幾張報紙小心疊起來:「送給我做紀念!」

盧如騰叫道:「好——,好!將來,給你兒子好好看看:當初,你爸爸媽媽,多麼……那個……那個啊!」

「愛說話!」林香梅羞紅了臉,隨手用報紙敲盧如騰的腦袋。

不久,電視開始播當地新聞,也報導昨晚那個場面。從生日蠟燭、宣讀證書,到林香梅軟進我懷裡,都再現出來。此時此刻,作為觀眾來看,另有一番風韻……

「哇——,香梅,好風光——好甜蜜哦——!」張娜羨慕極了。

「討厭死了!」林香梅努力抿住嘴,但由衷的喜悅還是從那對明眸中洋溢開來。「事先也不打個招呼,你看我頭髮有點亂,也沒弄好……」

我們四人兩對頻頻舉杯。

沉寂片刻,盧如騰問我:「你想什麼?」

「沒什麼,這一陣子我只想跟林香梅的事。我想,按規矩得謝媒人,沒個媒人也是遺憾,我們就聘盧如騰做名譽媒人吧!」

林香梅當即表示同意。

「好!只要有當,管它什麼『名譽』不『名譽』!」盧如騰非常高興。「以後他如果敢欺負你,妳就給媒人大哥說,我找他算帳!」

「那是喲,媒人好事沒你的份,壞事可少不了你。我小時聽過罵媒人的山歌:『燒青柴起青煙,想起媒人不甘心。過一個檻洗一個碗,保佑媒人跌一個倒』……意思說,聽媒人騙,嫁不好,咒媒人。歌很長,我記不得了!」

「這我倒放心!朱紫橙不是那樣的人,妳嫁了他,保證像掉進蜜罐,只會唱『燒乾柴起白煙,想起媒人好感激』……」

盧如騰和林香梅一來一往，我們插不上嘴。講到這，我總得說點了：「太好不敢說，但可以保證一輩子愛她，恩愛偕老！」

　　說著，我和林香梅站立起來謝他們一杯酒。

　　林香梅三句不離本行，敬完酒還沒坐下就說張娜很像蘇紅。

　　「哪個蘇紅？」我一點也不知道。

　　張娜感到驚訝：「蘇紅都不知道？」

　　我抱歉地笑笑，後悔沒注意這方面。

　　「蘇紅是老歌手了，最近唱一首〈老朋友〉。」張娜頗內行。「最早是唱〈我多想唱〉的。」

　　林香梅還說蘇紅是哪個歌舞團的，還跟張娜你來我往地說蘇紅的男朋友是某某等等等等一大堆，我和盧如騰在一邊耐心旁聽。正當我們的耐心臨近極點的時候，她們離開餐桌到廳上去K歌，我們只好奉陪。

　　「唱歌成了我們投資的新熱點，實在拿她沒辦法！」

　　對盧如騰的抱怨，張娜反擊：「總比你抽菸喝酒好！」

　　急於唱歌，論戰沒展開。先是張娜唱，水準跟我差不多，但我們還是恭維了一番，她好高興。接下來林香梅唱——

月光啊下面的鳳尾竹，
　輕柔啊美麗像綠色的霧。
　　竹樓裡的好姑娘，
　　　光彩奪目像夜明珠……

　　我清楚地明白，這字字句句都是她的心聲。我的心隨著那每一個音符跳動，全身心沉醉在那綠色的霧中……

第五章　忠告

「哇——，小林，妳真的可以上電視！」

張娜的掌聲比我熱烈，話也比我快，招致盧如騰的攻擊：「那當然，哪像妳走音走三五公里，又愛唱……」

「哎哎哎，別那麼缺德好不好？」張娜生氣，煽動林香梅加盟。「你們男人最沒良心，沒得到的時候說我這好那也好，得到了就這不好那也不好，——香梅，妳可要小心點啊！」

林香梅笑了笑，沒參戰。

送林香梅回來，我以為他們睡了，直接進客房。不想，剛上床盧如騰就推門進來，開口就誇：「哎，你那個妞真好！」

「是嗎？」我差點答出「那當然」。

「看得出來，她肯定還是處女，是吧？」

「應該是吧！」

「你真不知道？」

「有必要現在就知道嗎？」

這回，輪到他不知如何作答。雖然過零點，天氣還是悶。他把電風扇調強，噪音增大一倍。他又去冰箱拿來兩瓶啤酒，一人一瓶，像我們當年在野外一樣直接用瓶子喝。

「不瞞你說，我搞了好幾個，包括張娜，沒一個是處女。」

「你不是看得出來是不是處女嗎？」

「醫生看病也常出差錯。」

「人家說：現在找處女得到國中去等。」

「何止，保險點還得到小學！」

「如果都像你，小學也不保險。」

「你別把我想像太壞，只不過比你多幾個，跟那些有錢有權的比起來，我還算得上天使。你呢？你真的還沒搞過？別的也沒有？」

「沒有，真不騙你！我還沒碰上喜歡的女人。跟那些不喜歡的女人，我覺得不可思議，寧可自慰！」

「那你也太認真，大可不必。現在什麼年代了，你恐怕算得上本世紀最後一個童男子了，——哦，還有最後一個處女，剛好！」

「當然！舉世無雙……」

「別得意！常在河邊走，難免不溼鞋。我想，你還是把她帶回去好，隨便找個事做也比坐檯好。再坐下去，今天乾淨、明天不一定乾淨；今天是你的，明天就不一定是你的！」

第五章　忠告

第六章
醋罐

第六章　醋罐

　　我們縣距城裡數百公里之遙，坐火車整整一夜，還要換汽車搭個幾十公里。在樵城下火車清晨五點多，汽車要等六點才開始。好在我行動迅速，買到第一班車票。還有好幾個老鄉腿不俐落，得等第二班。為此，林香梅幾乎公開地獎賞我一個吻。

　　「這吻一個抵得好幾個！」我讚道。

　　「是嗎？」

　　「如果說平時五個才會醉，那麼這一個就會；如果說平時一個值五塊錢，那麼這一個值二十五塊。」

　　「為什麼？」

　　「這是在公共場所啊，就跟飲料點心到了舞廳就特別貴一樣的道理。」

　　「現在天還黑，人家看不見。」

　　「如果天亮，且在大街上，那就更值錢嘍！」

　　「你還想大白天在大街上？」

　　「那多美啊！」

　　正說笑著，發車時間到。排隊、剪票、上車，一切順利。然而，車發動不起來，得等修車。車修了好長時間沒好，一次又一次發動，震耳欲聾，油煙又臭又燻人，連我們兩個也沒了好心情……

　　更氣人的是第二班發車時間到，那車沒滿員，按道理應該讓我們車上調幾個過去，可就是不通融。我們車上有人罵街，有的跟第二班車的司機和售票小姐理論。

　　「我們買了票為什麼不能上？」

　　「你們買的票是第一班車，這是第二班。」

「你這車就是今天發出的第一班。」

「不是。你這票寫得清清楚楚：六點四十五。這是第二班車，第一班車壞了！」

「你這車空也是空，為什麼不讓幾個人先上呢？」

「該空也得空。」

有人罵他們傻，有人解釋說空車出站更合算，那樣他們可以到站外拉客，賣的票不給車站抽成。我對這種說法正懷疑的時候，我們車上幾個要趕路的開始行動，說這車票作廢算了，趕緊跑到站外去等。

「我們也去，一百多塊錢算了！」

我也狠了心，林香梅卻扯住我：「你有幾個一百多塊，反正今天是星期天！」

眼睜睜看著第二班車比我們早走，一肚子氣。我後悔早買了票，莫名其妙聯想起盧如騰關於先上車後買票的論調……

這年頭找工作談何容易！以前還好說，到鄉下當個代課教師很容易。可是現在鄉下老師也額滿，專科、師範畢業生都難分配，沒有大學文憑，問都不必問。人們嘆如今找工作比找老婆還難，一點也不誇張。林香梅通情達理，叫我不要為難，她去開個小店算了。我叫她別急，慢慢想辦法。

這些天我工作很忙，不能多陪她。她住在女同學家，白天跟同學玩，晚上跟我約會。

天氣一天比一天熱，房間裡待不住，我們到河邊散步。當同學時，我們雖然同窗共讀，心卻疏遠。如今我把男生這邊的軼聞趣事告訴她，她把女生那邊的告訴我，我們這才發現同學生活原來那麼豐富多彩，那麼可親可愛，只恨時光不能倒回。原本我還困惑人家談戀愛怎麼天天在一塊，哪

第六章　醋罐

　　有那麼多話可說,親吻什麼的日子一久也會像吃多的肉一樣吧!如今才發現戀人的話語像溪流,永遠不會枯竭,而我們的吻則像這溪流的浪花,每一朵都別有韻味⋯⋯

　　我這才發現沒有愛的日子就像天上沒有陽光,山上沒有鮮花。

　　沒幾天,她說要先回家。我留了兩天,她又提出。我沒理由也沒權力硬留,只好同意:「也好,抓緊時間在妳媽懷裡多撒幾天嬌,以後回去就是做客了。」

　　「你催我出嫁是嗎?」

　　「當然,恨不能就今天。」

　　「還早哪,你要急我偏不!」

　　她的脾氣領教夠了,我不能跟她倔強:「只要妳嫁定了我,我願再等一千年!」

　　「真的哦?」

　　「不信?我們寫下來!」

　　「其實我也想早一天呢!」

　　「妳敢帶我去妳家嗎?」

　　「你有膽量去嗎?」

　　「我前一陣子去妳家找妳時發誓了:下一次來就是見岳父岳母,怎麼樣?」

　　「不反對。」

　　「真的?」

　　「隨你。」

我有點喜出望外。我還愁過：向她求愛求得死去活來，要談婚論嫁不知多艱難，沒想到無意一說就成。

津口離縣城只有十幾公里，又位於公路幹線，半夜都有車經過。但我們帶的東西不少，我想找部便車。

這一年多跑上跑下，時常接觸政府機關。大事辦不來，辦點小事還是方便。我問縣政府辦公室，說沒有便車，但提到津口江鄉長在縣長那，過一會兒回去，可以直接問問他。

江鄉長是一位高中同學的哥哥，去看電力站工地時我常到鄉裡吃飯，算很熟，搭個車應該沒問題。我打他的手機，果然一說就好。

「我還有一個人……」

「還有一個人啊？哎呀……」

「還有點東西……」

「那是沒辦法。司機要帶兩個朋友回去，先答應了。你一個去是沒問題，去兩個就很擠了，再帶東西……」

「那、那算了，我另外找一下，謝謝你了！」

「哎，小朱，你還有那個什麼人哦？」

「私人……坦白說吧，是我女朋友！」

「哎呀，那怎麼不早說？帶了女朋友，專門送一趟也應該啊！這樣吧，你帶她來，司機那兩個我叫他自己想辦法。」

「那怎麼好意思呢？」

「沒什麼，小事一樁，司機敢不聽啊？」

「哎，對了！你司機還是黃、黃新后土嗎？」

第六章　醋罐

「對對對,還是他!你應該見過吧?」

「何止見過!我們是同學,從國中到高中,熟透了,——前一陣子還到他家喝過酒呢!」

「嗨——,那更好說!這樣吧,你們九點三十分來,縣政府大門口。見面再聊,我這會還有點事。」

山村比不得城鎮,臨時來客沒什麼好菜,主人很為難。因此,林香梅臨時去買些魚肉海鮮,結果遲到。

見我和林香梅大包小包拎不少,江鄉長和黃新后土連忙鑽出車來迎接:「為老同學千里送京娘,先慰勞一包喜菸再說!」

老同學相見,分外親切。我三步並兩步迎上前,雙手跟他先握了,抽出一隻手趕往後頭幾步的江鄉長。我正要給他們介紹林香梅,卻發現她停在幾步外的小商店買什麼:「香梅——,快點呀!」

「來了!」她應聲而來,黃新后土望她望得發呆……我這才發覺犯了一個天大的錯誤:黃新后土追林香梅比我追得更瘋啊,我怎麼帶她來搭他的車?轉念又想他那誓言不過是年少無知、開開玩笑而已,即使當真他沒追到、我追到,我是勝利者,而勝利是應當慶賀的……林香梅到我身邊,摘下墨鏡對他們微笑致意。

「這是我未婚妻林香梅。」我有意不講「女朋友」。

黃新后土笑了笑,笑得很勉強:「都是老同學了。」

「你跟她也是同學?」江鄉長吃驚。

「那是以前……」我推測他想起了當年的狂言,他越尷尬、我越得意。

「三個同學相聚不容易啊,中午要好好喝兩杯!」江鄉長很豪爽,很高興。「小黃做東,我奉陪,——上車吧!」

黃新后土卻滿臉陰霾，嫌我腳邊的魚肉海鮮不好帶：「這個……」

「用紙盒裝了沒關係。」江鄉長不以為然。

黃新后土卻頑固：「不行啊！腥得要死，幾個月都會有味道……」

「不方便就算了，我們坐班車去。」林香梅順水推舟走開。

我也不想再看他那張臭臉，立即跟江鄉長握手道別，對黃新后土點一個頭轉身，提了行李就走……這醋罐把我們的心情砸得很糟。

說起來只能怪自己。不是早知道黃新后土在鄉裡當司機嗎？怎麼還找上門，故意氣他似的。不過，當年他發誓非要把林香梅娶到手不可，不也讓好多人吃了醋嗎？報應！

到津口的車挺多，有公共汽車大型巴士，也有私人小型柴油車，半個多小時一部。吸取前幾天樵城乘車教訓，我們在車站外必經之路等。什麼車來了就坐什麼車，誰的票也不先買、誰的合約也不先訂。

沒幾分鐘來一輛。車頭白底紅字小牌標明到津口，車開得很慢，司機老遠就發現我們：「到津口嗎？」

這是一輛人貨兩用車，坐起來不如專用客車。我轉過頭看林香梅，她腦袋朝前伸伸，我們上了車。

屁股一坐定，車就開了。司機邊開車邊要我們買票，一手握方向盤一手找零錢。可是，這車仍然開得很慢，簡直像犯人上刑場！司機邊開車邊攬客，開了半個多小時還沒開出縣城……「司機先生，你能不能快點啊？」

「嘿嘿──，路上還有人啊，儘量顧全點吧！」

終於開到北門橋頭，一過橋就出城，速度總該正常了。沒想到，車又調頭回城內轉……

第六章　醋罐

「司機，你做人也差不多吧，哪有這麼兜來兜去的！」乘客還有一個漢子，大發脾氣。

「有什麼辦法呢？就你們三個，油費都不夠，總不能叫我虧老本吧！」

「那也不能叫我們老陪你拉客啊！」

「你要兩三個人坐可以包車啊，當官的還一個人坐一部呢！」

「你怎麼能這樣說！我們下車，你退錢！」我也生氣了，使出殺手鐧。

「買了票怎麼退？我又沒說不拉你。」

只能自認倒楣。我憤憤然，下次再也不上當了，轉念又想這種小人會在乎你的下次嗎？

兜回車站轉出來，有個客人要走，但是要去另一條街叫同行。車主很樂意答應，於是又多拐一條街，並停在街口等。更氣人的是，一輛公車後來居上，本來我們可以坐那車先走⋯⋯

「下次，要等車開出城了再買票！」林香梅深有感觸。

從津口到半嶺是山路，一路上坡。早在我當年國中尾隨林香梅那時候，這條水泥路就破敗了，長出許多高瘦的綠草。兩旁的草直向路心襲來，偶有蛇鼠竄過，嚇得她直往我身邊躲。

「別怕！其實蛇不壞，你不惹它一般不會亂咬人。」

「我也聽說，但我就是怕。」

「沒事！再過一段，等我們電力站正式開工，這條路又會光亮起來。」

林香梅好像不再怕了，但還悶悶不樂，鬱鬱不言。坐一班車卻一肚子氣，更氣人的是黃新后土那鳥人。一想起他，我火冒三丈：「抬起頭來呀，像欠他什麼樣的！」

「欠誰什麼？」

「還有誰？」

「你半天空打一槍，誰曉得你說誰！」

「這種人，哼——也太小人相了！」

「誰知道你們男人，一個個好鬥的公雞……」

「所以說男人活得累。哪像妳們女人，坐山觀虎鬥，坐收漁利……」

「不對吧，應該說女人是你們男人的戰利品，或者說祭品，或者說砲灰……」

「別說了！那些大道理小道理留給盧如騰去理論，我只知道妳是我的愛神……」我連忙吻她。

到牌坊下，林香梅的心情終於好起來，拉著我的手去找那棵紅樹。

紅樹其實也平常，難怪我平時沒注意。這樹直徑幾尺，十多公尺高，葉冠覆蓋了好大一片。當時，拉軍事禁區鐵絲網的人不知怎麼想，用這棵樹做一根水泥樁，鐵絲繞在樹幹。這倒好，救了它一命。但它跟這裡牌坊表彰的女人一樣，終生守活寡……

當地人不知道紅豆詩，只知道紅木做的家具好，城裡人特別喜歡，於是滿山遍野搜尋，瘋狂地砍，連河口樹也不放過……

沒有詩的樹，只是樹。沒有愛情的人，只是行屍走肉。這樣一棵愛情樹長在這，是巧合，還是有意？是老天有意，還是那些節婦烈女的魂靈有意？不管怎麼說，這是一種有靈魂的樹，有感情的樹……

「我常想，什麼時候能弄些紅豆種子來，一路播撒過去。」林香梅依在紅樹上，陷入無邊的遐想。「將來，種子發芽，出苗，成樹，長大，初夏

第六章　醋罐

時節，一路是幽香的小白花；深秋時節，又一路鮮紅的小紅豆，一路是詩，一路是愛……」

「那太美了！」我吻了她。「這件事，就交給我吧！我保證弄一堆紅豆種子，我們一起來播撒。將來，一路上……一條長長的紅豆林，我們到這林間漫步，手拉著手，還有我們的兒子，或者女兒……」

「你想哪去啦！」

「還有，一到金色的秋天，我們就和兒子或者女兒到這來撿紅豆，撿很多很多，串成很多很多紅豆項鍊，每一條都跟我們創金氏世界紀錄那條一樣長，送給所有相親相愛的人們，讓紅豆項鍊比金項鍊、銀項鍊更時髦，滿街紅紅的……」

「噢，快別說了！別說了！」

「怎麼啦？」

「我陶醉啦！」

進村子的時候，我說：「我真的要叫岳父岳母啦！」

「激動什麼呀？」

「變卦啦？」

「我說過愛你，並不等於許諾嫁給你呀！」

「『愛』與『嫁』不一樣？」

「當然不一樣。」

「怎麼不一樣？」

「愛不愛是我的事，嫁不嫁是我爸媽的事。」

「我還沒聽過這說法。」

「沒聽過,現在聽了。」

「這麼說,我還得求妳爸爸媽媽?」

「那是你的事!」

「怎麼變成『我』的事啦?至少應當說是『我們』的事。」

「我是不管噢!」

「真的?」

「真的。」

「那我怎麼辦?」

「我怎麼知道你怎麼辦。」

「妳別這麼神氣好不好?再這樣,我回去囉!」

「回去就回去吧,又沒人拖你!」

我真的止步,轉身,開步。可回頭一看,她並沒有跟上,只顧低頭前去。我連忙衝上前,摟住她。她叫道:「神經病啊!我爸媽看到囉!」

抬頭一看,她家已在眼前,慌忙鬆手。

近午時分,大人在外幹活、小孩在校讀書,一院幾廳安安靜靜。

林香梅他爸是竹匠,正在中廳補晒穀席,工作得很專注,我們走到天井邊他還沒發現。

「爸!」

「梅子回來啦!」林香梅她爸應道,轉而直盯我,好像在分辨我到底是她的俘虜,還是劫持她的匪徒。

林香梅介紹說:「這是我同學,姓朱,朱家坪的,一起回來,順便來我家玩。」

第六章　醋罐

　　我心涼半截：怎麼不說「男朋友」？明明是專程，怎麼說「順便」？我有點掃興，但還是努力笑笑，不敢貿然開口。

　　她爸挺友善，停下手上的工作，儘管走路有點不大方便，還是搬椅子給我坐。這是條長板凳，放在八仙桌邊，就在我身旁，他還是搬了搬，以示禮遇。然後喊香梅她媽，說客人來了倒茶，接著掏口袋。我想他在掏香菸，搶先掏了分給他：「林大叔，請抽支菸。」

　　林香梅馬上在暗中踢我的腳。我轉頭看她，她又裝著若無其事。

　　我不明白她暗示什麼，也許要我再親切一些，也許要我自己別抽，也許我頭髮亂了露出「順風」。我想我叫得夠親切，摸了摸鬢角覺得沒亂，便肯定是暗示別抽菸。

　　林香梅到廚房幫她媽做午飯去了，我和她爸閒聊。我自我介紹考上了大學，畢業後到農業局工作，現在籌建三浪橋電力站，這電力站不僅可以發電，還可以灌溉下游幾百畝田，再兩年就要建成，因此挺忙碌；他說現在不比以前，田裡沒什麼人幹活，很多人愛用化肥袋子、用板車拖拉機，竹篾工作越來越少，不過目前雙季早稻馬上要收割，晒穀席、籮筐之類該補的要補，不能補的要新做，所以他手頭工作還是比平時多……

　　「你們談得挺熱絡嘛！」林香梅出來，拿一本書給我看：「你上次說的是不是這本？」

　　我丈二摸不著頭緒。她翻開扉頁，給我看上面剛寫的一行字：

　　我爸姓胡，叫錯了後果自負！！！

　　「是是是，等一下我帶走！」真該選個黃道吉日來。出門找車找上黃新后土，未來的岳父姓都叫錯，一連兩錯。事不過三，可別再出什麼岔子！

這麼一想，我心情緊張起來，舌頭也不靈活。好在她媽又出來，叫她爸去菜園摘幾個茄子、辣椒。

　　怕出差錯，我不敢跟她爸去菜園，也不敢進廚房幫忙，孤零零坐在廳上。沒幾分鐘，林香梅出來，含情脈脈對我笑笑，朝旁邊的廂房走去：「要不要拿本書翻翻？這是我的房間。」

　　「太好了！」

　　閨房總有些讓男人心驚肉跳的東西。她先行一步，眼明手快，一下子從床頭床角藏了一些：「我不在，我妹妹住。她在鎮上讀書，週末才回來。」

　　「哦，──啊？」

　　「幹嘛？」

　　我發現桌子上立著一個小相框，鑲著林香梅的一張相片。讓我瞠目結舌的是，這相片是她早年照的，穿著橘黃的羽絨衣，背著那個有點發白的紅書包，回眸一笑……「照不好，你別笑！」她要把相框收進抽屜。

　　我一把奪過：「為什麼要這樣照？」

　　「為什麼不能這樣照？」

　　「我沒說不能，我是說妳怎麼會想這樣……這樣背書包照？」

　　「不為什麼……想這麼照就這麼照了，一定要有為什麼嗎？」

　　「我想一定有緣由。」

　　「沒有。」

　　「我聽說這麼一個故事：一個男生十分愛戀一個女生，但覺得毫無希望，便給她寫一封情書。這情書沒別的情話，只抄一首雪萊（Percy Bysshe

第六章　醋罐

Shelley）的詩，請求她給他一張相片就行了，不過要求這張相片要背著那個紅書包⋯⋯」

「你怎麼知道？」

「那首詩，我可能還背得出來，讓我試試。」我真的背得出來。

一個詞被過多地褻瀆了，

輪不到我來褻瀆它；
一種感情被過分的假意輕侮了，
輪不到你來輕侮它；
一種希望太像絕望了，
不必用謹慎來掩蓋，
而從你那兒來的同情呵，
卻比別人的更加親愛。
我不能獻出人們所說的愛情，
但是，難道你也不願
接受一種崇敬 —— 它從心裡上升，
而且不見拒於青天 ——
像飛蛾對星星的希冀，
黑暗對黎明的想望，
對我們悲哀的地球以外的
一切遙遠的事物的嚮往？

林香梅終於控制不住了，一下鑽進我的懷裡：「你為什麼連名字都不寫？」

「我怕妳不肯，怕妳說出來，同學們笑⋯⋯」

「你這個大傻瓜！看了你的信，害我好幾天讀書吃飯睡覺都⋯⋯都亂

了。你知道嗎？那時候我跟魏萍很好，我還把這封信給她看過。她說這人肯定神經病，叫我別理……」

「她才神經病呢！」

「後來才知道，她是嫉妒。不過當時我也認為她的看法不對，不想聽她的。我覺得這是真心實意的愛慕，應該予以真誠的回應。可是到底是誰寫的呢？利用發作業本的機會，我暗暗對照了所有男同學的筆跡，沒有一個像……」

「妳怎麼查得出！我專門學了幾天隸書，平時又沒寫；好在別人也沒寫隸書……」

「我還偷偷觀察了其他班的。不瞞你說，其他班也有一些男生對我表露過。我觀察了一段時間，也沒一個像……」

「還好！還好妳沒理！」

「我不明白背個舊書包傻裡傻氣的有什麼好看，但不管怎麼說，這麼一點要求應該答應，我就真的照了……」

「那為什麼不給我？」

「太遲了……」

「太遲了？怎麼會呢？妳知道嗎？為了寫那封信，我準備好長時間，找了好多愛情小說和愛情詩，又寫了整整一個晚上，撕掉一遍又一遍。天都亮了，還寫不滿意，只好抄雪萊這詩給妳，附帶要那樣一張相片。寫完馬上跑到街上去寄，生怕多耽擱一下會沒勇氣。夜裡想的事，白天看來都覺得荒唐，我經常會有這種感覺。再說，早上寄不會碰到老師同學。記得塞進信箱以後，我還把那個信箱上下左右看了一遍，看了不會破才走開。我早就問好了，當地的信，今天寄明天就可以收到。而我又給妳一個月期

第六章　醋罐

限，一個月有四個星期天。有心的話，你可以隨便找一個星期天去拍照。一個月到，我那天又是一早去班上。班上早自習的一個人也沒到，我認真翻妳的抽屜，翻了一遍又一遍，直到有人來。一天沒找到不死心，第二天一早又去，一連一星期，相片紙屑也沒找到。我傷心透了，我的命怎麼這麼糟，這麼點愛也求不到……」

「別說了，這事還真的只能怪你的命！我收到你的信，不是你寄的第二天，而是第二個學期……」

「這……這怎麼可能？」

「偏偏就是可能！那時，我們班主任還是李金聲老師。你知道，信一般都是夾在報紙裡分發到各班級。剛好那天李老師沒空看報，一疊新報紙連同信一起堆到舊報紙裡。假期賣舊報紙，那信落到收破爛的那裡。還好那收破爛的人心地善良，無意中抖出那封信，特地送回學校。要不然，你那信還要原封不動地化為紙漿……」

「這世道，真是什麼怪事都可能發生！」

「說起來，還是怪你。收到你的信後，我真的去照了，就是這一張，按照你要求。以為你還會向我要，可是你再也沒有第二封信。我還按照你說的在我抽屜裡放了好久，可是一直沒人取……」

「唉──，別說了！過去的別說了，──過去屬於死神，只有今天和未來屬於我們！我今天來取，不會遲吧？」

「你說呢？」

「看來，不能怨命！命裡注定妳是我的就是我的，以前錯過的還得補，妳永遠都是我的！」

我們緊緊地擁抱。要不是她媽來叫我們吃飯，我們恐怕要擁抱到永遠。

吃過午飯我回自己家，林香梅送我：「你怎麼一見我爸就像老鼠見了貓似的？」

　　「妳也搞『一票否決制』，怎麼敢不小心……哎，怎麼不跟妳爸姓？」

　　「我爸上門招親，孩子一三五歸女方，二四六歸男方，這有什麼奇怪？」

　　「難怪妳這麼漂亮，原來『雜交優勢』。」

　　「你怎麼這麼下流啊！」

　　「這怎麼叫下流啊，我們課堂還討論『雜交優勢』呢！」

　　「油腔滑調，不跟你講了！」

　　「怎麼樣，考核結果如何？」

　　「不知道！」

　　「妳媽妳爸沒說我合格不合格？」

　　「不知道！」

　　「哎，真的嘛！我都急死了，妳還有閒功夫嘔氣！」

　　「我跟我媽說了，她會跟我爸說。」

　　「那妳媽怎麼樣？」

　　「我媽說……說……」

　　「說什麼？」

　　「我媽叫我別嫁你這個下流坯！」說著捏我一把，轉身跑回十幾步。看她那甜甜笑的樣子，我知道好事成了，追上前將她攬進路邊的舊亭子狂吻。她掙脫了，氣得直跺腳。「那邊田裡有人啦！」

　　「有人就有人吧，我們又沒怎麼樣。」

第六章　醋罐

「你還是走吧，我騙我媽說去餵豬一下子。」

「妳把我當豬？」

「就算是吧！」

「我到妳家當『豬公』？」我們這一帶風俗，笑人家請新女婿是「趕豬公」。

「你再這樣胡說八道我真不理你了！」她疾步回村。

「什麼時候回縣城？」

「你來接我。」

「我抬花轎來接妳。」

她拋給我一個飛吻。

第七章
處女

第七章　處女

　　林香梅找工作的事，碰了很多壁，十天半個月解決不了。沒替她找好工作，不好意思去接她。儘管很想念，只能埋藏在心裡。沒想到過了幾天她自己進城來。

　　星期天，我帶林香梅到李局長家坐坐。我這個人不善於攀關係，李局長家還沒拜訪過。他幫了我很大的忙，好多同學到現在還沒找到工作，真的要好好感謝一下，又覺得這不妥那不妥，最後只買兩條好菸。

　　李局長住在他老婆工作機關的房子，在菸草局。菸草局是全縣福利最好的單位，一戶房子四十幾坪。他的孩子都工作結婚搬出去了，只剩他自己夫婦和他老母親及其保母。李局長很滿足，帶我們一間間參觀。看完他自己的臥室，接著開啟隔壁一間的門：「這是我老婆睡的。」

　　林香梅以為聽錯了，不便提問，只好瞪我。我當然清楚這件事，可是當著人家的面說悄悄話不好，於是索性把話說白：「大城市居住空間小，『三代同堂』，新婚之夜跟父母親拉一道布簾子。我們李局長夫妻還各自一間，人跟人真是沒得比！」

　　「哎——，不是那回事。以前我們房子小也是一人一間。我菸癮太大，實在是沒辦法，誰也受不了！老婆也一樣，是吧？」

　　局長夫人坦然：「我們結婚不到半年就分房，幾十年了！」

　　「小朱，你菸癮要控制啦，不然你這位也會有意見啊！」

　　林香梅一方面出於禮節，另一方面被李局長爽朗的笑感染，笑得挺開心：「其實抽菸只是一種習慣。控制一下就好。」

　　「我這輩子就是這毛病，改不了！」

　　我想起一件事：「怎麼不行？李局長，我向你坦白一件事。」

　　「什麼事？」

「有次去城裡出差，我們兩人睡一間。熄燈以後，我把你的香菸、打火機連菸灰缸偷偷拿到洗手間去。你半夜醒來，伸手一摸，沒摸到菸……沒抽菸你不是照樣睡得好好的？」

她們大笑。

李局長不慌不忙問：「那你第二天有沒有數一下那菸還剩幾支？」

「少了？」

「嗨——！沒菸抽的人，別說洗手間，垃圾堆也會去找！你偷偷拿過去，我就偷偷過去抽，不是兩全其美？」

又一陣大笑。

我開玩笑說：「誰知道你偷偷抽菸去了，還是偷偷會情人去了。」

「那是不會啦！」李局長笑笑說。「我這輩子愛好就三樣：抽菸、泡澡、吃豬腸，其他嘛，還沒學會！」

我發現李局長也會說謊，索性說：「你是怕大嫂在這，不好意思承認吧！」

「我是沒關係喲！」局長夫人倒很大方。「就像有人說的，你要去外面亂來，我也沒辦法。『子彈』打光不要緊，別忘了把『槍』帶回來就行！」

這話讓我笑不出來。李局長對我很信任，陸續跟我說了很多心裡話。他說當年在部隊表演戲劇，他演高大的英雄人物，一個女人演肥肥胖胖的地主婆。一連演半個多月，演完就跟那「地主婆」出去散步，一散散到半夜，沒散幾次發生關係。其實他心裡並不喜歡她，很後悔，但那時正在爭取升職，只好敷衍下去。猶猶豫豫，勉勉強強，糊里糊塗結了婚。跟她上床越來越沒興趣，只好拚命抽菸……後來接觸了別的小姐，老婆就更無味。可是，他很要面子，要夫妻和睦的面子。

第七章　處女

中午，我們和李局長夫婦打撲克牌。林香梅會打牌，但是不精，甚至教不會。她不會計算人家，好像牌局是風和日麗賞景、月明星稀低唱。我當場教她幾招基本技巧，比如當莊家，自己手上 A 之類最強的牌打完，要調一張小牌，讓對家取得出牌機會，以便讓自己手上的弱牌溜過去。牌桌上，這招被戲稱為「求愛」。她不知道這些，打完強牌不知道「求愛」，讓下家搶去打牌機會，被打得一蹋糊塗。好不容易換我做莊，發出「求愛」牌，她死抓著王牌捨不得出，又讓別人搶去出牌機會，落花流水。我哀聲嘆氣，抱怨不已。李局長夫婦笑呵呵，勸我別怨聲載道，這又不是賭博。林香梅威脅說再囉嗦她就不打了……嬉嬉鬧鬧，一個下午很快過去。晚上，李局長還留我們玩，我想下午輸了晚上可能贏回來，可是林香梅不願意。我保證不抱怨她打錯牌，她仍說有事要回去。李局長老婆幫腔，說讓我們走。

我們剛出門，她就教訓丈夫：「人家年輕人親熱都來不及，怎麼一直拉人家跟我們老頭子老太婆一起玩！」

我笑了，攬著林香梅的腰說：「我怎麼這麼傻，還想打下去！」

「我是受不了。他菸癮太大了，眼睛都燻痛了，真受不了！」

後來，再被邀請到李局長家打牌，她堅決不去。她說那天晚上回去，洗澡時發現內衣上都有菸味。

張娜想再到三浪溪玩。盧如騰打電話給我，抱怨說：「你現在麻煩了！她像孩子一樣，吃上癮了，還要吃呢！」「沒關係，儘管來呀！」我找林香梅的時候，給他們添過多少麻煩。現在他們要來，我當十二分回報。

「我沒空，她一個人去。」

「你放心嗎？」

「你有野心是嗎？」

「不一定啊！」

「好啊！你如果有那本事，我就讓了！」

「你如果放心，那就叫她來吧！」他對我自然放心，我對她自然盡心。我陪她吃陪她玩，林香梅陪她住，確保她開開心心。

張娜卻不是為了玩，而是對三浪溪著迷。上次回去後，她查一大堆古籍，發現三浪溪一帶非同尋常。

原來，2000年前，王莽篡漢，天神共怒。南昌尉梅福棄官別家，隻身而逃，隱居三浪溪畔的丹霞巖採藥煉丹，羽化為仙。三浪溪，實乃人間仙境啊！

放筏而下，一個多小時她一言不發。末了，棄筏登岸，佇立三浪橋上，回眸品味，大發感慨：「『天為山欺，水求石放』，好！就這八個字，妙！山水妙，也寫得妙！」

「怎麼說？」

「山，高聳欺天，重戀疊嶂，流水只得哀求山石放行，──這是多妙的畫啊，妙趣橫生，山山水水全活起來了！」

接著，步行上丹霞巖寺。路不多，可是上山，太陽又大，我們一個個氣喘吁吁。張娜顧不得先休息，喝碗茶，轉眼就不知溜哪兒去了。

我和林香梅坐著喝茶。我知道她好奇又好動，不可能呆坐，我們也沒心思跟她瞎轉……「請問：你們這還有一個丹爐在哪？」張娜沒轉出什麼名堂，回來詢問巖寺的老人。

這個巖寺雖然古老，但是偏遠，香火不旺，道姑只有三兩個。道姑只

第七章　處女

說方言,儘管林香梅翻譯,仍然無法溝通。

張娜念了一首詩,說:「這是明朝時候舉人蕭士駿寫的。清朝乾隆三十四年修的縣誌也說『今丹爐尚存』。那麼,這個丹爐是不是現在還儲存著?」

「什麼樣的東西?」

張娜自己也說不清楚:「就是那種……煉丹用的……就是……就是……大概像香爐樣子的東西吧!」

「哦──,我曉得!我曉得!」老道終於明白,馬上把我們領到隔壁一幢房前的八卦石邊。「在這下面……」

「縣政府招待所在招募服務員,你家小林願不願意去?」李局長問我。

「願意,怎麼會不願呢?」

「那不一定喲!那是伺候人的工作。」

這倒也是。最好還是先問問,順便看看她。

到林香梅家時,已一點多鐘。農村這個時間一般才從田裡回來,正吃午飯。我算準的,這天卻例外,她和她媽去天上崗工作,帶午飯去,要等傍晚才回來。等她傍晚回來,就得在她家住,那多難為情啊!

天上崗我知道,就在村頭路上,上幾個坡就到。我對她爸說有急事,我去那找。

那是一個高山小壟,林香梅和她媽根本想不到會有人來,母女兩個脫了外衣,只穿個背心工作。我老遠就看見,有種說不清楚的興奮。

盧如騰曾鼓吹:女人最美是偷看的時候。只有自然的狀態下,沒「包裝」,那才是真面目。

此時此刻,她們母女兩個穿的背心很可能同一牌子同一型號,遠遠看去身姿動作也差不多,但一老一少還是一目了然,感覺得一清二楚⋯⋯

青春就是美,女人就是要青春!

我想悄悄多看一下林香梅,想多看些她的隱私,又覺得不妥,不夠情份。她什麼都將是你的,何必鬼鬼祟祟?

「香梅──!」我老遠就喊,讓她們準備好見我。

我說了縣招待所招募的事,請她自己決定。

「『夫唱婦隨』,你叫我掃大街都沒意見。」

其實,縣招待所也不是想去就能去。

魏萍現在打扮一下也有幾分姿色,剛好在縣招待所當個小主管。我常去常見,她每次敬客人酒也順帶敬我一杯。追上林香梅,想起當年就討厭她,開始迴避。但現在有事,我想她不會像黃新后土那樣吃陳年老醋,便找她幫忙。她不知道林香梅近況,顯得特別熱情。她說:「一定盡力,一定盡力!只是⋯⋯只是『未婚妻』不好辦,我們規定新來的服務員三年內不准談戀愛。」

「看在老同學份上,請妳幫我通融一下!」

「那當然!老同學,哪有不幫的道理?問題是,這要所長做主,我又沒本事當所長⋯⋯」

這我當然理解,只請她這一票不要反對就是。

找縣招所長,我的面子顯然太小。請李局長幫忙,不料也被駁回。

張娜對三浪溪走火入魔,到處鼓吹。沒幾天,林處長突然來電話:「小張說,你們電力站那地方還很好玩?」

第七章　處女

「哎，那是！那是！怎麼樣，處長您也抽空下來檢查指導！」李局長畢恭畢敬。

「我是想去看一下……」

「哎呀──，全縣人民熱烈歡迎！」

「聽說──，那還有個『丹霞巖寺』，很靈驗是吧？」

「是是是，聽說有這麼回事！」

其實，我們都不太清楚。倒是張娜沒幾天就翻箱倒櫃弄清楚了。丹霞巖巖頂有個內陷的圓形窟窿，人稱狀元帽。相傳，早在宋朝的時候，有個少年郎到那瞻仰狀元帽，不知不覺天已黑，只好在那過夜。這天夜裡，做一個夢，夢見錢撒滿地，很多人去撿。他也去了，只撿得二十五文，很不高興。解夢者說：「我們府名額總共才二十六名，你得二十五，──第二名啊！」兩個月後鄉試，他果然得第二名。後來，又中狀元。那解夢者進而說：「夢中撿錢，錢上有『元』字，就是說你會中狀元啊！你撿二十五文，你中狀元剛好二十五歲，你看那夢多靈驗！」這故事被當朝大文人洪邁寫進他的〈夷堅志〉。現在，附近學生高考到處燒香拜佛，也會到這來聽狀元夢。沒過幾天，林處長真的來了，還帶來了他寶貝女兒。再過十幾天，她要參加大考，因此帶她來求個夢。當然不可言傳，只是我們關係好才直說。

其實這也沒什麼，林處長一片苦心完全可以理解，但願冥冥之中的神靈成全他們。

具體怎麼聽夢，要有哪些禮儀，誰也不曉得。林處長非常虔誠，真要去那巖寺過夜，我們只好奉陪。

林處長帶她的女兒早早睡覺聽夢去了，我和李局長在巖寺大門口賞月。

明月高懸，萬籟俱靜。只有松濤不時地呼嘯，蟬兒不斷地爭鳴，蝙蝠偶爾驚叫。檀香從巖寺裡徐徐飄出，與百草香氣交融。風涼下來，巖穴更有幾分寒意。我和李局長住在林處長隔壁。這間客房四面木板，隔音效果差。我們躡手躡腳，生怕驚動了林公主的美夢……第二天，林處長和他女兒早早起來了，等不耐煩，敲我們的門。

　　「怎麼樣，夢好嗎？」李局長迫不及待問。

　　「沒，還沒。」林處長一臉不悅。「什麼夢也沒有，連我也偏偏沒夢！」

　　「耶！」林公主噘著嘴，嘲笑他老爹。

　　我差點笑出來。

　　吃完早飯，我們出巖寺下山。不料，就在我們出山門的時候，突然有一群蝙蝠飛出，從我們頭頂掠過，有一粒屎不偏不倚拉到林公主那美麗的臉蛋上。林公主以為巖頂掉下的泉滴，冰冰的，爽爽的，順手一抹，發現黑乎乎，嚇得尖叫……林處長哄了好一陣才把她哄好。她不鬧了，可一路哭喪著臉，一副「世界末日」的樣子。我想誰要是找了這樣的女人，那真是倒透了楣！

　　林處長說三浪溪旅遊資源確實不錯，開發旅遊業遠比建個水電站有意義得多。有了這句話，張娜就和我以及李局長通電話，鄭重建議停建電力站，直接保護、開發風景資源。我們沒辦法接受，她又向馬縣長寫信，請縣長把眼光放遠些，不要把這麼好的不可再生的山水人文資源毀於一旦。馬縣長把這封信轉寄給負責農林水的陳副縣長。

　　陳副縣長找我們，爬山涉水考察。李局長見縫插針誇我挺不錯：「不過這一段……一談戀愛怎麼……怎麼、怎麼有點不對勁似的。」

　　我明白李局長的用心，連忙訴苦：「未婚妻工作沒著落，又要找工作

第七章　處女

才肯結婚。」

「那也是，工作都沒有，結婚結個屁呀！」李局長說。

陳副縣長挺熱心：「縣招待所在招募，聯繫了嗎？」

我說：「我跟劉所長不熟。」

陳副縣長說：「他們不一樣，只要求年輕漂亮，不攀關係，你未婚妻漂亮嗎？」

李局長說：「哎呀，那是沒話說的，在我們小縣保證排得上前三名！」

陳副縣長馬上打電話給劉所長：「你那在招服務員是嗎……農業局小朱他未婚妻長得挺不錯……談戀愛結婚並不等於不安心工作嘛……你不也在談，不也安心工作……就是嘛，什麼都不能一概而論嘛……好，你記一下，明天叫他自己找你！」

第二天一早我就去接林香梅，然後找劉所長。當下二話不說便替她辦了手續，又叫魏萍帶去安排住宿。

魏萍不愧在官場混，笑容可掬，好像從沒有不愉快。她誇林香梅變得更漂亮，這條裙子多好多好，還擠開我，兩人在一旁私語竊笑。我想她肯定為當年所作所為感到內疚了。

這是一棟舊房子，一間裡頭住三個女孩，比她在城裡租的房子還差。但林香梅現在單身日子進入倒數計時了，暫時委屈點沒關係。

其他兩個女孩子上班去了，魏萍幫忙把空床上的東西整理掉，忙了好一陣才就緒。剛想坐一下，魏萍又要走，說有事。

「人是會變的，有這麼一位老同學關照，我也放心了。」我欣慰地說。

林香梅卻不以為然：「女人的敵人永遠是女人。」

「沒什麼了不起的！大不了不在公司過生日，──再說現在不一樣。」

「不利用男女關係，她還可以利用其他，比如說遲到早退。」

「妳就不遲到不早退！」

「日子久了，哪會沒機會可鑽？」

「現在誰怕誰啊！她要是真的敢亂來，我在縣長那裡告她一狀，叫她吃不了兜著走！倒是妳自己心胸也寬些，不要再有疙瘩，與人為善，多信任人。」對魏萍我認為沒什麼好擔心，倒是另一類人讓我不放心。「有的當官的很色呢，酒一多就原形畢露……」

「那怕什麼，敢把我怎麼樣？」

「那當然！他們畢竟跟街上流氓不同，只要妳自已把握好，確實也沒什麼好怕的！」

「這你放心，坐檯更糟糕呢！」

冷靜地考慮結婚問題。我是長子，父母巴不得明天就有孫子抱。沒想到林香梅也一樣。

原來，林香梅她爺爺沒生男丁，招婿上門，又只生女不生男。山裡怎麼少得了勞力？為了男丁只好繼續生，結果女孩子生了一堆。奶奶生氣，怪香梅她爸沒用，要香梅她媽另招賢能。她母親不肯，把希望轉嫁到女兒身上。當然，母親這代人開明多了，不會強求，姐姐就順利嫁出。輪到香梅，她堅持要讀書，可惜沒考上。怕被逼嫁，為了躲避奶奶的冷言冷語，她只好外出打工，春節也不回家。大年三十，隻身孤影在外，她哭得很傷心，曾暗暗咒奶奶死。去年，奶奶真的死了，但壓力似乎還在。現在林香梅真想早點結婚，了卻家庭煩惱。不過，她跟我約法三章：一是不能像鄉下人那樣一結婚就生孩子，二是要支持她繼續追求前途，三是我不入贅，但要盡力照顧她

第七章　處女

家，跟她在外打工一樣每月寄生活費給她父母。我當然同意。

李局長建議我們先登記結婚，我們同意。

登記當天，又建議我們先做一下婚前檢查，我一聽就反感。幹嘛要折騰呢？好像對對方有什麼不信任似的，傷人感情。不料，林香梅也勸我：「做一下嘛，聽說對下一代有好處呢！」

這麼一說，我覺得更掃興。總覺得愛情是隨興所至。被搞得很理性，有什麼意思？人家重感情說是「做愛」——製造愛意，而我們要傳宗接代，要計劃生育，總給人「配種」的感覺。這種感覺或神聖或沉重，令我更多聯想到「趕豬公」。貌似科學，實際與愛情格格不入。婚前檢查之類，有什麼愛意可言？真正的愛情需要朦朧！真正的愛情不要宗法，不要道義，不要科學，不要理性！

不過，既然林香梅樂意，我不想反對。

檢查結果非常好：我們兩個身體都很健康，沒有任何大問題，林香梅還是處女。唯一一點遺憾是我「皮包過長」，不過醫生說沒關係，做點小手術就沒事，不做也影響不大。

這結果自然也令我好激動，連夜給盧如騰打電話。

盧如騰說：「我說你呀，也別太得意忘形了。說不定有出入呢？」

「你他媽的真混……」

「真的嘛！現在的醫生，死人身上都要摳幾個錢，如果給他們塞個紅包……」

「放屁！」

「還有，現在科技發達，人造處女膜到處有賣，有的小姐當過十幾回

『處女』呢！」

「烏鴉嘴！」我氣鼓鼓地掛了電話。

林香梅在餐廳上班。這幾天客人多，喝酒遲，連續好幾天十點多才下班，洗一下十一點多，第二天又六點多上班，我們沒好好幽會一次。林香梅過意不去，特地請病假一晚陪我散步。我們出城，沿著小溪逆流而行。

「你那次說抬花轎來娶我？」

「隨便說的。你真的想坐花轎？」

「嗯。我媽說車什麼時候都可以坐，花轎一輩子只有一回。花轎最大，縣官轎子遇上都得讓路。我媽結婚時，花轎全砸了。現在好了，不坐後悔一輩子！」

「看來妳更喜歡傳統，我們的婚禮乾脆回家去辦。」

「好啊！我還要蓋紅頭巾，沒進洞房不許你偷看！」

「那不行！」我抱起她來。「到時候我要這樣抱妳上花轎，一邊走一邊唱『抱一抱呀抱一抱，抱得那個月亮笑彎了腰，抱著我的妹妹上花轎』⋯⋯」

我抱著她邊唱邊搖了一段路，累得氣喘吁吁，晃倒在田邊稻草堆。她呵呵笑得肚子發疼。

「人家那是西北風俗，我們這邊是舅舅抱上轎。」

「妳不是沒有舅舅嗎？」

「那就由媒人抱。」

「我們的媒人是盧如騰啊，那不行！」

「你跟他不是那麼要好嗎，也吃醋？」

「別說是他，就是妳媽媽再抱妳我也有意見：我能做的幹嘛不讓我來

第七章　處女

做？」說著又吻。

「那有人看！」

我慌忙坐起，舉目逡巡：「哪？」

「在那——，」

「嫦娥！」我明白了，猛然撲到她身上。「讓她看吧！讓她妒嫉吧！讓她吃醋吧！」

我們如漆似膠，吻得特別甜蜜。從她嘴唇、面頰吻到脖頸，又捲起她的 T 恤把她兩個鐘乳石般的乳房全捧出來⋯⋯

天啊——，我要瘋了！

我將她的乳房吸進嘴裡，用力吸，整個地，剛好滿滿一口。再一用力，好像要把她整個身子吸起來⋯⋯沉睡千年的鐘乳石終於要熔化了，我覺得奔騰的岩漿要從地球深處噴發出來，口舌與手一併從她胸部下行到拉鍊⋯⋯她從陶醉中醒來，抓住我的手：「到此為止！」

「為什麼？」

「不為什麼。」

「我已經是妳丈夫了，我們以天當房，地當床，嫦娥證婚，就此圓房！」

「不好。」

「為什麼不好？」

「不好就是不好。」

「這是好事。要不是好事，父母就不該把女兒嫁出去⋯⋯」

「我沒說不是好事，相反，正因為是好事——最好的東西往往要留到

最好的時候開始享用,就像小時候過年,好吃的東西,還有漂亮的新衣裳,都要留到過年……」

「那是老皇曆!現在,生活好,天天都是過年;人們都是先上車後買票,甚至光坐車不買票,為什麼我買了票還不能上車?」

「因為還沒到『點』。」

「唉——,什麼點不點的!現在的交通工具——汽車、火車、飛機、輪船沒幾樣準點,不管準點不準點,能到就好,不管冷飯熱飯能飽就好,妳怎麼還這麼死板?」

「該死板的就是要死板。如果我不死板守『點』,還輪得卜你?」

這倒是真的!我的心一震,立即翻身下來。可不能再像孩提時偷青梅,不能「等不及」。我說:「謝謝妳為我守候!」

她興奮起來,一陣猛吻我……

「來吧——」我突然又請求。「我真的很想!很想——!非常想——!」

「我知道!」

「你怎麼知道?」

「我怎麼不知道……傻瓜!」她捏一下我的鼻子。「你很不乖……」

「沒辦法。它比我更想你……」

「結婚後……」她忽然吻著我說。「我愛你!我會好好愛你一輩子!」

「怎麼好好愛我?」

「我會每天唱一首歌給你聽,全唱愛情歌,然後為你做香噴噴的菜,然後替你洗乾乾淨淨的衣服……」

第七章　處女

「還有呢？」

「還有我會吻你，熱烈地吻你，甜蜜地吻你。」

「還有呢？」

「還有什麼？」

「很重要、非常重要的 —— 做愛……」

「討厭！沒到『點』的事，我沒去想！」

「真的沒去想？」

「真的沒去想。」

「我不相信！」

「為什麼不相信，為什麼一定要想那個呢？不想那個不是也很愉快嗎？」

「那當然。不過，時間久了，就會……自然而然會……」

「哎，我告訴你一件事。」說著，林香梅不由自主地往我懷裡挪了挪。「我爸跟一個女的挺要好……」

「這祕密都被妳發現啦？」

「我看出來的！那女的家裡很窮，幫我爸砍毛竹。每次來都要坐一下，我爸會親自為她倒茶，兩個人說說笑笑，看上去特別開心……」

「那……他們上床也給你看到啦？」

「流氓！」林香梅搥我一拳。「他們才不會哩！」

「妳怎麼知道不會？」

「我爸和我媽感情很好。聽說，我媽年輕時很漂亮，達官顯貴的兒子三天兩天來纏，可是我媽不喜歡他。剛好我爸到我們村來做篾活，跟我媽

交往了。大官氣得要命，派人去老家調查我爸，還打他，把他的腿都打傷了。可是我媽偏不跟那大官的兒子交往……」

「那是以前，並不能說明現在不會搞『婚外情』。」

「我爸才不會呢！那女的找我爸借錢，借了會還。如果他們的關係到了最後地步，就不存在還不還的問題！」

「嘿——，妳還真行！」

「不要你拍馬屁。要是覺得我分析得沒錯的話，獎勵我一個吻！」

緊接頒獎儀式。這「獎品」是無可比擬的，本應即全心全意好好品營，我卻突然發現一個忽略已久的問題：「妳有一種特別、特別的香味！」

「該不是狐臭吧！」

「妳有狐臭？」

「沒有，我以為你罵我。」

「豈敢！真的，妳有一種很特別、很特別的香。」

「怎麼香？」

「說不清楚。是一種清香，像曠野裡的鮮花，——不只一樣，是好多種，混合的，還有動物的——比好梅花鹿……」

林香梅忍不笑了：「馬屁精！」

「我說真的呢！以前當同學的時候我就發現，我以為『情人鼻裡出奇香』，或者妳名字暗示的結果，現在發現不是。妳真的有一種很特別、很特別的幽香，——對了，我看過一本書，說人體的香味跟指紋一樣，每一個人都不同……」

「咻——，你可以去法國做香水師了！」

第七章　處女

「妳可以去巴黎做香水!」

我們相互獎勵,熱烈地頒獎⋯⋯

第八章
婚變

第八章　婚變

我們的婚禮定於元旦舉行。

為了這一天順利到來，我欣喜但不敢若狂，時時處處小心翼翼，上街走人行道還怕人家煞車失靈，睡覺怕地震，逢人必笑，逢廟必拜。當然我也要求林香梅特別小心些。

「沒關係，我戴了這個。」她晃了晃左手的銀鐲。

年輕女孩沒幾個還戴那玩意。我說：「對了，該換一個。妳喜歡金的還是玉的？」

「我只要這個。」

「這有什麼好看？」

「這不一樣，是外婆給我媽的，我媽又給我。」

「傳家寶藏起來就是，不一定得戴著。」

「不行！」

「為什麼不行？」

「不行就不行。」

「哪有這麼不講道理的？」

「好吧，我告訴你。」

牌坊下以前有很多貞節牌坊和女人的墓，前些年代敲的敲、挖的挖，只剩下一些亂七八糟的石頭。我小時候還看到有很多楓樹，那楓樹很大，有些要四五個人才圍得起來。夏天葉子多，天都被遮住，陰森森的。秋天葉子變紅變黃，飄飄然然，地上厚厚地疊起一層。舊墳毀了，陸續添新墳，沒什麼設限，但保留一條規矩：只葬女人。以前只葬節婦烈女，現代只葬死於非命的女人，難產死的，投河死的，上吊死的，等等等等，全是

短命婆。對短命婆要懲處，比如臥埋、倒埋，撒上芝麻讓她永遠數不完、永遠不能再投胎。因此，我們附近鄉村罵人沒教養，有句俚語「你媽到牌坊下數樹葉啦」，就是罵他媽媽死了，埋到那去了。當然我沒見過是否真的那麼埋，只是聽說。還聽說那裡很多鬼故事。如今那裡的樹幾乎全砍光，豔陽高照，尋短見的女人也越來越少，但墳還是在，那些傳說還留在我心裡，因此每次路過都不禁寒毛豎起⋯⋯

　　張娜對那裡挺感興趣。她考證了，最早的牌坊是設立於南宋，還有皇帝賜的。那些節婦烈女，每個人都有一個動聽但悽楚的故事。比如萬曆九年大水患，姑、媳二人逃上高樓。有人來救，拉她們到船上，她卻說：「死則死耳，豈肯以身近男子！」說著大哭一場，跳下水淹死。張娜說牌坊下的故事可以編成一本書，跟三浪溪一起開發旅遊觀光。

　　上國中那年，林香梅去砍柴，回來晚了，路過那裡，嚇得要死，回家就生病了。她說：「高燒幾天不退，就醫也看不好。找幾個人到牌坊下為我喊魂，給我戴這個銀鐲，高燒很快就退了。媽要我一直戴著，一生平安。這麼多年我真的沒病沒災，真的好像是銀鐲顯靈，你說我能脫嗎？」

　　「既然這樣妳繼續戴吧！」

　　「你也信嗎？」

　　「我從來不信，到了廟上也不燒香。可是現在，妳信的，我信；妳不信的，我也信。只要能保佑妳我平安，寧信其有，不信其無！」

　　「你傻得可愛！」

　　「我每天都祈禱：上帝啊，保佑林香梅和我吧！菩薩啊，保佑林香梅和我吧⋯⋯」

　　「你到底信什麼啊？又是上帝，又是菩薩。」

第八章　婚變

「誰保佑我們，我就信誰；都保佑我們，就都信。」

「哪有這麼信的？有一回，我去天主教堂玩，出來到基督教堂，那教徒就指責我：妳剛從天主教堂出來，怎能又到我們基督教呢？同一個上帝，他們都不能相容，你怎麼可以把上帝和菩薩混一塊？」

「妳說那些是西方，東方有自己的特色。妳看那丹霞巖寺，那天張娜就說：梅福煉丹，那是道教，怎麼也供菩薩？道教和佛教早融為一體了。其實，這有什麼不行？山不在高，有仙則靈。廟不在大，顯靈就好。哦，對了！今天李局長還說，林處長打電話來，說他女兒考上大學了，要我們幫他去『還願』一下。」

「還什麼願？」

「不知道，具體他沒說。」

「那得他們本人來啊！」

「來不及。他要送她去大學報到，叫我們先替他給菩薩報個喜，等有空的時候他們會自己來。」

「到哪去報喜？」

「丹霞巖寺。」

「不是說沒聽到夢嗎？」

「唉，話是人說的！回城裡後，林處長去問道仙。道仙說得到蝙蝠屎，好兆頭啊！蝙蝠是道家圖騰。不求長壽，得一蝙蝠屎，靈氣足矣！具體怎麼個靈法，那道仙沒說。處長又到處請人闡釋。有位退休教師問，你女兒平時學習認真嗎？處長說比較粗心大意。教師說那就對了！那蝙蝠屎就是小數點，要你女兒在考試時認真一些，小心小數點錯了！大考時，他女兒認真檢查，果真發現小數點不是左了一兩位就是右了一兩位，及時改

正。結果，總分比大學錄取線多一分，要是沒認真檢查⋯⋯」

「這麼說，那年我如果去求個夢，說不定也考上大學了？」

「現在去拜也不遲啊！哪天等李局長有空，妳也一起去！」

「我去幹嘛？」

「去許願啊！」

「許什麼願？」

「第一，保佑妳我平安。第二，保佑我們生一個兒子⋯⋯」

「你怎麼也這麼俗氣？」

「第三，保佑我們的兒子高中狀元⋯⋯」

「你想哪去了啊！」

結婚的事，我分兩頭準備，一頭是家裡辦婚禮和酒宴，一頭是找房子布置我們的愛巢。

工作的部門安排了一間舊房，兩房一廳，小了點，但林香梅知足。一下班，食堂狼吞虎嚥完，我就開始忙碌。房子不大，事情不少。先刷一遍水泥漆，明亮大方，跟新的一樣。廚房牆壁貼瓷磚，弄髒了好清洗。瓷磚種類多，林香梅選那種雪白的，一點暗花都不要，她說反正好洗沒關係。家具就簡單了，臥室一張雙人床少不了，廚房一套瓦斯爐和廚具碗筷少不了，客廳一套沙發和茶几少不了，除了這些，能省則省。人生很累，生活應當盡可能簡單。繁文縟節，講排場擺闊氣，我一則沒錢，二則也不愛。

對面住的是我們鄧副主任，一家人都很好。他每天至少到我房裡看一趟，有事主動幫一手，沒事便重申一遍「有事要幫儘管說一聲」，週休二日還常拉我到他家吃飯。他妻子心地細，冰箱該怎麼擺更方便，電鍋該買什麼牌子更好用，幫我們出謀劃策。他們還有一個非常可愛的女兒，叫蓓

第八章　婚變

蓓，幼稚園大班。她一回來，沒進自己家就先到我家。我家新買的東西多，一個個漂亮的商標還貼在那，蓓蓓一張張撕下來，撕得到處是碎紙頭，新新的物品留下亂七八糟的疤痕。我心裡當然不悅，但她很討人喜愛。她一進門就招呼：「叔叔好！」

「哎——，小朋友好！」

「叔叔家好漂亮哦！」

「是嗎，那妳天天來叔叔家玩好嗎？」

「好！媽媽說，叔叔家新房子好了，會有漂亮的新娘子。」

「嗯——！昨天來那個阿姨妳不是看過嗎？她就是新娘子。」

「不是，她沒有穿新衣服。」

「她穿那件就是新買的衣服。」

「她沒有分糖。」

「妳想吃喜糖是嗎？」

「想！」

我提前買一包花花綠綠的糖果，蓓蓓每次來都給她幾個，她的小嘴更甜了。她會對我講笑話，有些笑話大人聽了也開心。她考我腦筋急轉彎：「每天早上醒來，第一件事情做什麼？」

「洗臉？」

「錯！再猜。」

「刷牙？」

「錯！最後猜一次！」

「我每天早上醒來……第一件事……是……是慶幸又一天過去了，祈

禱元旦快點到來。」

「噢──，叔叔沒猜中！叔叔沒猜中！」她拍著手叫，歡呼雀躍。

「那妳說每天醒來第一件事做什麼？」

「睜開眼皮。」

原來是腦筋急轉彎，我真的猜不出。這些日子每天早上醒來，還沒來得及睜開眼皮，我就開始想結婚的事，其他什麼也沒去想。

「元旦啊，快點到來吧！」每撕一張日曆，我心裡就這樣呼喚；每當新房有一點進展，我也這樣呼喚；每次感到天氣又冷一些，我更要這樣呼喚。真的，我非常非常熱切地盼著元旦的到來，就像孩兒呼喚新年，禿枝呼喚春天，早苗呼喚雨露……元旦到了，林香梅就會天天跟我在一起，這個新房間就會成為一個真正的家，這個被窩就會暖融融起來……

我去看林香梅，又惹了一件麻煩事。

現在比不得以前，我們有自己的房子，雖然沒布置好也比其他地方更方便。所以，通常是她來看我，並對我們「愛巢工程」進行「檢查指導」。但是官場迎來送往太多，林香梅很忙。有時一連兩三天沒來，我只好去招待所看她。

縣招待所在北郊，依山畔水，風光如畫。占地大，小樓與草坪、花圃、造景園林布局合理，環境優雅。尤其是夜晚，不論皓月當空還是晶星閃爍，哪怕冒著毛毛細雨，到那去散散步，非常愜意。每當客人鬧酒鬧得晚，林香梅不能脫身，我就到那去散步，從草坪到花圃，從花圃到草坪，或者從草坪到園林，從園林到草坪，或者從花圃到園林，從園林到花圃，邊踱步邊張望餐廳門口，邊欣賞花草在微風中搖曳，百踱不厭，對林香梅加班之恨消解了大半。

第八章　婚變

　　在那踱步常碰到人。大多是賓客，素不相識，有的點個頭，有的頭也不點。也常碰到賓館工作人員，不認識的如同賓客，認識的都知道我在等待心上人。有幾回碰上魏萍，她取笑：「你到底是關心她還是監督她啊？」

　　「兼而有之吧！」說笑幾句，平添幾分快意。

　　然而，這天晚上，正當我在那邊踱步，邊想待會兒見林香梅如何吻的時候，猛然有幾名狀漢像天兵天將向我撲來。只感到一陣烈風，沒等我反應過來就被撲到草坪上：「別動！警察！」

　　我只覺得渾身到處疼。雙手被反銬，整個人像木頭一樣被抬起來，推著走向百公尺外的車輛。

　　那車停在三號樓門前，燈光亮處盡是人，而且大都著警服。我這才明白：這夥人是便衣警察！

　　「你們搞錯了！！！」我嘶聲吶喊，奮力掙扎……「沒錯，就是他！」一個女服務生遠遠指著我說，我恨不得咬她一口。

　　「沒錯。」一個官模官樣的人看看手中的相片又看看我，看看我又看看相片，慎重地點點頭……天啊，怎麼會這樣！

　　「香梅！」我大喊大叫起來。我不能就這樣走，要跟她宣告我是無辜的，叫她等一下，我很快回來……「哎呀，局長，真的弄錯了！他是我們縣農業局朱祕書啊！」魏萍趕來，慌忙大叫。她這麼一證實，其他幾個小姐也辨認出我，隨即附和……等林香梅趕到，我已經解銬。那官模官樣的便衣當眾向我解釋，並向我道歉。原來，上個月他們那裡發生一起持槍搶劫銀行運鈔車的案子，三名犯罪嫌疑人，抓了兩名，還有一名在逃。前天，警方獲悉這名嫌疑人潛逃到我們這一帶，所以他們立即追捕而來。他們首先查賓館，拿那位嫌疑人的照片要求服務小姐辨認。小姐說好像見

過，就在那邊散步。他們先叫兩個便衣佯裝散步到我身邊看了看，也認定我就是照片上那個人。於是，他們就對我動手了。

林香梅特地看了那照片，也說我真的很像那犯罪嫌疑人。這麼說，怪不得那小姐，也怪不得那群便衣，只能怪自己爸媽。

為了林香梅，我已經兩次遭遇警察了，真不知我這麼循規蹈矩的人冥冥之中跟警方有什麼恩怨。好在吉人自有天佑。上一回是盧如騰，這一回是魏萍，要不然不知道要吃多少冤枉。我說：「喜酒還是請一下她吧，別那麼小心眼！老話就說：人家筷子戳了你莫去記，人家夾了菜給你吃要記。不念在她是同學，也該念在她及時救了我，何況這幾個月對妳也確實不錯。」

「你要請就請吧！」

「不是我要請，是我們應當請！」

「我說了隨你呀，還要我怎麼說？難道要我巴結她、求她？」

林香梅還是一肚子氣。可以理解，魏萍當年傷她確實傷太過分。現在雖然有點勉強，畢竟點頭了，我便補發請帖給魏萍。

離元旦只差半個多月時，縣裡派人到各鄉鎮進行年終檢查評比。政府機關就是這樣，一切圍繞核心政策運作。今天政策注重農業，明天著重抗旱，一旦確定為核心政策，誰都得捲入。只有前方與後方之分，沒有份內與份外之分。

馬縣長針對三浪溪開發問題做出指示：三浪溪即便有黃金都不能挖，一定要好好保護它的原始生態，在保護的前提下適度開發旅遊業。根據這個指示，我們的電力站專案得暫停，跟旅遊部門交接。如此一來，我們轉而忙旅遊開發。

第八章　婚變

下班時，李局長說要參觀一下我的新房。看房時，鄧副主任也在。看完，鄧副主任請我們吃便飯。喝酒的時候，李局長問：「你的婚禮籌備差不多了吧？」

「家裡早開始忙，應該差不多了。」

這時，李局長才提及需要人手前往鄉鎮的事：「你知道，我們人手緊，你先去幾天吧，回來就讓你請婚假，多請幾天，怎麼樣？」

我一口應承。事後才跟林香梅解釋：「李局長對我們這麼好，我總不能為難他吧？」

「那也是！」

林香梅通情達理，我報以熱吻：「我這邊，家裡那邊，都準備差不多了。妳那邊呢？」

「也差不多了。沒什麼嫁妝，你可別計較啊！」

「哪能計較呢？有妳還有那張背著紅書包的照片就足夠！」

「那你爸你媽哩？」

「我爸媽？我爸媽要的是孫子，其他更無所謂！」

「愛說話！」她捏我一把，我們又親熱好一陣。

「萬事俱備，只欠東風。只要元旦一到，我們……我們……我們就……就……」

「就怎麼樣？看你激動得什麼樣！」

「想起那，能不激動嗎？」

「不知道。」

「古人說，人生三大喜：金榜題名時，衣錦還鄉日，洞房花燭夜。可

以說，前兩大喜我都經歷了，現在這第三個……」

「前兩喜，都是你獨吞。現在第三個，我可要分享一半！」

「好啊！可以，完全可以！不，不是可以不可以的問題，而是應當！愛情，應當是兩相情願、兩相喜悅的事，否則就是變相強姦，就是變相賣淫，就是變相獸行！那樣的事我絕不會幹，絕不！」

「我相信你！」

「我還想，那是我們人生嶄新的一頁！譜寫這一頁嶄新的詩篇，一定要隆隆重重。你想啊，我們出生，身不由己，糊里糊塗怎麼吃了第一口奶都不知道。妳知道吃妳媽媽第一口奶的滋味嗎？」

「不知道，我想，誰也記不得！」

「所以，我想我們第一次……第一次……那個、那個……」

「那個什麼呀！」

「就是那個、那個吧，新婚之夜，妳說什麼最重要呢？」她終於明白，把頭埋進我懷裡。「真的嘛！我想一定要留下終生難以忘懷的記憶！像盧如騰說那樣『先上車後買票』……那樣趕公共汽車似的，實際上我也覺得沒意思。」

「不知道。」

「真的，『君子好色，愛之有道』！香梅，真的！到了元旦那一天，我可要一個晚上都抱住你，一分鐘一秒鐘也不鬆開！我還要……那個……那個、那個一次接一次……」

「你瘋了！」她面頰發燙，一把推開我。

我沒強行，只是直愣愣盯著她，繼續沉醉在即將到來的那一個夜晚。

第八章　婚變

我聽過一個故事。從前,有個員外要招婿,便唱道:

門前一丘田,荒了十八年。

誰人墾得開,耕耘不要錢。

有個農夫應道:

新打鐵鋤新開荒,山歌和著鐵鋤響。

連開三天又三夜,荒田開得光光亮。

「怎麼那麼流氓啊?」

「說實話,以前我也聽不懂。現在想來,我們家鄉很多老話、很多故事、很多歌謠,都很『流氓』,但是很有意思。」

「還有意思!不聽了,再說不理你!」

我們久久地吻著,彷彿我要遠走他鄉,甚至好像再也不能再相見。那深沉的夜,那冰冷的風,全叫我們熾熱的愛燒著了……

在鄉下幾天,我飲食都特別小心,生怕食物中毒拉肚子。晚上,大家繼續喝酒或者打牌,我獨自躺在被窩裡看電視。

沒什麼好看的節目。鄉下的電視沒遙控器,爬起來換頻道又冷,只好碰著什麼看什麼。某頻道法制節目,綜合報導司法界懲治腐敗的豐碩成果,專題介紹某地公開宣判一起殺人案。

那名罪犯很年輕英俊,平時在大街上肯定會吸引許多漂亮女孩的目光,但他卻殺了他的妻子,現在被五花大綁,又被兩名荷槍實彈的武裝警察押著,毫無反抗能力。審判長宣布判處他死刑,立即執行,當即有大群武警押解他前往刑場……這時,我心裡閃過一個念頭:好可憐啊,比我們殺的雞鴨魚還不如,甚至不如泥鰍和蝦,它們到了鍋裡還可以蹦幾蹦呢!

一個生龍活虎的人卻跟田螺似的,只有田螺到了鍋裡還動彈不得,所以說它最無能最可憐,家鄉老人教導不要吃田螺。

然而,他竟然殺了自己的妻子!殺什麼人也不應該啊,何況自己妻子!妻子與你同床共枕,親親密密,父母親也無可比擬,只怕愛不過來,怎麼忍心殺?妻子都忍心殺的是什麼人?怎麼能讓這樣的人存在世上?該殺!千刀萬剮也不值得憐憫!

接下來是科技節目,訪問天文臺臺長趙某,探討宇宙問題。這問題摸不到邊際,甚至可以說杞人憂天,跟我們實際生活沒有一點直接意義,我本來不想看,只是在這無聊又庸懶的時候隨意看。他說:「天文學上的里程碑,第一個是哥白尼(Nicolaus Copernicus)推翻托勒密(Claudius Ptolemaeus)的地心說,提出日心說;第二個是赫歇爾(Frederick William Herschel)創立銀河系天文學,使我們知道太陽系也只是銀河系中的一小部分,在銀河系中至少有一千億個太陽這樣的恆星。哈伯(Fritz Haber)建立的是第三個里程碑,他告訴我們原來銀河系也只是現在知道的幾十個星系中的一個。這些里程碑,使人類的視野越來越開闊,地球在宇宙中顯得越來越微不足道⋯⋯」

那麼人呢?

從宇宙觀出發,我們人生的意義又是什麼?

以前,在一個班裡考好一點都會覺得了不起。考上大學,全村沒幾個,更有一種出人頭地的感覺。但只要到外地一走,就會發現世界很大。由此推想全國、全世界,深深地感到一個人實在是渺小。再想想歷史,許多帝王也早已銷聲匿跡,人生實在是悲哀。好在我們整天忙碌,沒閒工夫去想那些悲哀的問題,生活也就充實起來,滿足起來,張狂起來。可是今

第八章　婚變

晚，這電視竟把我拖入宇宙之中……等我的思緒回到螢幕，那臺長已轉入最後一個話題：「小行星撞擊地球，不能完全說杞人憂天。」這麼說，「世界末日」之說並不是完全沒有可能？

我很自然想起跟林香梅同租一套房的那個陳筱華，想起林處長那位女兒，不禁一陣寒顫：難道真的有這種可能？

那太冤枉了！這種事，幾千萬年才一回，怎麼偏偏讓我們這代人碰上？那幾千萬年，我們隨便生活在哪些年頭也好啊！只要那麼幾十年，幾千萬年的幾十年，牛身上一根毛。當然，出生不自主，人生來沒自由。如果說人類毀滅就像個體生命的死亡一般不可避免，那麼能否再晚一些？不奢望推遲到我有生之年以外，至少得……甚至我不想奢望推遲，只乞求千萬千萬不要提前……甚至提前到……我和我的林香梅還沒開始正式品嘗愛情之果啊！

在這孤孤獨獨的山鄉，我一遍遍回味跟林香梅在一起的歡樂時光，特別是她的諾言「我們早點結婚吧」她忽然吻著我說。「我愛你！我會好好愛你一輩子！」

「怎麼好好愛我？」

「我會每天唱一首歌給你聽，全部唱愛情歌，然後為你做香噴噴的菜，然後替你洗乾乾淨淨的衣服。」

「還有呢？」

「還有我會吻你，熱烈地吻你，甜蜜地吻你。」

「還有呢？」

「還有什麼？」

「很重要、非常重要的做愛……」

「討厭！沒到『點』的事，我沒想！」

想到這，我不禁歡悅起來：元旦啊，你快些到來吧！

還沒等檢查結束，李局長就來接替我，說他這兩天有空，讓我先回家忙婚事。這種時候我也不搶功勞，只是千恩萬謝：「李局長，別忘了到我家喝喜酒啊！」

「那當然，我還要鬧洞房哩！」

我從鄉下平安回來，家裡卻出了事。首先是新家對面的鄧副主任，他騎腳踏車接那可愛的女兒放學回家，路上被車撞，蓓蓓生命垂危，要求緊急輸血，卻發現她的血AB型，而他O型，妻子趕來又是A型，這麼一折騰搶救無效。隨之而來的問題是，O型和A型結合所生孩子可能是A型或O型，而不可能是B型或AB型，也就是說蓓蓓的父親另有其人。婚前的羅曼史敗露，而且如此難堪，妻子當天投河自盡。好端端的，轉眼間家破人亡，旁人也傷感不已。

鄰居這場飛來橫禍，讓我心情很沉重。林香梅更是，臉色蒼白，哭喪著，沒有一絲笑容。我連忙打趣說：「『曉來誰染霜林醉，總是離人淚。』我下鄉才幾天啊，妳就想成這樣！」

她背過臉去，淚如雨下……

我覺得有點不對勁：「怎麼回事？」

「紫橙，我這幾天身體有點不舒服，我們的婚期推遲一段時間，好嗎？」

「那怎麼行呢？」我一口拒絕。「我家、妳家請帖都發了，盧如騰他們臥鋪票都定了……」

她只是嗚咽。

第八章　婚變

想起家裡大堆大堆雞鴨魚肉，大群大群親戚朋友，我不敢往下設想：「不行，不行，絕對不行！這不是開玩笑的！」

「不推遲婚期也行，那……一個月內不許做愛，行嗎？」

「那……那也不行，那還叫什麼蜜月！以前說沒到點，現在到點了……」

「別胡思亂想，我一心一意愛你！只是身體有點……有點小毛病……」

「前幾天檢查不是好好的嗎？」

「前幾天是前幾天，今天是今天。有的人昨天還好好的，今天就生病，這有什麼奇怪？」

人有旦夕禍福，確實沒什麼奇怪，但我不能接受這種怪事發生在我們身上。

「真的，為了我，也是為了你，求你原諒我一次，好嗎？」

我回答不出來，腦子太亂了……

「就當我們才開始。你想想當初，你要求只是我一張背著紅書包的相片。現在，我整個人都給你了……只差一點點……只是我身體暫時有點小毛病……」

「什麼毛病？」

「婦科方面，跟你說也不懂，也沒意思。你相信我就行了，好嗎？」

「到醫院看了嗎？」

「看了。是醫生說的，暫時不能結婚，好嗎？」

「那一個月以後行嗎？」

「當然行！以後還不行……你真傻！就一個月，一年的十二分之一，一輩子中的一剎那間，這麼一點時間都等不了嗎？」

我點點頭，自己也分不清是表示等不了一個月，還是表示同意等一個月，她則大高興起來，抱著我又親又吻……「是推遲婚期還是推遲蜜月？」

「那就……就……嗯，那就推遲蜜月吧！」我極不情願，想大怒又想流淚。

「真的喲？」

我只是淡淡地點了一下頭。

「打勾勾。」

我破涕為笑。女人再大都有童稚。她歡喜起來，拉鋸似的勾著我小指頭，邊拉邊唱：「拉勾上吊，一百年不許騙人……」

不做愛還叫花燭夜，還叫度蜜月嗎？我不知道，但不管怎麼說都不願意接受。

為什麼要娶妻？公開的理由是傳宗接代，天經地義。在以前來說，不傳宗接代，不娶妻，不生兒子，就是大逆不道。世界上什麼最長？就是男人那東西最長，使得人類千萬年綿延不斷。然而，現在不一樣，現代人不再怕「斷子絕孫」，生育已不是主要目的，那為什麼還要結婚？

是為了生存？兩個人生活總比一個人方便，尤其是將來老了，沒個「伴侶」怎麼行？這有道理，可為什麼不找同性相伴到永遠？看來，這理由還不充分。

是為了性慾？那也好解決，現在已經到處「繁榮娼盛」了，世人也大多予以寬容，可謂「狎妓公行」。但那畢竟有風險，受法律限制，還很可能染上致命的梅毒、淋病、愛滋病，整體衡量不如妻子。

妻子是多功能的人，遠不是娼妓、同性朋友等等所能取代的。過去得

第八章　婚變

娶妻，今天得娶妻，明天還得娶妻，直至所謂「世界末日」那一天，妻子永遠存在！

應當承認，如同娼妓可以沒有愛一樣，妻也可以沒有愛。沒有愛情的婚姻是不道德的，但古今中外很普遍。那麼，沒性的婚姻有嗎？沒有性的婚姻道德嗎？

我想問盧如騰，話到嘴邊，一透過電話就變樣：「我這邊，我家裡，還有香梅那邊，現在都準備差不多了，你說還要準備什麼？」

盧如騰說：「那些事務，準備好更好，沒準備你也別管它了！你還管那些亂七八糟的事幹嘛？你現在最要緊的是休息好，把精力蓄好，準備新婚之夜金槍不倒，百戰百勝……」

哪壺不開提哪壺。我隨便敷衍兩句掛了電話。

第九章

廣告

第九章　廣告

　　婚禮如期而至，只差幾位重要的客人遲遲沒到。

　　同學當中，黃新后土自然不在邀請之列，可是魏萍補發了請帖也沒到。我馬上打電話給魏萍：「到哪啦？」

　　「還在所裡。」

　　「怎麼還不動身啊！唉呀！妳們女人家啊，難怪人家說，等女人出門，等她塗脂抹粉再描眉，可以拿部長篇小說出來看。妳說妳，什麼時候了？都在等妳啦！」

　　「聽我說嘛！是這樣，突然又有長官來，我們所長又出差了，我怎麼走得開？老同學了，理解一下嘛！」

　　「那……」

　　「沒關係，心意我領了就是。祝福你們，別忘了分我一包喜糖。」

　　朋友當中，張娜沒到。大學同學十幾個一起來，我見盧如騰身邊的美女不是張娜而是陳筱華，馬上拉他到一旁追問。陳筱華跟林香梅同住過，挺要好，特地請她也來，還交代盧如騰幫她買車票。盧如騰喜歡黏女孩，他們坐趟車就親熱不奇怪，也沒什麼好過問。問題是請帖上寫，又在電話上說了請盧如騰和張娜一起來，他和她也答應了，怎麼沒一同出席？我追問：「你老婆呢？」

　　「我哪來老婆？」

　　「算是老婆吧，張娜呢？」

　　「她還好意思來嗎？」

　　「怎麼啦？」

　　「你不知道？」

「知道什麼？」

「以後慢慢說吧！」

「不行！大嫂子沒到，你得給個說法。是不是又大肚子了？」

「大個屁！」

「又『換屆』了？」

「還沒有吧！」

「到底怎麼回事？」

「你真的不知道，還是裝糊塗？」

「我真的不知道發生了什麼事。這幾個月來，我睜眼是林香梅，閉上眼還是林香梅，還知道其他什麼？」

原來，張娜對三浪溪入迷，到處鼓吹，吹那山水多麼原始、多麼秀麗，吹那道教文化多麼古老、多麼完美。說到它的完美，就例舉兩千年前福梅煉丹的那個丹爐至今完好地儲存在八卦石盤下。她的鼓吹起了好的作用，搶救下三浪溪，可也引起了副作用，那丹爐沒多久被盜。本來，那丹爐沒出土，更沒列冊，雖然價值連城也沒人知道。然而這個盜賊得手，偷運出國，公開拍賣，引起轟動。國內有關部門這才重視起來，迅速破案，發現這個盜賊不是別人，竟是張娜的前任男朋友。張娜說她沒參與偷竊，那賊也說她沒捲入，但這可以證明她和他還有往來……

婚禮有傳統的，現代的，各有千秋。一個人若只想有一次婚禮，那麼最好是兩者結合。

我們這一帶傳統婚禮是「六禮正娶」，即訂盟、納采、請期、迎親、登龍與會親，六道程式，隆重是隆重，但是繁瑣。不過，現代式又太簡

第九章　廣告

單。林香梅說了，她喜歡坐花轎。這樣，就以傳統為主，中外結合。我們精心設計一個方案，雙方長輩皺眉，斥之不古不今，不中不外，不三不四，不倫不類，但跟那些工作之後結婚也在外辦的人相比，我們算是足夠有家族觀念，夠孝敬長輩，也就予以遷就。

十二月三十一日晚，我們的婚禮拉開序幕。

吃完晚飯，休息一下，大概九點多，迎親隊伍出發。抬著花轎，花燈開道，松光高照，嗩吶昂揚，小鑼大鑼穿插，鞭炮一路響去，山道騰飛起火龍，山崖回應出旋律，人心蕩漾起漣漪……「哇，什麼時候我結婚，也到你們這來！」盧如騰以媒人的身分加入迎親行列，大開眼界。

「你不是早就結婚了嗎？」歡快的氛圍入眼入耳入腦入心，我早忘了某種遺憾。

「誰說我結婚了？」

「你不是早就跟張娜在一塊嗎？」

「那是『同居』，頂多叫『試婚』。」

「那不就行了，還麻煩什麼？沒收我一個紅包不甘心是嗎？」

「不是，你不懂！」

「當然，我沒你懂……」

「不對，你比我懂！談戀愛要在城市，辦婚禮要在鄉下，我今天才發現，但你已經在做了。」

我做得挺傳統。一入林府，我便拜謁林家祖宗牌，感謝傳下這麼一族；二拜岳父岳母，感謝生育這麼一女；三拜同族長輩，感謝對我香梅一家的關懷和幫助。除了祖宗牌，每一拜都收到一個紅包，口袋很快塞滿。

然後入桌開宴，我坐首位，岳父給我「修座」行禮。盧如騰媒人次位，受寵若驚，掩飾不住激動，老給我擠眉弄眼。這時，圍在一旁看熱鬧的親鄰開始戲弄我和盧如騰，稱我是「公豬」，把我們的臉抹紅，把剪去蓋頂的斗笠套到我們脖子上，把我們的鞋子搶了就跑，防不勝防……「快跑呀，鬧個沒完嘍！」岳父大人看得很開心，卻伏在我耳邊提醒。

　　我明白了，但不能丟盧如騰一個人在那。他坐對面，暗使眼神又不明白。我只好用英語說：「Be quick（快跑）！」

　　盧如騰明白了，可是光著腳跑不動，又給人拖著搗亂，好在岳父大人通情達禮，開口說情……「什麼都別說了，你先賠我一雙鞋！」盧如騰終於跑出來，氣喘吁吁，找我算帳。

　　「誰賠你啊，你要自己去買！」

　　「人生地不熟，你叫我去哪買！」

　　「到脫你的鞋那人那去……」

　　「要去買回我自己的鞋？」

　　「嗯，沒錯！」

　　「還有這道理？」

　　「誰叫你當媒人呀？」

　　「還不是你要我當的？」

　　「是啊，男子漢大丈夫敢做敢當呀！」

　　「還提什麼大丈夫！鞋子被人脫去，還要自己去買……哪有這事！真要我當大丈夫，一巴掌蓋過去……」

　　「你以為人家真的要你那雙臭鞋啊？搶你的鞋是看得你起，說你做媒

第九章　廣告

做得好……」

「那我不要了，我寧肯買雙新的！」

「不能不要，不能不買！」

「怎麼這……這麼野蠻？」

「嫌這野蠻，你可以宣告不是媒人啊！」

「那……好人做到底，不過我沒錢！」

「我也沒錢！」

「你剛剛收那麼多紅包呢？」

「那是給我的，不是給你的。」

「我是為你的，為你而來，為你被人搶，你得幫我贖，取之於民用之於民，你不拿出來不行！」說著，他強行掏我的口袋……

林香梅遲遲沒露面。

我知道，此時此刻她正在裡頭梳妝打扮，與親人話別。我們的樂隊在大廳「鬧堂」，一陣比一陣緊密，一陣比一陣嘹亮，催促新娘快快上轎……次日凌晨三點左右，時辰終於到，我親自進入閨房。

今日林香梅分外妖嬈，鳳冠霞披金革帽，護心銅鏡紅棉襖。但她哭了，她媽淚汪汪不停地幫她抹眼圈……香梅看見我真的自己來，重新給她戴上紅豆項鍊，不禁破涕為笑。岳母大人抹了淚，搬凳子請我坐。我沒坐：「謝謝！不坐了，時候差不多了！」

「是他們要等什麼時辰吧！」林香梅竟也附和。

岳母大人不禁笑了，笑這麼心急這麼傻的女兒女婿。她笑著給女兒蓋上紅頭巾，看著我抱起她走出閨房，走向廳堂，走向我們嶄新的人生。我

忍不住說：「我偷偷吻妳一下好嗎？」

「如果你敢，我就賴到明天。」

「那不敢！那不敢！」

在人們說笑聲中，我把她抱到大廳，立在紅地毯上，讓她拜別祖宗。拜完，又抱進花轎。等她家大門一關，岳母娘把那碗「開面水」從轎子後頭潑到大門口，我們起轎……山道本來就坡多彎多崎嶇不平，轎伕又故意鬧，轎子上下左右亂搖亂晃……「紫橙！」林香梅呼救。

轎伕更加搗亂：「叫紫橙啊，叫你爸媽也沒用哩！」

為了我的香梅免受顛簸之苦，只好塞紅包給轎伕。轎伕們高興得手舞足蹈，但沒多久又鬧，我又得掏紅包。

還沒走一半，口袋裡紅包沒了。不是林香梅家親人給不夠，是被盧如騰掏走好多。我找他要，他不肯，也只好強行到他口袋裡去掏。他罵道：「媽的，你發了『不義之財』不要分點給我呀！」

「憑什麼分給你！」

「我是媒人啊！手續費、回扣、小費……」

「少囉嗦，我要急用！」

「那你……哎呀，糟了！你掏出來給我看看！」

「我不要！」

「我不要你的錢了，你把藥片還給我！」

「什麼藥片？」

「在那錢裡頭！」

「沒有！」

第九章　廣告

「有！快點找一下，真的，如果丟了要趕緊回去找！」

如此重要，我只好把紅包掏出來。果然發現兩片錫紙包裝的藥片，他一把奪回去。我不屑一顧說：「誰稀罕，再貪吃也沒有貪吃藥的！」

「嘿，這藥可多人貪了！你看」他把藥片放在手掌上讓我看，印的是英文：VIAGRA。

「什麼？」

「『威而鋼』！」

「什麼『威而鋼』？」

「連『威而鋼』都不知道？真是傻子！」

「我幹嘛要知道，關我什麼屁事？」

「嘿，還真關你的『屁』事哩！你吃一片試試？保證你兩分鐘就衝天而起，搞它幾個小時沒事……」

「去你的！」

天矇矇亮，花轎終於到我家大門前，婚禮進入高潮。

轎子停在門前「存嫁」，等廚師到轎前撒茶米、宰公雞、罵彩。我站到自家門檻上，向著花轎撒三把米，意味著「迎新添丁」。然後由我親自扶林香梅出轎，站在地毯上的米篩裡拜堂。

拜堂儀式由盧如騰主持。一拜天地、二拜父母、三是夫妻對拜，然後由我引導林香梅拜我外公外婆、叔伯、姑姨等等，每個受禮者給她紅包。

接下來，喝交杯酒。盧如騰按我們當地前輩的教導祝詞：

公口吃來婆口嘗，翻雲覆雨到天光。

公口吃來婆口香，甜甜蜜蜜日月長。

再下來是新郎新娘互贈誓言。

為了驚喜效果,內容事先保密。我怕言語落俗,請教盧如騰。他一口氣報了十首愛情詩,我選擇英國伯恩斯(Robert Burns)〈一朵紅紅的玫瑰〉。這首詩最後一段寫離別不吉利,但那句「六月裡初開」像特地為林香梅寫的,其他也很符合我對她的火熱之情,於是省了最後一段朗誦:

啊,我愛人像一朵紅紅的玫瑰,
它在六月裡初開;
啊,我愛人像一支樂曲,
它美妙地演奏起來。
妳是那麼漂亮,美麗的姑娘,
我愛妳是那麼深切;
我會一直愛妳,親愛的,
一直到四海枯竭。
一直到四海枯竭,親愛的,
到太陽把岩石燒化;
我會一直愛妳,親愛的,
只要生命之流不絕。

林香梅聽得熱淚盈眶,主動給我一個長吻。人們報以熱烈的掌聲。

接著換林香梅向我贈誓言,不出所料也是詩詞 —— 南唐馮延巳的〈長命女〉:

春日宴,綠酒一杯歌一遍,
再拜陳三願:
一願郎君千歲,
二願妾身長健,

第九章　廣告

三願如同梁上燕，
歲歲重相見。

我聽了好激動，也報以長吻。

等入洞房，天已大亮。緊接吃早餐，客人在廳上，新郎新娘及伴郎伴娘、接嫁婆的酒席擺在洞房裡頭。

上午，我們就待在洞房，女性親朋好友一群接一群進來見面。林香梅按我們將來兒子的輩份尊稱她們，她們給她紅包「接新娘」，熱鬧個沒完。

中午正式酒宴。三十多桌，鄰居廳堂也擺滿。我和林香梅坐廳堂正席，陳筱華作為伴娘、盧如騰作為媒人和我們同坐。山珍海味二十多道菜，要吃兩、三個小時。四分之一時，新郎新娘開始逐席敬酒。

沒多久，盧如騰把我拉到走道，鬼鬼祟祟：「你們沒這麼快結束吧？」

「還早呢！」

「我都吃飽了。」

「再喝酒啊！」

「早上的酒還沒消化呢！」

「那也要吃。你是媒人，今天很風光！俗話說『新娘進了房，媒人扔上牆』，過了今天你想風光都沒人理你！」

「我累了。昨天一夜沒睡，今天又吃個沒完沒了，真受不了！」

「也好！再下去也有人要敬你，還會有人給你抹關公臉，你如果怕，那就溜吧！」

「你房間沒人吧？」我的房間今天是洞房啊，可是對這麼肝膽的兄弟我不能說「不」，馬上掏鑰匙給他。「你們等一下不會進來吧？」

「還早呢，你安心睡一覺！」

大學同學十多個，集中在一個廳上。我們一出現，立刻熱鬧起來：「朱紫橙，先喝三杯再說！」「跟同學要一人敬一杯，一杯打天下不行！」「你們兩個一個個先叫一遍再說，比你大的叫伯伯，比你小的叫叔叔，女的叫大姑小姑」……

你一言我一語，聲音一個比一個大，沒一個主見。我和林香梅樂滋滋笑著，無所適從。大家意識到這點，公推班長主持。

「我說啊，我們理解你們，今天日子特殊，還有重任在肩⋯⋯」班長個頭不高，聲音宏亮。「笑什麼，別想歪！但是，你們也要理解我們，至少是參加過那個生日晚會吧？你又是我們同學裡第一個結婚，要帶個好彩頭。所以呀，一杯打天下說不過去，一人一杯喝醉了在洞房裡不省人事也不行⋯⋯別笑！如果在洞房裡醉了沒事，到時候你結婚那天試試看！所以呀，我提議：先當著同學的面再喝個交杯酒，然後敬伯伯們一杯，叔叔們一杯，姑姑們一杯，一共四杯，這樣可以吧？」

大多數同意，有些女同學不同意：「不能重男輕女！我們也要分兩杯，一杯敬大姑，一杯敬小姑！」

「香菇紅菇都是菇，申訴無效！」班長堅持說。

就這樣定了，然後自報年齡大小。有跟我同齡的，但沒一個同月又同日，我們這些念理科的計算都很精確。

「盧如騰呢？」班長發現少了他。

「我去叫！」我也覺得這個專案不能少他。

房門關著。我小聲叫沒開就大聲叫，敲得咚咚響，硬把他從床上鬧起來。

第九章　廣告

「吵什麼吵！你不是說了不回來嗎？」門只開一條縫，閂都沒拉開。

「有事，開門再說！」

「我還想睡一下。」

「不行，有重要事。」

「我真的想睡，饒了我吧！」

「不行！班長說，大家有意見。」

「那你先走，我等下就來！」

「不行，你沒走我也走不了！」

「何必呢？」

「就是有必要啊！要不然……」

「哥們！實話告訴你吧：陳筱華也在裡頭。」

晚上鬧洞房，擠得水洩不通。至親爭著抱自己的男孩到痰盂裡灑第一泡尿，中老年人擠著躺到床上說是「眠了新人床不會腰疼」，年輕的則強烈要求介紹戀愛經過。鬧到十一點多一些，李局長出面：「好了，差不多了，讓新郎新娘自己去演更精采的節目吧！」

「看在局長面子上饒了他們，不然我要鬧到天亮！」盧如騰跟我那幫同學說。

林香梅巴不得他們鬧通宵呢！

人們剛散去，母親就親自端來兩碗熱騰騰的湯。她只顧盈盈笑，那又粗又黑的手指頭浸到湯裡也不覺得燙，林香梅看得直皺眉頭。媽一走，林香梅就嘟噥：「我是不喝噢，肚子又不餓！」

「不行啊，你看裡頭什麼紅棗、花生、桂圓、蓮子，要『早生貴子』啊！」

「怎麼老是孩子孩子，好像不生孩子就不能結婚似的，討厭！」

「國情嘛！婚禮的主題，人家是夫妻的愛情，我們是夫妻的兒子，規矩！」

「早知道這麼多規矩，懶得來！」

我端起湯餵她：「好了好了，下不為例，下不為例……」

她聽了差點嗆到，進嘴的湯吞不下，圓瞪了眼盯我。

「保證下不為例！」我誠摯地說。

她將湯吐出來：「你還想下次結婚？」

「這怎麼可能呢？」我將她脖子上的紅豆項鍊取下，一把抱起她拋上床，手腳變得特別敏捷，直抵拉鍊頭……她緊緊抓住我的手：「我們打勾勾了，你忘啦？」

「我小時候勾過幾百次呢，妳沒有嗎？」

「我跟你說真的呢，你敢騙我？」

「要看什麼事，這麼重要的事，這麼偉大的時刻，這麼偉大的事，能錯過嗎？」

「你說話真的不算數？」

「妳說有時間到了不上車的道理嗎？」

「不是說好等一個月嗎？」

「我不管妳！」

「我不相信你了！」

第九章　廣告

「就讓妳不相信一次吧！」

她索性不反抗了：「你可以強迫我，但我會恨你一輩子！」如同被雷擊，我隨即翻身下來：「如果沒有妳的愛，那又有什麼意義？」

「對不起！」

我呆坐在床邊，撫弄著她的拉鍊頭，匪夷所思。林香梅安撫說：「一個月後我跟你好好過蜜月，好嗎？」

我還能怎麼樣呢？我也吻她，但沒了激情。我說：「我愛妳，不會強迫妳。」

她感動得流淚：「我知道，不然不會嫁你，只是要請你諒解……對不起！」

「不，別這樣說！妳肯定有難言之隱，不勉強。來日方長，暫且當作晚一個月結婚吧，單身一人二十多年都過來了，還差這三十天嗎？」

「老公，你真好！」

我在沙發上睡著，但很快就醒來。又長又大的紅燭依然亮著，林香梅則睡得正酣。她睡覺也有點鼾聲，可是輕勻有韻……洞房花燭夜，千金一刻，就這麼浪費？真沒用！女人家臉皮子薄點，猶抱琵琶半遮面，什麼都半推半就。是不是新婚之夜也一樣？

人生的悲哀是無從比較。我不知道人家夫妻那回事怎麼開始，也就無從知道自己如何跟林香梅開始一種嶄新的關係。她真的有什麼病嗎？那個病真的不允許做愛是嗎？是原則上不允許，還是絕對不允許？如果只是原則上不允許，卻當作絕對命令執行，錯過一生絕妙時光，豈不冤枉？我不想再想什麼了，從沙發上坐起，悄然走到床邊……

林香梅仍然睡得很香，沒有喜悅也沒有哀愁，純粹是一張清秀的臉。

她鼻孔散發的氣息直奔我臉上，有一種誘人的氣味。內衣高領，看不見脖頸。酥胸被被子遮住，我只好輕輕把被子掀開一角，雙峰完全顯露出來。我想把被子再掀開一些，把她的內衣掀起並解開胸罩，又想她會冷，索性把被子推到脖子上，俯前去吻她，從唇到鼻子、眼，又從眼、鼻子到唇⋯⋯

「紫橙⋯⋯」她醒了，迷迷糊糊，雙眼仍然閉著，但是張開嘴，兩隻舌頭絞在一起。不一會，她又伸出手臂攬住我的脖子⋯⋯突然，她猛力把我推開：「自己睡自己的吧，啊？」

第二天上午九點多我才醒。林香梅先醒，蹲在沙發邊，替我蓋被子，然後伏在我身上，不時地親吻。我醒來第一眼看到林香梅，第二眼看到紅燭⋯⋯這就是結婚？洞房花燭夜我真的獨自睡沙發？

林香梅先開口：「不認識我了，是嗎？」

「嗯。第一次⋯⋯結婚以後，第一次看到妳⋯⋯」

「更醜是嗎？頭都沒梳。」

「沒關係，別有風韻。真的！就這麼散亂著，當然最好再來點微風，來點動感⋯⋯笑一笑也行⋯⋯對！就這樣，比風好！」

「別哄了！廬山真面目，難看也沒辦法。」

「怎麼會這樣想呢？妳為什麼不想妳本來就很漂亮，現在又⋯⋯又⋯⋯又很生活化，顯得更美，更迷人，更⋯⋯更⋯⋯更、更性感⋯⋯」

「愛說話！」

她吻我一下，拉我起來：「哎喲，我的腿都蹲麻了！」

她打個踉蹌，我連忙扶住，趁勢抱住。又吻一陣，兩個作一團移向梳

第九章　廣告

妝檯……「好了，你把沙發整理一下，別讓人笑話。」想到那，我當然不高興。我把被子、枕頭抱到床上，連同她睡的一起疊好擺好，擺樣子，擺面子，擺得很沉重。她梳好頭，走過來，從後頭抱住我。「老公呀，別生氣啊！」

「沒什麼！」

「『沒什麼』，什麼都寫在臉上，還沒什麼！」

「那要我怎樣？還要笑？有老婆跟沒老婆一樣，難道還要笑？」

「看你，看你，結婚頭一天就吹鬍子瞪眼睛？」

「還不是妳……」

「是我？當然，是很遺憾，可是你答應了。如果你不答應，我……我、我也……也、也不會……」她抽泣起來，很響，很傷心……我連忙攬過她，幫她抹淚珠：「好了好了，我以後再也不提了！我答應過的事會算數的，不然算什麼男子漢？」

抹好淚，笑了笑，才把房門開啟。

廳上有許多客人，嘰嘰喳喳、說說笑笑。一看到我們，大都愣住了，靜了片刻才恢復生氣。有的向我們寒暄，有的說些奇奇怪怪的話取笑我們。接嫁婆等在門口，這時起身迎候：「橙仔，你帶新人在房裡坐，我去打洗面水來。」

我說：「不用了，我們到廚房洗。」

「不敢喲！去廚房，按規矩……」

「唉，規矩說夠了，讓我們自由點吧！」

接嫁婆是長輩，但沒辦法。我們走出房間，穿過廳堂，直往廚房去。

一個個盯著我們，擠眉弄眼。有大人捉弄小孩，公然教唆他們向新郎新娘討「糍粑」（俚語說做愛為「做餐」）。林香梅當然聽得懂，羞紅了臉面。李局長拉我到一旁，說話也不客氣：「昨晚幹了幾炮？」

　　盧如騰則伏在我耳朵邊問：「我沒猜錯，是『原裝』吧？」

　　我未置可否地笑笑，有苦說不出。魯迅說「婚禮是性交的廣告」，看來一點不假。可是廣告本身常常虛假。

第九章　廣告

第十章
酒瘋

第十章　酒瘋

　　從老家回到新居，林香梅獨睡一間，我在書房打地鋪。她那張背著紅書包的相框，本來放在客廳電視機上，現在我把它擺在地鋪旁邊，看著睡，抱著睡，吻著睡。有時，她也睡不著，會推門而來，給我一陣真真切切熱呼呼的吻。這麼一來，也許更好些，也許更糟些，解得一時渴，但很快變得更渴……我們的蜜月，就這麼度日如年地熬著。

　　機靈一動，我自製了一個「蜜月倒數計時」。很簡單，拿硬紙板剪兩個圓形片，下面的畫三十個刻度，標上三十個日期，上面的剪一個跟下面刻度一樣的三角形小洞，讓日期露出。把這倒數計時牌掛在地鋪邊，每天晚上撥一格，明顯感覺真正的蜜月又近了一天。我沒把這件事告訴林香梅。她發現了，捧腹大笑：「我說你啊，你的聰明才智怎麼老是用來計算我！」

　　「我已經夠傻了，不然怎麼當有名無實的窩囊的……」

　　她連忙吻住我：「別生氣，只差二十天了，一晃就過！來，我幫你撥一格。」

　　「我不要妳撥，我只要妳……」我猛然把她抱起來，按到地鋪上狂吻……「哎喲，痛死了！快讓我起來！」她一起來就溜。

　　婚假結束，林香梅說不想回招待所上班。她還想當歌手，說現在自費歌手越來越多，她存了些錢，出個人唱片沒問題。

　　我為之感動。說來慚愧，我可沒有她那樣明確的理想，沒有她那樣堅定的信念。我想過些什麼呢？當年考大學比她認真，但只是想離開鄉下，想混個公職的身分，潛意識也許還想比黃新后土更有出息，好娶到林香梅，除此之外好像便沒有了。現在進政府機關了，只要不犯錯誤，混個一官半職是遲早的事。每一個成功男人後面都有一個沉默的女人，每一個成功女人後面也需要一個沉默的男人。只要林香梅能成功，我也願沉默，默

默地為她奉獻。我說：「現在快過節了，還是等過春節以後再說吧！這一段時間在家裡休息，準備一下。」

「還是利用春節去吧！」

「那怎麼行？雖然不上班，可是要『趕豬公』啊！」

「你承認你是『豬公』？」

「那有什麼辦法呢？有『豬公』當總比沒『豬公』當好！」

「你願意當就當吧，我是不願當『豬公』的老婆喲！」

「妳家裡還愛當『豬公』的岳父岳母呢！」

「對我爸媽尊重點好嗎？」

「真的嘛！不是嗎？大年初二要請我上門，請幾大桌至親，從初三開始由這些至親一個一個輪著請我上他們家，早上張家中午李家晚上王家，直到元宵過後，一家家請完，然後請這些至親到我們家『會親』，一個正月就這麼折磨，想起來都頭大！」

「哎，我幫你逃好不好？」

「好啊！」

「我們去旅行結婚！」

「還旅行結婚，不是結了嗎？」

「沒有旅行啊！現在許多人喜歡旅行結婚，家裡辦了宴席再去，我們就說去補。」

「嗯，這藉口倒不錯。」

「其實，也不是藉口。我們不是可以去度真正的蜜月嗎？」

「嘿！老婆大人，妳比我聰明！」

第十章　酒瘋

　　有了林香梅，我整個生活都變了。我覺得世界更美好，人人更親善，工作更加起勁，常受長官表揚。林香梅在家修身養性練嗓子，買菜做飯，人家笑我金屋藏嬌，羨慕死了。為了更好地愛她，我又買了一大堆愛情小說、愛情詩詞來看，發誓要比盧如騰更精通愛情。為了幫林香梅收集資料，也為轉移精力，我很快變成「追星族」。沒幾天，我不僅知道一些老歌手還知道一些新歌手，不僅知道國內歌手還知道一些外國歌手，比如美國知名女歌手惠妮‧休斯頓（Whitney Houston）也是從貧民窟一舉成名的。這些資料不僅鼓舞林香梅，也豐富了我的業餘生活。唯一遺憾是夜裡仍然人各一方，她只能撫著紅豆項鍊畫餅充飢，我只能撥一格蜜月倒數計時望梅止渴……

　　我時常久久不能入睡，起身溜去她身邊。一開始只是關一下門，後來反扣，我得敲門，敲好久才開。一進去，自然是熱吻，久久地吻，直到她說：「好了，夠了！」

　　「嗯……不夠！」

　　「夠了！你乖，你是全世界最好的丈夫，啊？」

　　「我想抱著妳睡。」

　　「以後吧！快了，你看倒數計時，再過幾天我就天天在你懷抱了，你先自己睡！」

　　我依依不捨坐在床沿，撫弄她的拉鍊頭：「你知道拉鍊的作用嗎？」

　　「釦子吧。」

　　「為什麼要用拉鍊代替釦子？」

　　「這還用問？更方便、更快呀！你想從前用繩子，萬一打個死結，萬一很急……」

「不說從前,只說最現代拉鍊,你說它究竟有多快?」

「多快……取決於它的長度,再是光滑度……」

「外國人說:有了拉鍊,可以在一秒鐘內把對方脫光!」

「是嗎?」

「當然,那是理論上!實際上,妳看我……」

「別說了!」她內疚地吻我。

「我不說更難受!」我也熱吻她。「我知道,一個男人的手與一個女人的拉鍊,實際距離很遠,相當遙遠,但我沒想妳的拉鍊這麼長,長得遙遠,遠得找到現在還望不見盡頭……」

「不長了,真的不長了!你看,盡頭就在這,就一秒鐘,稍長的一秒鐘。」她抓我的手去摸那拉鍊盡頭……我祈求那一秒鐘儘可能短一些。

這一個月比以前的十年八年還難熬。肚子餓了難受,可是看著美味佳餚而不能吃更餓。性慾的煎熬不僅是一種餓,還是一種渴,就像沙漠裡的人渴望一滴水。每當想起林香梅,我有一種如飢似渴的感覺,所以一擁住她就如餓虎,又瘋又狂。吻她的唇,吻她的面頰……「哎喲,你又咬了!疼死了!」

「對不起!」我接著吻她的脖頸,吻她的胸溝,還不解渴索性扒開她的衣領掏出那水蜜桃一樣的乳房吸吮:「我要吃奶!」

「你這大傻瓜!」

骨髓裡的慾火像火山一樣要爆發,要衝天而起,要把自己焚毀。我自然而然地再往下行,我知道那有一泓清涼的山泉,有一條奔騰的溪流,有一潭深邃的湖泊,可以任我吸飲,任我暢遊,把燃燒的我整個吞沒。然

第十章　酒瘋

而，她清醒了，克制起來，固執起來，堅決地把我推開：「對不起！」

「妳真這麼狠心……」

「對不起，我愛你！」她跑進自己房間，任我叫門捶門。我憤怒了，一腳把門踢開，發現她在抽泣……

她為什麼如此傷心？那是一種怎樣的病魔？

我決定去問醫生。前陣子我就想偷偷問一下，看她有沒有騙我，也想看能不能幫她什麼，但很為難。一個大男人去問婦科問題，怎麼好意思？因此一次又一次耽擱，現在看來不能顧面子了。

一上班，我說有點不舒服，請假到縣立醫院。可是，一鼓作氣到了醫院，碰上幾個熟人又退縮了。他們如果問我看什麼病，怎麼說？如果被聽到我要問婦科方面，那該怎麼辦？這麼想著，越來越心虛。我罵自己太沒出息，人家還要偷盜搶劫，殺人放火，我卻這麼點丟面子的事都沒膽量做，像什麼男子漢？大不了讓人家笑幾句吧，有什麼可怕？我狠下心，大有一種豁出去的氣概，馬上排隊掛號。

「看哪一科？」

總不能直說婦科吧？我說：「隨便。」

「哪有什麼隨便的？」

「肚子痛……」

「那是內科！」

被掛號小姐白了好幾眼，不過沒什麼。為了心愛的妻子，這點委屈算什麼？

根據告示牌指示，我上二樓往左轉，但腳步不知何時變得沉重。抬頭

一見門上「婦產科」三個字，再也邁不開步。門口兩張長椅上坐了好多等候的病人，大都是男女成雙成對。

「朱祕書，你也來啦？」隔壁辦公室的小王很熱情，我嘿嘿兩聲，愣愣地不知所措。「這裡坐一下，沒那麼快。」

「沒關係！沒關係！站一下。」

「你老婆呢？」

「她……她、她還沒上來，樓下……」

「你好像剛結婚沒多久吧？」

「是是是，還不到一個月。」

「不到一個月就有了？看不出來，你真行啊！」

這人真多嘴！再待下去，不知道會被說成什麼樣子。我連忙說：「你坐一會，我去看看我太太，她怎麼……」

話沒說完，我已經跑下樓。我覺得很失態，像小偷逃跑，太沒形象了。不過又想，說了老婆在樓下，急一點也算正常。

我懶得再丟臉，去書店買本書，自己當醫生。

到書店一看，婦科方面的書是有，什麼都寫得一清二楚，又畫得一清二楚，簡直不堪入目。我看得心驚肉跳，但覺得這也像、那也像，看了老半天，不知道究竟屬於什麼。看來，還是問醫生。

連續到幾家醫院，最後選中醫院。那男醫生鶴髮童顏，應該什麼都懂，又剛好沒其他病人。我直接問：「我妻子不願做愛，不知道怎麼回事。」

「你們感情好嗎？」

「很好。」

第十章　酒瘋

「那她是性冷感……」

「不……不會。」我一下想起我們許多次熱烈的擁抱親吻，還有一些特殊的親熱，我絕不相信她「性冷感症」這是我剛在書裡看來的名詞。

「那……那她……是不是剛好這幾天剛好月經來？」

「月經來才幾天時間吧？」

「那倒是！」

「可是她十幾天了……」

「是不是懷孕了……」

「胡說！我們還沒……沒那個、那個呢！」

「那……我也說不清楚了，你叫她自己來看看。」

我怎麼能叫她到這來呢？我連問醫生的事都不敢說。要是她知道了，肯定會說我不信任她，不信任就是不夠愛……

想盡了辦法，我只能直接求林香梅她本人：「難道不能少幾天嗎？」

「不能！」

「真的要整整一個月？」

「嗯，醫生說的，不能打折扣。」

「哪個醫生？」

「縣立醫院，婦科的。」

「以縣立醫院的水準，診斷錯誤是常有的事。再說現在醫德很壞，為了推銷藥品拿回扣……」

「起碼的道德還是會有，不能把人家想像太壞！」

「我想陪妳到其他大醫院看一看，不要延誤病情了！」

「不必了，我清楚，不會錯的。」

「我倒希望錯了！」

「我理解。」說著，她吻我。

我賭氣走開，回自己房間，隨手把門用力一甩……

蜜月倒數計時，每天晚上撥一格，好不容易只剩五格時，突然發現忽略了一件大事：一月大，是三十一天！是按照通常三十天算呢，還是三十一天？相差一天，整整二十四小時啊！我既興奮又擔心：「妳說，按三十天算還是按一月分算？全聽妳的！」我顯得很大度。

「過兩天再說吧，也許按二月分算呢！」

我一聽高興得抱起她直轉：「二月才二十八天，啊哈！」

第二十八天，我一早就追問：「如果按二月算，今天是月底吧？」

「嗯。」

「好像妳說過……」

「真對不起，還要過半個多月。」她頭也沒抬。

「你是說我們的蜜月還要推遲十五天？搞錯了吧？」

她仍沒抬頭：「沒錯，醫生說的。」

「哪個鳥醫生？」我發火。「妳怎麼早不生晚不生，偏偏這時候生這種鳥病！」

「我說了對不起。」

「我不要妳說對不起！」

「我說了會好好做你的妻子，但現在……」

「少囉嗦！」

第十章　酒瘋

「我有病呢！」

「我照顧妳！」

「還要等些天……」

「不管它！我最多只等三十一天！」

「不行，醫生是為了我好，我是為了你好。」

「不要妳為我，我只要當真丈夫！」

「丈夫就是丈夫吧，哪還有什麼真假，不要胡思亂想！」

「真個屁！」緊接，我說了一句很難聽的粗話。

「你就不能想點別的嗎？」

「別的我什麼都不想！」

「你怎麼不講道理了？」

「我就是不講理！」

她氣鼓鼓地跑到洗手間去，好久才出來，淚流滿面：「我真的有病啊，難道你不顧我的死活？」

「到底什麼病？」

「我也講不清楚，醫生還沒診斷清楚。」

「既然還沒診斷清楚，那憑什麼要求不能做愛？」

「你要相信我！」

「我相信妳，可是我沒辦法相信醫生！現在醫生也變奸商了，要紅包，賣假藥，亂診斷……我絕不相信他們！」

「你相信也好、不相信也好，反正還要過半個月。」

「妳看還是妳不講道理！」

「就算我不講理一次！」

就這樣，誰也說服不了誰，吵到半夜。

第二天下班回來，只見桌子上留了她一張紙條：

親愛的：

我回娘家住幾天，請求您諒解我。到時候我會自己回來，那時一定不讓您失望。

吻！

愛您的香梅

我火冒三丈，撕個粉碎：「我要妳這些空話幹屁！」「妳走十年八年也不稀罕！沒老婆照樣過！」

俗話說「英雄氣短，兒女情長」，真是一語中的。第一天沒什麼，多灌幾杯酒，回家就上床，一上床就入夢，一入夢就到天亮。本來，剛進家門還想燒點水喝，裝了一壺冷水，插上電熱棒，等著水開泡杯茶。沒想到倒床就睡，水開的笛鳴聲也吵不醒。等我醒來，電熱棒早燒斷了，水濺出大半壺，被子溼一大塊。受了點小小損失，可是沒去想林香梅，沒煩惱，日子過得更快活。

第二天，氣恨變為懷念，酒也灌不下，一夜失眠。從她背紅書包的樣子想起，到坐檯包廂，再到洞房花燭夜，愛恨恨愛，說不清個滋味。我不知道她是什麼怪病，甚至懷疑那病可能根本不存在。如果真是這樣的話，問題就大了，那麼我們的愛情就是一場大騙局。然而又覺得這種可能性很小，不相信她會騙我。細細想來，她對我應該是真情實意啊！此時此刻，她睡得好嗎？

第十章　酒瘋

　　第三天，一早起來，我想還是不能沒有她。認真想來，有她比沒她的好處越來越多。中午一衝動，立即跑去她家。趁著一個沒旁人的機會，閃電般吻她一下：「順便一塊回去吧！」

　　「不，我還要住幾天。」

　　「還是走吧，想妳了！」

　　「想就想吧，又沒叫你別想。」

　　「不是。我還要吻妳，不然睡不著。妳在，至少我可以吻一下。要不然，我飯吃不好，覺睡不好⋯⋯」

　　「那我要求你的呢？」

　　「算了吧，不就是十幾天嗎，又不是十幾年！」

　　春節臨近，我們向相關部門的上級長官拜年。電力站雖然不建了，但已經做了大量工作，停建的事暫時保密，籌措資金的工作絲毫不放鬆，反而要積極達成。因此，拜年照常進行。

　　從上到下，一級一級拜年。官場拜年跟親戚不同，首先得讓人放心。這年頭提倡反貪腐，要是一籮筐、一籮筐把禮物往人家家裡送，錢又不值幾個，還惹得鄰居個個睜大眼看，絕對不行。所以，現在流行「彙報工作」，彙報完順便留個「信封」。也不能太多人，人多嘴雜，什麼時候出事都不知道。有人說，現在行賄都不平等，你送一小包他會收，我送一麻袋他都不收，因為他跟你熟、跟我不熟。雖是鄉下地方，這些大道理全都懂。這次拜年，李局長只要我去，連司機都不帶。

　　我們按對象身分輕重逐個拜年。不料，年度考核這天找人談話，也要找李局長。上級考核單位找人談話，叫到誰，誰都得無條件趕到。他罵道：「操！這麼老了，叫我幹屁！」

「說不準，念你勞苦功高，要提拔你！」

「下輩子吧！」

牢騷歸牢騷，服從得服從。李局長趕回縣裡去，還剩幾個沒拜完，要我一個人完成。

這事本來不難，談幾句工作，說些感激話，塞上「信封」了事。但不巧碰上週末，人難找，而紅包不能請別人轉交。如果是平時也就算了，氣人的是，剛好逢我婚後第四十六天。婚後第四十六天對別人也罷，蜜月已過，可是我的蜜月被推遲到這天才開始啊，這怎麼敢耽擱！無奈出門在外，公務在身。我連忙打電話給林香梅，請求諒解：「這回輪到我推遲三、四天了，真對不起！」

「沒關係，再過十天也沒關係！」

「但是到點了，我……我怎麼也誤點……」

「沒事！」

「那當然！我只是說……我很想早點……」

「我也想早一點，可是不要急……」

「真的好想妳，真恨不能連夜趕回去！」

「我也很想你，可是不要太激動。先忙你的工作吧，回來我會加倍愛你！」

第二天，星期六更難找人，傍晚才找到一個王科長。

王科長是北方漢子，黑黑壯壯，在辦公室是個道地的包公，大嗓門喊小楊過來倒茶，問完一句什麼時候來，就直接問有什麼事，李局長也只有陪笑的份。現在在家裡，他變得和藹多了，親自倒茶，還要請我吃飯：「晚

第十章　酒瘋

上幾位朋友小聚，你一塊去！」

「不不不，謝謝！」

「你也是我的朋友呀，怎麼見外了？」

「不是見外，我是說您對我們支持很大，要請也應該我請您。」

「那倒不必，已經有朋友買單了。不過，如果方便，吃完飯去洗個澡吧！」

「方便方便。」

李局長有交待，他們如果要吃個飯什麼的，我大膽照辦就是。三溫暖也好，芬蘭浴也好，開「招待費」的發票。雖然說上頭不允許，可我們這種山區窮鄉僻壤，不靠上級，還靠上天？我們想得很開，前任長官還公開提倡「接待也是生產力」，縣招待所在吃喝玩樂各方面總是領導新潮流。在縣外一樣熱情招待，只要他們肯賞光，肯多撥點補助款。

王科長的幾位朋友，我只認識趙隊長。他是某個監獄的大隊長，跟林處長關係也好，見過幾次，名字忘了，但印象很深。他高高大大，嗓音宏亮，歌唱得很好。有一次喝完酒去卡拉OK，歌喉讓酒店老闆驚豔不已，將我們幾千元費用全免，所以我們常提起他。其他幾位，也是什麼科長、局長之類，我不認識。

都是哥們，喝起酒來不用敬，說起話來無遮掩，一個個輪流講最新聽來的笑話。三句不離性功能，酒喝狗鞭、驢鞭釀的「雄風酒」，菜是枸杞鹿茸燉牛鞭。某位龔主任感慨說：「只差人鞭沒人吃了！」

另一位楊副局長接話：「有啊，誰說沒人吃？你問問小姐。」

大家會意地笑了。

這時，沉默多時的趙大隊長說：「真有可能！聽說，太監割了那玩意，要掛起來，死的時候還給他。要是現在還有太監，不會有人拿來泡酒啊？」

　　王科長大笑：「那還用說！現在行賄，送老婆的都有，還會沒人索性割了，泡好酒去巴結？」

　　這回，我也大笑。於是，他們終於注意到我。王科長和藹地問：「你結婚了沒有？」

　　我說：「結了。」

　　「那也要多吃點！」說著還親自幫我舀一碗牛鞭。

　　我臉上笑著，心裡頭很不是滋味：我究竟算不算結了婚？

　　吃完飯，王科長帶到「貴妃池桑拿中心」，說這是全市最好。洗完，他們去推拿，我照例躺在大廳等候，彷彿太監送妃子臨幸。

　　兩小時後，從貴妃桑拿中心出來，去吃宵夜，還帶了兩個剛才為他們服務的小姐。深更半夜沒什麼好講究，不講場面，口味、衛生也不計較，街邊小攤上坐下來就吃。

　　又喝酒又說笑，王科長他們居然高聲談論剛才跟小姐如何如何，半點也不忌諱。那兩個小姐也配合著說笑，彷彿談論別人，開心極了。王科長忽然說：「這位小姐居然知道老李，你們說巧不巧？」指我們李局長。

　　楊副局長追問那小姐：「妳怎麼知道？」

　　「不告訴你！」那小姐賣乖。

　　「妳不講我也知道。我們老李，年紀雖然大點，頭髮少點，可那根『老槍』還行，比有的小年輕還行……」

第十章　酒瘋

那小姐忍不住了，蹦一句話：「行個屁呀，老車樣的，一爬坡就熄火！」
大家大笑。

趙隊長淡然說：「這有什麼好笑，本來嘛！我們到了他那種年紀，恐怕發動都發動不起來！」

「我也覺得，對老李來說，心理需要多於生理需要。」王科長總結說。「所以呀，什麼都得趁年輕！趁早！趁我們還行！」

「妳別只會傻笑！妳們女人更是！」趙隊長端起酒杯，敲他帶的那位小姐的酒杯說。「我看過一本印度小說，一個母親勸她女兒別待在家裡，說：『別傻了，孩子！人生很短暫，青春更短暫，漂亮的臉蛋就更短暫、更短暫啦！像妳這年齡時，妳外祖母經常教導我說：喝吧！跳吧！去尋找愛情吧！哪怕只是一夜的，一小時的，一分鐘的！趁年輕漂亮，盡情歡樂……』」

趙隊長端著酒杯誇張地學老女人的口吻，又惹得大家大笑。

乘著他們嬉嬉笑笑，我走到一旁打電話給林香梅。林香梅已睡著，電話響了許久才醒。我問：「睡得好嗎？」

「當然好，我戴著你的紅豆項鍊呢！」

我激動得不知說什麼好，只恨擁抱不到，便對著電話親了幾下。接著，電話裡也傳來她親吻的聲音。

「妳在想我嗎？」

「嗯。」

「想我什麼？」

「不告訴你。」

「想要我抱妳嗎？」

「嗯。」

「想要我吻妳嗎？」

「嗯。」

「想……想、想開啟妳的拉鍊嗎？」

「嗯。」

「真的？」

「不跟你說了，我想睡覺。」

放下電話，我一連喝了幾杯，有意想喝醉些，不然今夜想林香梅會想到天亮……王科長他們走了，我獨自漫步在街頭，茫茫然總想做點什麼。我突然想，反正林香梅同意了，明天又是星期天，最近夜裡也增開班車，不如回去開始我的蜜月。這麼一想，渾身更加燥熱。酒熱，牛鞭湯熱，而我血骨深處衝騰著的慾火更熱。我買了一瓶礦泉水，沒幾口就喝光，可是杯水車薪，水像油一樣助長火勢……

我一分一秒也不等，馬上邁開大步，攔一輛計程車到火車站，立即跳上一輛回家的客運。

我還有點醉，風一吹，吐了好幾口。好在坐靠窗位置，往外一吐了事。外面本來就有風，夜車又快，冷風猛捲進來。一旁的人受不了，而我總覺得熱血沸騰，比元旦那天還高昂……我一遍遍想起那個夏夜的溪邊。

「我們早點結婚吧。」她忽然吻著我說。「我愛你！我會好好愛你一輩子！」

「怎麼好好愛我？」

第十章　酒瘋

「我會每天唱一首歌給你聽，全部唱愛情歌，然後為你做香噴噴的菜，然後替你洗乾乾淨淨的衣服。」

「還有呢？」

「還有我會吻你，熱烈地吻你，甜蜜地吻你。」

「還有呢？」

「還有什麼？」

「很重要、非常重要的做愛……」

「討厭！沒到『點』的事，我沒想！」

如今，終於正式到點啦！我滿懷喜悅，進入無邊的遐想……我一敲門，林香梅就醒了，馬上來開門。我驚訝她反應這麼快：「怎麼才敲一下妳就醒了？」

「我沒睡著。」

「為什麼沒睡著？」

「想你。」

「想我做什麼？」

「該度我們的蜜月了！」

於是，我抱起她走向婚床。我們熱烈地吻。吻到之處，衣寬頻解，一個嶄新的世界徐徐向我敞開。她熱烈地說：「我欠你一個月的，欠你一生的，欠你幾生幾世的，今天還你！全都還給你，連本帶息……」

於是，我狂瘋地深入她那最神祕的世界……

正在這時，車子停了，我的夢也醒了，但我想馬上到來的現實，一定比夢更美妙！

林香梅果真戴著那串紅豆項鍊睡，遲疑了好一會才開門，被攬進懷裡仍不敢相信是我：「嚇死我了，怎麼不再打個電話。」

「突然決定，老天助我，馬上有車……」

「什麼事這麼急？」

「妳猜。」

「我怎麼知道你們官方的事。」

「這時候還什麼官方不官方！是關於妳的，還有我，我們兩個人的！偉大的，神聖的，幸福的，甜蜜的！」我狂吻她，抱起她走向我們的婚床。

「你要幹什麼？」

「開始我們的蜜月！」

她猛地掙脫，一下溜到另一邊床角：「不行，還要等三、四天！」

「又要三四天？？？」

「嗯……嗯，是……」

「誰說？」

「醫生說。」

「管他媽醫生！什麼狗屁醫生，滾他媽蛋！」

「真的。」

看她神色不像是開玩笑，我勃然大怒：「到底是醫生騙我，還是你騙我？」

我們一邊爭吵，一邊在床上床下追逐。她哭了：「我沒騙你，最後一次，求你了！紫橙，我愛你啊！」

第十章　酒瘋

「我不相信妳了！第一次騙我三十一天，第二次騙我十五天，現在又要騙我三、四天，這次過去妳又會騙我七天、八天……我不相信妳了！再也不信……也不要妳愛……只要妳把褲子馬上給我脫下！」

她跪到床上：「我求你，求你最後饒我一次！」

「快脫！」

「我求你別、別這樣……裡頭還有血啊！」

「才不管他媽的血不血，什麼都他媽的不管！」說著，我自己先脫衣服。

「你醉了！你醉了！」

趁我手忙腳亂，她跑進廚房，反閂上門。我追過去撞門：「妳出來！快出來！」

「我不！我不！」

「妳不也要！」說著，不知哪來的牛勁，硬是把門給撞開……她縮成一團，驚恐不已：「你不要！不要」

「今天由不得你了！」說著，我奔過去。

她轉過身卻無處可逃，一眼瞥見牆壁上掛著的菜刀，抓了下來就橫到脖子上：「你再過來，我就死給你看！」

我怒不可遏，瘋了似地撲上前，奪過她手上的刀幫她砍，嘴裡還狠惡惡地咒道：「妳死！妳要死我成全妳……」

她倒地，不哭，也不動了，紅豆隨著熱騰騰的鮮血飛揚到四處，我這才驚醒：天啊，我怎麼殺了我心愛的林香梅！

第十一章
逃亡

第十一章　逃亡

　　鮮血飛揚，飛得到處都是。雪白的瓷磚，被濺了許多斑斑點點，大點的往下滑，形成一個個驚嘆號，又像一粒粒紅豆⋯⋯

　　我從來沒見過這麼血腥的場面。我心愛的林香梅本來是哭著的，叫著的，跺著的，可是現在一動也不動。她沒了哀求，沒了反抗，也沒了痛苦，只是靜靜地躺著⋯⋯

　　「香梅！香梅！香梅！」任我呼喚，任我搖晃，任我捏掐，她仍然一動也不動⋯⋯

　　我以為是惡夢。我常做夢，以為這也只是一個心驚肉跳的夢。我使勁地晃了晃腦袋，感到頭很沉重，又隱約聽到窗外的汽車聲⋯⋯

　　這不是夢！我希望這是假的，就像小時候玩遊戲：「一二三，木頭人⋯⋯」然而我揉了揉雙眼，她不僅毫無動靜，還有鮮紅的血往外汩汩地流⋯⋯

　　天啊，我真的殺了她！我的酒徹底醒了⋯⋯

　　我決定自殺殉葬，馬上寫一封遺書。

　　林香梅是我殺的，請警方不要打擾別人。

　　我不是有意，請世人、尤其是岳父岳母大人予以寬恕。

　　我是深深地愛著林香梅的，其情其意，外人是難以理解的。我們從國中開始就是同學，大約沒過多久我就喜歡上她。特別是，我喜歡她那背著紅書包走路的樣子。我曾經寫給她一封匿名的情書，請求她背著那個紅書包拍照給我。儘管陰錯陽差，她沒有及時收到那封信，還是按我要求去拍了那樣一張相片。這說明那封情書打動了她的心，儘管她當時不清楚是誰寫的。

　　那年到城裡出差，我偶然跟她重逢，再也無法捨棄。在同學和同事幫助下，我們兩顆心歷盡千辛萬苦終於結合。我們的愛情是純潔的，也是火

熱的，其純其熱叫人難以置信。我們很快結了婚，開始共同的美好生活。

不料，她不幸突然得到一種怪病，婚後也暫時不能做愛，到現在我還不知道她的拉鍊有多長。昨天夜裡，我飲酒過多，強行要求做愛，發生爭執，一失手釀成大禍。

現在，我以我的鮮血沖洗我的罪行，並用來請求林香梅在天之靈的饒恕。看在我們畢竟真心實意相愛的份上，懇切請求：將我們合葬在一起，並讓她送給我的那張背紅書包的相片及我送給她的紅豆項鍊陪葬。

祝雙方家人健康長壽！

祝天下有情人皆幸福！

我把遺書放進內衣口袋，跪到林杏梅屍體邊，提刀架在脖子上，閉上兩眼，最後呼喚一聲香梅……林香梅立刻向我跑來，帶著那條紅豆項鍊，背著那個紅書包，笑呵呵的，可是突然一黑，她就沒了蹤影。緊接著，道道閃電霹長空，陣陣驚雷轟大地，只見荒原上有座墓，墓碑上刻著「林香梅之墓」五個字，墓體慢慢裂開。我連忙奔過去，縱身往裡頭一躍，墓又迅速合併。隨之，雨過天晴，彩虹飛架兩邊，墓裡飛出一對蝴蝶……這不是梁山伯與祝英台嗎？我睜開眼睛，回到血腥的現實：我是一個殺人凶手啊！

我想起前一段日子在電視上看到的那個殺人犯，也是殺了妻子，被五花大綁，又被兩名荷槍實彈的武裝警察押著，毫無反抗能力。審判長宣布判處他死刑，立即執行，立即有大群武警押他赴刑場，比我們殺的雞鴨魚還不如，甚至不如泥鰍和蝦……

我怎麼也變成殺人犯了？誰肯寬恕一個殺妻的凶手？誰肯成全一個凶手？誰肯褻瀆一個聖潔的愛情神話？我想還是得先逃！

我不能就這樣死！林香梅愛紅豆，想要一片紅豆林……我要等到秋

第十一章　逃亡

天，去撿拾紅豆種籽，拾很多很多，然後播撒在四周，讓我們的墳地變成一片美麗的紅豆林⋯⋯

雙方家裡自然會安葬林香梅，用不著我考慮 —— 可千萬別葬到牌坊下！我現在必須做的是馬上逃離，逃出警方的手掌，然後慢慢想辦法到她墳前播撒紅豆，死在她墳邊，葬進她墳裡，下輩子為她做牛做馬。

如果不這樣，讓警方抓到，拉去槍斃，多傷親人一次心，又不能和林香梅圓墳，多糟啊！絕不能這樣！得逃，馬上逃，趁天還沒全亮！

可是，逃往哪呢？盧如騰那？他跟我最要好，最有本事，但我現在是逃犯，幫我就犯「窩藏罪」，他願意擔當嗎？再說，警方追來，肯定要把我的親友同學全查一遍⋯⋯

那麼，還有哪可去？

先回樵城再說。那裡有火車，四通八達，哪也可去。世界這麼大，不信沒有一個讓我苟且偷生之處。

我慌慌張張洗了洗，換了外衣外褲，帶幾件簡單行李，特地帶上林香梅那張背著紅書包的相片，收回那份遺書，最後吻了吻林香梅，立刻溜出門。

下了樓，想起林香梅，我又返回，把門開著，以便人們儘快發現她的屍體，讓她的芳靈儘早得到安息。

大街上有清潔工在打掃，晨練的老人開始出門。寒風習習，空空蕩蕩，世界顯得特別寂靜。我不禁縮了縮脖子，順便轉過頭，回望一眼⋯⋯

不對。門開著，說明裡頭有人，路人不一定會進去過問。如果這樣，就要等到中午，等到晚上。於是，我返回，用毛巾沾了鮮血，塗抹在門外的地上⋯⋯

逃回樵城，太陽已出。此時此刻，林香梅的屍體肯定被發現，還可能已經報警。過一會，警方可能就會追到。情況變緊急起來，我在 ATM 領了現金，直奔火車站。

最近一班次是到首都的特快車，立即買票。賣票的大嫂也戴大盤帽，我兩腿發軟。來不及思索，也沒什麼好思索，終點站是首都那就到首都吧，到了再作下一步打算！

進站跟買票不一樣，門口有真警察。春節臨近，查得特別嚴。一包一包行李查，查完貼張小條才讓人進站。如果縣裡警方已通報來了呢？如果查出林香梅的相框呢？如果當場抓起來呢⋯⋯兩腿顫抖得更嚴重，進退兩難。直到長隊伍走完，再不進站就要錯過，才拖動步伐⋯⋯聽天由命吧！現在走比晚一趟走希望更大一些，有百分之一的希望要百分百努力，有百分二的希望就要百分之兩百努力！實在不行，天要亡我，就算林香梅在天之靈召喚吧，那有什麼好抗拒？怎麼能抗拒？菩薩保佑⋯⋯林香梅保佑⋯⋯林香梅的手鐲⋯⋯她的手鐲怎麼不保佑她逢凶化吉？

「你要不要走？要走快點，不走閃一邊去！」警察叱責我。

「謝謝！謝謝！」這麼好的警察，我怎能不由衷感謝？

列車開動了，我開始逃離樵城，逃離那個惡夢的起點與終點，逃離那個雨季。

列車全封閉，嗅不到野外的氣息，但可以看著一棵棵樹木退去，一座座山頭退去，一個個鄉村退去，心裡大為舒坦。我慶幸逃出了第一關⋯⋯

不，應當是第二關！第一關是縣裡，沒當場被抓；第二關是樵城，沒被堵住；第三關是⋯⋯第三關是哪？第四關是哪？要闖多少關才算平安⋯⋯

想起前程，一片茫然，怎麼也找不出一點踏實的感覺。轉而想林香

第十一章　逃亡

梅，她此時此刻肯定在接受法醫檢查……那法醫可不要是男的啊！對於女屍，警方肯定首先懷疑姦殺，也就是說……天啊，可別讓那些淫棍檢查！她是純潔的，聖潔的！結婚一個多月，我都沒開過那條拉鍊，怎麼能讓那些傢伙……我後悔沒有親手把她的屍體處理掉。可是，怎麼處理呢？我不是預謀，心慌意亂，不可能想得周到……只希望法醫放尊重一些。我的林香梅可不是一般的女人，她是天使，是聖潔的，凡人應當迴避……我有什麼權力說這話？如果真是她丈夫，怎麼忍心殺她？如果真的愛她，怎麼忍心丟下她的遺體，只顧自己逃命……我不是真心愛她！我不配做她的丈夫！我不是人啊！我趴在窗邊的小桌上抽泣……

「年輕人，你有什麼傷心事，說說看，說出來會好受些！」旁邊坐的老太太很熱心，手摟著我的肩頭，像親媽一樣。

「我老婆……我老婆……她……她……她死了！」吐出一半心病，我索性痛痛快快嚎啕大哭起來……

列車還在開，但是在另一片天地。我不知道在哪，也不想知道。對於我來說，哪裡都可以是目的地，哪裡也不是目的地。這一去經過多少地方，難道會沒有我一點立足之地？

我認真地想了想，真的覺得沒什麼地方可以去。我沒有親朋好友在外地，事先沒預謀，事後也來不及想要逃往哪裡。聽天由命吧！突然，我變得很宿命，後悔以前太得意忘形。

我拿出林香梅的相框，痴痴地凝視。如果就停留在那個時候，該多好！如果停留在卡秋莎酒店生日晚會也好……不，我應當吻她，應當跟她相愛一場！熱戀了必然結婚。結婚了就那樣也好，朝夕相處，可以如漆似膠地擁抱，可以如火如荼地吻，只差一件做愛……不，不做愛怎麼算夫

妻？那又何必相愛？那又何必結婚……

不想她了！這輩子想她太多了！要是少想一點倒是好，也就沒有今天。過去的讓它過去，今天、今後應該可以不想她。真的，此時此刻開始！

那麼，我到哪裡去呢？真的去首都？不行，那個方向也不行！警方追來肯定會查經過的車，追本溯源……這麼一想，我馬上下車，調頭南下。究竟下到哪，仍然不知道。

火車沒日沒夜地開，我無休無止地思念林香梅，從血染的紅豆到那紅色的小書包，從那包廂邂逅到洞房分床，無限的愛，無限的悔，無比地懷念，又無比地怨恨……

恨什麼呢？仔細想想，覺得人人可恨。林香梅也可恨！她說的話是甜，特別是那個夏夜河邊的話，那說話的口氣點點滴滴還在我心頭。

「我們早點結婚吧——」她忽然吻著我說。「我愛你！我會好好愛你一輩子！」

「怎麼好好愛我？」

「我會每天唱一首歌給你聽，全部唱愛情歌，然後為你做香噴噴的菜，然後替你洗乾乾淨淨的衣服。」

「還有呢？」

「還有我會吻你，熱烈地吻你，甜蜜地吻你。」

「還有呢？」

「還有什麼？」

「很重要、非常重要的做愛……」

「討厭！沒到『點』的事，我沒想！」

第十一章　逃亡

　　事實證明這全都是假的！純粹是騙我！林香梅是騙子！女人就是騙子！就是毒蛇！林香梅自己也說從書上看過：「利用感情為工具，達到某種目的的人，該殺！玩弄感情的人，該殺！輕視感情的人，該殺！無情而裝有情的人，該殺！」她就是這種該殺的女人！

　　當然，她騙我事出有因。她那病太怪，不然不會頑固不化，絕不會騙我……真正可恨是那個醫生醫術太差，不然她不會病那麼多天。還有我自己那天多喝太多，不然不會獸性發作。還有那王科長太「瀟灑」，不然我不會喝那麼多酒。還有李局長……

　　我怎麼能恨李局長呢？

　　不管怎麼說有一系列關係人，只要其中任何一個人不是這樣都不至於此。然而偏偏都這樣，該發生的沒發生，不該發生的全發生了！像是命中注定，像鐵軌早鋪好，列車的路線早定好，車票的行程也早印好，只要我一上車，在某時某地等著的就是……我的命，還有她的命，怎麼這樣慘？難道真是命裡注定我和林香梅無緣，即使我有情她有意，即使到一方天地，即使進了洞房，我們還得分手？

　　如果她注定不屬於我的話，那也應該屬於別的男人而不至於死啊！當然，這個別人最好不要是黃新后土那個王八蛋。

　　說起來，我跟黃新后土也沒什麼深仇大恨。只不過他追林香梅，讓我吃了醋，才結下這麼一種宿怨。現在想來，我寧肯讓她嫁別人，寧肯自己默默地繼續忍受愛的折磨，也不願讓她死。如今，黃新后土肯定在得意：他得不到的，我也得不到！他既可以冷眼看林香梅進火葬場，又可以笑看我赴刑場，就像一場三個人的較量，雖然他沒贏，可是其他兩個都輸了，他自然是勝利者。試著想像一下他那得意的嘴臉，我恨不得立即掉頭回

去，索性把他也殺了⋯⋯

我什麼時候跟黃新后土是死對頭了？肯定是前輩子有冤！

我不信命。結婚前，媽要把我和林香梅的八字拿去合一下。我說笑話，明眼人還要請瞎眼人當軍師？現在想起不免後悔：當時如果聽了媽的話，要是預知有災有難，時時更小心些，處處更提防些，哪會有今天？為她獻上紅豆項鍊時，我還想到過血。那分明是個凶兆啊，我怎麼沒在意？

都怪我太大意啊！如今，蜜月倒數計時結束，生命的倒數計時卻開始了！

強烈的求生欲使我變靈活起來。我想也不能就這麼跟火車南下。警方追來，很可能兵分兩路，一路北上，一路南下；也不能一直走鐵路，狡兔還三窟呢，我就那麼死板？我一是改變方向，往西行；二是改變交通工具，搭汽車。隨風飄零，隨遇而安。碰上什麼車坐什麼車，想在哪兒下車就到哪兒⋯⋯

出來幾天，都在舟車勞頓，沒有一個晚上睡得安穩。固然因為車子缺乏平穩，更因為提心吊膽，思念與悔恨交加。整整三天三夜了，早已疲憊不堪。想睡又睡不著，不想睡卻眼皮睜不開⋯⋯

無論如何得睡個好覺，哪怕有風險。如果被抓，更要好好休息。沒見過也聽說過，一抓到就審，一審就折磨。不坦白自然沒話說，坦白了怕不徹底，也輕鬆不了。夜以繼日，用白熾燈直照，讓你睜不開眼也閉不上眼。想睡不能睡，想死不能死，有的說，沒的也得說。再硬的漢子也不能不認輸，再祕密的事也不能不說⋯⋯還是先睡一覺吧！

可是去哪兒睡呢？到山上，那多好！不要錢，又沒人查，想怎麼睡就怎麼睡，想睡多久就多久！

第十一章　逃亡

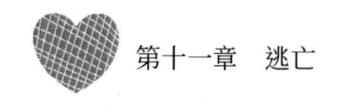

　　小時候常在山上睡。上山砍柴，砍累了，或是砍得快回家太早，找個樹蔭躺倒，撿個石頭當枕頭，斗笠往臉上一蓋遮太陽，睡起來好香呢！

　　後來還睡過。大學下午往往沒課，我和盧如騰往外面跑，夏天到河邊的榕樹下，冬天到後山的茅草叢，一躺就半天。盧如騰雖然出身官宦之家，但生活隨便得很，哪裡都能躺，還可以幾個星期不洗澡，有的同學嫌他身上有味道。複習考試，我們更不待在教室。在外面，就我們兩個，有時看書，多數是聊天，海闊天空，論男說女，無話不談，還要喝酒，反正他家有錢，我們吃東西不要求等級，吃不窮他。喝多了點，就在那睡，有幾次還睡到天亮。如今，我可沒那麼愜意，但同樣可以那麼悠哉。好久沒那麼悠哉了，能那麼悠哉一場多好啊！

　　出了城，到處是山，青山處處可安身，不經意就遇上一叢不大不小的紅樹。儘管隆冬，有些樹木早已落盡，紅樹依然翠綠，連那橄欖綠的樹皮都光亮著，生機勃勃……這是天意！是林香梅在天之靈引導！

　　我沒忘記她那個紅豆林的白日夢。等過完冬天，過完夏天，到了秋天，我就到這來拾撿紅豆種籽……現在，先讓我好好睡一覺。這麼想著，喝完一瓶啤酒，啃一塊麵包，即躺下。什麼也不想了，眼皮也不讓我想什麼。中午的太陽暖融融，像是躺進了林香梅的雙乳間，無比溫馨……

　　「怎麼這麼冷啊，我不去！」我驚恐起來，拚命掙扎。

　　然而，我幾乎不能動彈。一條長長的紅豆項鍊，像腳鐐手銬，從兩腳繞到兩手，又像絞索繞住脖子。兩個陰間差吏猛推我一把，一邊用皮鞭抽打，一邊惡狠狠斥責：「這就叫冷啊？冷的還沒到呢，快走！」

　　這兩位是陰間負責在外捉拿野鬼、惡鬼的小吏，相當於陽間的巡警，要說多凶有多凶。我抗議：「我不走了！」

「走不走由你嗎？」

「難道這點權力也沒有嗎？」

「已經剝奪你終身了，還想什麼權力？」

「那也要講點人道主義啊，總不能把我關到冰箱去吧！」

「那比冰箱好多了！」

「你騙人！這一層就像冰箱了，再下去還不凍成冰塊？」

「把你凍成冰塊也活該，誰叫你殺人呀？」

「那……那那我的林香梅呢？」

「她已經到天堂了，用不著你貓哭老鼠假慈悲！」

「那……那……既然她安排好了，我隨你們吧！」沒話說，殺了妻子，活該下地獄。我不再耍嘴皮，咬緊牙關，縮緊身子，一步一步往十八層地獄下去……

下面真的更冷，一層比一層冷。才到第十層我就被凍成冰塊，一不小心摔倒，從臺階上滾下去，破碎的小紅豆和小冰塊散一地，一顆一顆跳躍，血紅血紅，晶亮晶亮，如大珠小珠落玉盤，撒了一層又一層地獄……

我驚醒，從惡夢中醒來，從地獄回來。

天已經黑，氣溫轉冷。離天亮出太陽還遙遠，越來越冷，可能真的會跟冰箱一樣。看來，冬天的山上過不了夜。那麼，下山去哪？

鄉下人純樸，熱情，好客，比都市人好千百倍。鄉下人一家來客就是全村的客，東家稱你叔公，全村的人哪怕比你年紀大的也跟著尊稱你叔公。如果你輩份小，就跟著東家的兒子、孫子稱呼，總之要禮遇客人。哪像都市人，明明比你小的，也得恭恭敬敬稱他什麼長。你在東家吃飯，四

第十一章　逃亡

鄰都會溫一壺米酒來，請你嘗一下他們家的，她（一般是女主人）還要謙遜地說「水又近吧」意思說她家離井、離河近，酒滲多了水。哪像都市人住在對面也老死不相往來，當然我跟蓓蓓家例外。鄉下旅館少，把自己的床讓給客人睡。記得有次拜年，客人多了，我還擠到人家夫妻床上去睡。當然，那時候我還不懂事，但是印象很深，現在想來覺得不可思議。哪像都市人，住房再寬敞也沒有給客人睡的一席之地。盧如騰對我雖然破例，但他弄兩個洗手間，裡頭那個絕對是他們夫妻（算是吧）專用。鄉下人好，不像都市人那麼虛偽，不像都市人那麼市儈，不像都市人那麼自私，還是去投靠鄉下人吧！我本來就是鄉下人！

但現在鄉下人也變了。男主人六十來歲，戴上老花眼鏡直瞪我：「有身分證嗎？」

「我……」我一時不知如何作答。也難怪，現在社會治安差，誰知道你是好人還是壞人？如果是壞人，怎麼能引狼入室？此時此刻，我如果不拿出身分證，他馬上就會懷疑。如果警方的網撒到這了，他一看我的身分證，豈不是正好送上門？我又想應該不至於。我算什麼人？殺人犯裡頭也是不起眼的一個，用得著全國通緝，每一個山村都布下天羅地網嗎？我掏出身分證，讓他檢查。

老人認認真真地查看，生怕有假。他老婆見他看一張小卡片看了老半天看不完，也湊過來看。這天晚上，跟這個老人邊看電視邊閒談。他姓曾，說是曾鞏多少代孫，前幾年還參加編修鄉志。他兒子有的在外工作，有的在外做生意，家裡只剩兩老。再過幾天，兒孫們就要回來過春節。這天他心情特別好，拿出花生瓜子，邊啃邊聊。說古論今，忘卻今夕何年，忘卻身處何地，忘卻遠慮近憂。但是話一停，一上床，一閉眼，林香梅又出現，揮之不去……

這一夜，睡得並不好。第二天一早從曾家出來，一出村子，我就把身分證扔了。怕人拾去，又跑回撿起埋到草叢的土裡面，早該把那個「朱紫橙」埋葬了！

又一次上床睡，是在湖南一個縣。不敢去普通人家，只好去賓館旅社。大賓館制度嚴，我找小旅社：「沒有身分證可以住宿嗎？」

「不行。」

「能不能照顧一下，剛被人扒了，身分證被偷……」

「偷了也不行！」

小旅館一般靈活，只要有錢，不信沒一家肯收留。不料，我正要出門的時候，那服務小姐把我叫住：「你是哪來的？」

「江西。」

「來這幹嘛？」

「打工。」

「去哪裡？」

「回家過年。」

「嗯……看你像個老實人，讓你住一晚！單子填一下，要如實寫。」

我在單子上寫下新名字：肖小龍。

這夜警笛響兩次，一次呼嘯而過，一次停在附近，把我膽都嚇破了。好久沒動靜，我反而更不安。受不了這種死寂，爬起床，躡手躡腳到窗戶邊，拉開窗簾一角，偷偷看街上，怎麼也找不見警車的影子。警車躲在哪？開進院子了？這時，他們下車，觀察好地形，制定好行動方案，正在悄悄上樓？馬上，他們就要出現！當然，這是室內，肯定跟那回在縣招待

第十一章　逃亡

所遭遇不一樣。在這裡，他們肯定是一腳把整個門踢開，幾支槍口一起對準我：「別動！一動打死你！」

這是我第三次跟警方打交道，也是最後一次吧！第一次有盧如騰相救，第二次有魏萍，那麼這一次呢？這一次還能指望誰呢？只能指望林香梅在天之靈！但她會寬恕我，會救我嗎？

別指望別人了，還是自救吧！可是怎麼自救呢？從大門出去，肯定太遲。這房子是早年蓋的，窗戶還裝有鐵條，再說警方肯定把整棟樓都包圍了，窗下肯定有埋伏，而且已經把槍機開啟⋯⋯

聽天由命吧！這些天來，我想到最多是這四個字。一切都要順其自然，悔不該那天連夜趕回，不該追進廚房⋯⋯我聯想了許多，想了許久，奇怪的是他們怎麼還沒踢進來？因為房間小不好行動？埋伏在門口等我出去，只要把腳一伸，摔個狗吃屎，反手上銬，一步到位，乾淨俐落⋯⋯我就不出去，偏不出去，看他們怎麼辦！明天——該說是今天了，今天我一天都不出門⋯⋯

寂靜，死一般的寂靜⋯⋯

「嗦嗦」突然一串唆響，把我膽都嚇破了，卻發現是該死的老鼠。我怎麼老鼠一樣驚恐不安了？

這一夜，我根本沒睡，也根本不知道有沒有警方包圍。

世界上哪裡還有讓我安心睡一夜的地方？

轉輾到廣西，已是大年三十，我想睡一個好覺就像小時候盼新衣服和壓歲錢一樣。小旅館也去不得，或者關門過年，或者門前冷落鞍馬稀，一個、兩個客人太顯眼。再說，節慶假日查更嚴。我也經歷過，要放假了，首先安排假日保全工作。新春佳節無家可歸的人，要不是很值得可憐，再

不就是很值得懷疑……世界真小，小得沒有容我區區之身的地方！

我坐在火車站，裝作等車的樣子。從早等到晚，車站警察肯定注意到我，還等下去肯定要被盤問。然而，除了上車，還有哪可去？

醫院！我突然想到，恐怕這是唯一不查身分證的地方了。我說肚子突然疼得很嚴重，到急診室，一問三不知。醫生也難診斷，開了止痛藥，要我住院進一步檢查，正中下懷。

人要過年，病不要過年，住院的還是不少。一個房間六張病床就只剩一個空鋪，我一來也填滿了。

醫院安全，但不能安心。呻吟不斷，不是這個就是那個，急得他們的親人團團轉。窗外不時傳來鞭炮聲，還有美味佳餚的香味，不由想起肯定在掛念我的家人，想起孤零零囚於骨灰盒的林香梅，不禁淚如雨下……

「你家人呢？」鄰床一個病人的家屬坐到我身邊。

「我家在江西。本來要趕回家，沒想到……」

「不要緊，有什麼事跟我說一聲，就當我是你媽！」

十多天了，我第二次感受到溫馨，真想叫她一聲媽。世上只有老女人才溫柔善良，才值得親近。可是我太激動，什麼話也說不出，生怕一開口又會嚎啕大哭……這一晚，我本來睡得很好。沒想到鄰床的老頭半夜發作，疼痛得床上打滾，把我吵醒。他的兒子媳婦們回家了，只留老太婆陪伴。病情發作，她一個人急得團團轉。我顧不得裝病，馬上翻身起來，幫她去找護士，背他下樓去急診，又是拿藥又是送化驗，直忙到天亮……第二天大年初一，醫院舉行獻愛心活動，到各病房慰問，獻給每個病人一束鮮花，贈一碗長壽麵和太平蛋。電視臺記者也來了，剛好我上廁所回來，一進門就被指認。鄰床那兩老，感激完醫生護士便感激我，歷數我昨晚如

第十一章　逃亡

何如何助人為樂，那攝影機鏡頭在我身上轉了老半天……晚上，當地電視臺報導醫院的獻愛心活動，說有的年輕病號也積極加入這一活動，例舉這個病房的我，並出現我對著鏡頭躲躲閃閃，一副做好事不留名的光輝形象……糟了，警方肯定會看到！我馬上開溜，溜出醫院，溜上火車。

第十二章
豔遇

第十二章　豔遇

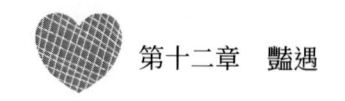

一下火車，我就改變造型，剪平頭，戴眼鏡，加上瘦得不成人樣，連我自己都快認不出了。用這副尊容買張假身分證，大大方方到小旅館登記住宿。但上街還得提心吊膽，眼睛特別亮，一見大盤帽便老遠躲著，耳朵特別靈，一聽警笛就老遠避著。

安全危機稍緩解，又感到經濟危機，不得不找工作。首選建築工地。鄉下人吃苦耐勞，什麼挖土方、挑磚塊、抬木頭之類的粗活都做得來，累些、髒些也沒關係。再說，這種幹粗活的地方，人與人之間較少防範，警方注意力也可能少些。然而，工頭卻不收留。我強調：「我有身分證，絕不會有問題！」

「我沒說你有問題。」

「我會做事。」

「我這裡沒有適合你做的事。」

「我什麼事都會做。」

「算了吧，我這廟小！」

「真的，不信可以試試！」

「好了，沒工夫跟你囉嗦。」

「求你給我點事做！」

「對不起，我要走了，還有事。」

哼，此處不留爺，自有留爺處！城市這麼大，工地多得要死，有力氣還怕沒事做？我不信！

沒想到，一連跑幾個工地，沒一個工頭肯錄用我，連話都不肯多說。只有一個同鄉，開啟天窗說亮話：「把手伸給我看看。」

這好說。盧如騰也喜歡替人看手相，這條生命線如何，那條愛情線如何，還有一條事業線又如何，說得頭頭是道，好像真的有那麼回事。他把我的手相說得很好，我從來不信。這個工頭如果要憑手相錄用，應該沒問題。然而他說：「這麼斯文，細皮嫩肉，在我們這種地方能賺飯吃？」

廣告欄上貼滿紅紅綠綠的紙，治性病的，求換房的，徵婚的，尋人的，通緝的，更多招工的。招收男工較少，許多對我不合適，比如打石頭勞動強度太大吃不消，賣東西拋頭露面得怕警察。「君子蘭大酒家」招洗碗工我倒滿意，整天在廚房不跟陌生人碰面，適合逃犯生存。

君子蘭大酒家在市郊開發區，包括酒店、住宿、舞廳和髮廊，一條龍服務。我應徵洗碗工，一談即妥。每天上午十點上班，晚上十點下班，吃飯老闆包了，睡覺在餐廳打地鋪，薪資比我在縣裡還高。

這裡的人挺好的。一個女孩跟我搭擋，常主動幫我洗衣服。晚上收工時，廚師吃點心還常邀我陪幾杯。我心有餘悸，怕再貪杯誤事，滴酒不沾。唯獨不好是二樓舞廳的音樂聲清晰可聞，撩得我心潮翻湧……我們說好春節後一起南下的。我如期而至，但是我孤身一人，且亡命而來。如今，香梅你在哪裡？你真的在天堂嗎？為什麼這幾天也不來我的夢裡？

「小肖，你好像哭了？」有兩、三次被女孩發現。

「我爸剛過世……」怎麼詛咒我可憐的老爸？

我想該換個工作，像躲警察一樣躲開那些卿卿我我的東西。整天這樣神經兮兮，遲早有一天會出事，不能這樣待下去。打定主意後我又想索性好好聽一次，明天一早就遠離這酒家，遠離這歌聲。

當晚十點一下班，我找餐飲部經理辭職算帳。他挽留說：「做得好好的，何必呢？」

第十二章　豔遇

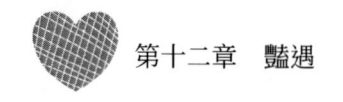

「真的必要……」

「如果嫌薪水不夠,好說嘛!」

「絕對不是!絕對不是!是我自己另外有事。」

「還會回來嗎?」

「我回家一下,回來再說!」

從餐飲部出來,扛著一袋行李,直出大門。見大門口沒人注意,回頭上二樓,坐在一個角落靜靜聽歌。

這舞廳音響很好,不論小姐還是先生都唱得不錯。我想起卡秋莎酒店,想起林香梅,心想她只要能讓我再看一眼,就是看一下,不奢望愛戀,不奢望親吻,那也多好啊!可惜,今天唱〈潮溼的心〉不再是她,唱〈真的好想你〉不再是我,但我還是貪婪地傾聽。這就夠了!我只需要這種旋律,這種心境,能回味林香梅的感覺……

好長時間沒有這種感覺了!但願這種感覺能夠持續到我和林香梅再次重逢的那一天,那自然是在天國。本來,天國對於我還遙遠,但由於她的緣故,變得非常非常近了,近在咫尺,只要她一招手……

喝一口茶,想接著吸一支菸,又覺得不雅。雖是逃犯,但畢竟是大學生,是有修養的人,不能真的把自己貶為囚犯。儘管裡頭有人在吸,我還是覺得該克制。菸已經取出,送到鼻子嗅了嗅,又擱下,打火機和整盒菸都收起來,趕緊去聽歌。

真的好想你,
我在夜裡呼喚黎明。

忽然,有位小姐飄然到我身邊:「跟我走!」

她聲音很輕，但是乾脆俐落。抬頭一看，覺得她挺漂亮的，但我首先想到她是便衣警察：糟了！

電影、電視中，看過公眾場所逮捕人常這樣文質彬彬，沒想真的遇上。但她皮包掛肩、兩手空空，一臉肅穆，心想朝她臉上揮一拳，拔腿就跑，也許還有生機，又想我現在身分是「肖小龍」而不是「朱紫橙」，讓她帶去問問話就出來，做賊心虛亂跑亂動，反而壞事。於是，我佯裝鎮定：「去哪？」

「走就是！」

出了酒家，她招了計程車，跟司機說到「玫瑰山莊」，說著從皮包裡頭取出香菸自己抽，也不問我抽不抽。我又想她肯定不是警方，可能是什麼黑社會，看出我是逃犯，招兵買馬。早就聽說這邊毒販不少，沒想到今天真的遇上……這種事可不能做啊，得逃！可是車開太快，沒機會逃走。

到了遠郊，路邊田中有一道拱門。拱門上鑲著「玫瑰山莊」四個金字，門邊設有崗哨，門崗警衛也身著制服、頭戴大盤帽。那位小姐搖下車窗，朝那門崗揮了揮手，橫在門中的欄杆便迅速升起，讓我們的車穿越田間，駛入一群別墅。在一個鐵欄柵大門口，那位小姐說到了。

計程車一走，她轉身去開門，一點也不怕我逃的樣子。我想她大概是把我錯認她什麼親朋好友了……

我們一前一後走過綠樹草坪間的鵝卵石小道。前方有一棟小洋房，其中一間亮出隱約的燈光。她忽然說：「放心，這裡就我一個人。」

我終於明白：她是那種耐不住寂寞的「留守女士」，沒想我會有這種豔遇。在以前，我肯定感到羞恥，但現在我是什麼人啊！一個十惡不赦的殺人犯，一個行屍走肉，還有什麼羞恥不羞恥可言？

第十二章　豔遇

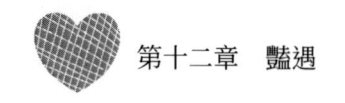

那裡結婚冤枉了，可不能再虧待自己，到陰曹地府遭鬼笑。總算老天有眼，算是林香梅在天之靈給我一點補償吧！但我不知如何才好，生怕鬧什麼笑話，一切由她擺布。她叫我坐就坐，叫我進臥室就進臥室，叫我脫就脫，叫我上床就上床⋯⋯

沒想到一切很簡單，沒幾分鐘就結束。我呆呆躺在一旁好睏惑：男女之事原來這麼簡單？真的就這麼簡單？這麼簡簡單單的事，怎麼被搞得那麼複雜，害我跟林香梅生離死別？

「你是處男⋯⋯那你怎麼才出四千？」

「四千？」

「是啊，你把打火機平放在菸盒上，是你自己出的價，不過我可以加一些。」

「打火機和菸標價？」

「是啊，不然我怎麼找你？我以為你是老手呢！」

我這才發現還不是一般的偷情，應該是那種所謂「鴨子」，更覺得恥辱。但我又的確很需要錢。這一夜，她叫我如何就如何，翻雲覆雨，一次又一次，折騰到天亮，她算給我八千。

「出去時幫我把門帶上，在這睡一下也行。」她給錢很隨便，說話迷迷糊糊。

我更是精疲力盡，就在她身邊睡。一睡睡到傍晚，要不是她推，我還醒不來。

「你捨不得走是嗎？」我嗯一聲，眼皮也沒睜。「你喜歡上我了是嗎？」

我睜了眼看了看她，覺得她洗掉那層化妝品膚色變黑了些，但一臉秀

氣，長髮也散亂出幾分性感，於是我又嗯一聲。她高興了，立即熄了菸狂吻我。

「讓我再睡一會好嗎，我從來沒有像今天這樣想睡。」

第二次醒來已是午夜，睜眼見她抱一隻貓坐在身旁，感覺自己一絲不掛，記起所發生的一切，心裡說不出滋味⋯⋯不是痴迷林香梅嗎，怎麼泡上這個女人？不是潔身自愛嗎，怎麼淪落為「鴨子」？不是逃亡嗎，怎麼賴在女人的被窩？這一切來得太突然，就像失手殺林香梅，像翹翹板來不及怎麼想就從上到了下，或者從下到了上⋯⋯「還捨不得起來？」

「有點。」

「你真可愛！」這輩了聽第二個女人對我這麼說。

「我該怎麼叫妳？」

「我姓林，單名叫藝。」

「百家姓一百個姓，妳幹嘛偏偏姓林？」

「聽說皇帝不許百姓用他的名字，還沒聽說不許用他的姓！」

「我也不姓林，但我討厭林，尤其是女人。」

「哦，我知道了：有個姓林的女人傷了你的心，是不是？」

「也許是，也許不是。」

「姓是祖宗傳下的，沒辦法，名字隨便，你愛叫什麼就什麼吧！」

「妳喜歡什麼？」

「隨便，阿貓阿狗也行。」

「那就叫你阿貓吧！」

「行，貓比狗可愛一些！你呢？」

第十二章　豔遇

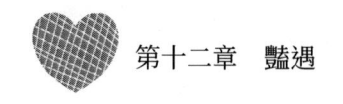

「妳要我哪個名字？」

「你有幾個名字？」

「爹媽喊一個，上學做身分證一個。」

「那我也有兩個，我媽喊我藝仔。」

「我叫『肖小龍』，喊『龍仔』。聾子，很難聽，你就叫我阿狗吧，會跟貓在一塊的總是狗。」

「阿狗，快起床吃飯吧！」

餐廳在客廳另一邊，有一條長長的走道。燈光比房間亮得多，我們坐在西餐桌長邊的兩頭，好像頭一回見面，但又像在哪見過：「好像見過妳……」

「不可能吧！」

「妳爸爸是……」

「難道你認識我爸爸？」

「不一定。我認識一個林處長，她有個女兒跟妳很像……」

「你們認識？」

「談不上認識，只能說見過，但印象挺深。第一次是在城裡，洪水的晚上……」

「我怎麼不記得？」

「第二次是白天，在丹霞巖求夢，有一粒蝙蝠屎掉到妳臉上……」

「對對對，有有有！可是你……我怎麼沒印象！」

「當然，男人看女人目光犀利，女人看男人有眼無珠，妳記不得不奇怪！」

「對不起,乾一杯!」

酒是「人頭馬」,我以前公款宴請也很少用這麼上等的酒。她跟我乾一杯,我緊接回敬她。

看來,人真是要講緣分,比如我跟林香梅,比如我跟阿貓。既然緣分如此,也就得「隨緣」。

「妳不是考上大學嗎?」

「是啊,在讀啊,怎麼啦?」我不知道說什麼好,她也顯尷尬。我們好一會兒沒說話,只是碰杯喝酒,然後嘆息。幾杯酒下肚,她臉色紅潤起來:「其實沒什麼!」

「當然!」

「我可愛嗎?」

「我不談『愛情』。」她冷笑一下,又抽菸。分我一支,但沒幫我點。「妳爸知道嗎?」

「不知道⋯⋯你覺得我是壞女人是嗎?」

「如果要這麼說,我比妳更壞。」

「『世界末日』就要到了。在它到來之前,我想好好活一下,兩分鐘濃縮成一分鐘花。無法享受的就算了,有辦法享受的一定要好好享受。你說是嗎?當然,『世界末日』也不一定這麼快來,也許還要等上幾個世紀,所以我兩手準備,讀書還是很用功。找個男人,嗯⋯⋯說白了,總比沒有好吧?為什麼女生往往年紀越大,越沒心思讀書?說穿了,性慾太擾人!找個男人,總比自慰好吧!但是,我不喜歡身邊的男人,很容易陷入結婚什麼的泥坑。不過,嗯⋯⋯你在這邊做什麼?」

第十二章　豔遇

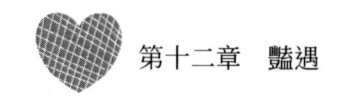

「剛出來……在那酒店打工。」

「也住那？」

「打地鋪……一群人，隨便過吧！」

「我覺得你很不錯。我想請你常來陪我，我給你另外租一間房子，買一支手機，需要的時候叫你來，但不許你跟別的女人鬼混。我馬上預付你十二萬，每個月給你兩萬，剩下等合約結束時一次付清，怎麼樣？」

我以為聽錯，回想一遍，覺得一字一句難以置信：「妳是富婆？」

「不是吧，但是有一些錢，保證付得起。」

有個當官的父親，又有富豪情人，我相信她完全付得起這點錢，但何苦呢？能花錢的地方還很多啊！可是她……真不可思議。她的性慾好像特別旺盛，一直鼓勵我做愛做得更好一些……「為什麼要這樣？」

「他出國了，每個月會寄錢，一年只回來兩三趟。我有的是錢，但我更需要的是活生生的人啊！『世界末日』還沒到，我怎麼能變成一具活屍？」

我覺得悲哀，可是又覺得接受的理由比拒絕的理由更充分。

半夜，有人打電話來，我被吵醒。迷迷糊糊正要伸手去接，阿貓也醒了，挪起身子橫到我肚皮上先摸到話筒，一聽見對方聲音就變得嬌滴滴起來：「想你啊，還想誰？」

顯然是她那位富豪越洋打來的。如今，他們的愛情只存在網路上和電話裡。

我好奇了，半坐起來湊過腦袋去聽。她一手把我推開，繼續對話筒說笑：「不好……陀陀很壞，越來越壞……真的！還會到處亂跑，經常弄得

髒兮兮的，洗完又弄髒、洗完又弄髒，氣死我了⋯⋯我也想說髒就髒吧，更氣人是老愛鑽進我的被窩來⋯⋯會的！還會跑到屋頂躲著，害我三更半夜去找⋯⋯」

她有孩子了，而且調皮搗蛋？

「還會幾天不回家⋯⋯對對對⋯⋯像你喲⋯⋯你們男人才會呢⋯⋯昨天又走了，現在還沒回來，我都懶得找了⋯⋯讓它私奔算了，省得天天把我床鋪搞得亂亂的⋯⋯」

「妳到底說誰？」她終於放下電話，我迫不急待追問。

「什麼說誰？」

「就是那個啊！」

「他是我那個。怎麼，吃醋了？」

「我才不吃什麼醋呢！我是說，妳說那個，那個會弄髒妳床的，會跑掉的⋯⋯」

「哦，它是『陀陀』，布魯陀。」

「老公還是情人？」

「什麼呀！它是我的貓！」

這天晚上我再也睡不著。阿貓早睡了，像隻柔順貓咪似的蜷曲在我懷裡。她的酣聲平和，像是小夜曲。而我雖有某種勞累，但與車上顛簸、小旅店驚恐相比，已經恢復得很好。精神稍好反而睡不著⋯⋯真對不起啊，香梅！如果說殺妳是酒醉的話，那麼今天投入別人的懷抱，很難說不清醒。我一直以為，真正的愛是神聖的，唯一的，永恆的，卻不料如此⋯⋯如此不堪一擊！

第十二章　豔遇

　　我對妳不是真正的愛。也許人類原本就沒什麼所謂的愛，只有性慾，只有婚姻，只有交易。講愛情是傻瓜，是白痴，是二百五。妳白死了，妳在那骨灰盒裡冰冷死寂，而我在這……如果不是妳得那怪病，如果不是妳那麼固執，如果不是妳那麼愛我，何至於此？

　　如果能再活一次就好了！讓我們從頭開始，從妳背那個紅書包開始，我給妳寫情書不匿名，妳留給我真的手機號碼……妳真的會在天國等我嗎？

　　等著我，我會來的，很快！

　　因為失去妳，人間對我已經沒什麼意義了。只是為了能和妳圓墳，為了有片紅豆林，我苟且偷生，且待半年、一年，風頭過去。到那時，我一定悄悄回到妳的墓前，播撒紅豆林，然後鑽入妳的墓裡，與妳一同化蝶，一起永生在愛的天堂情的伊甸園……關於我和阿貓的事，妳要諒解。我還要生存一年半載，否則我沒辦法到妳的墳前。我不能落到警方手裡。在阿貓這裡很好，很安全，又不愁沒錢，說起來我們也算有點緣分，她可以成全妳我。

　　至於我和她同床共枕，雲雨歡愛，也請妳看淡些。以前，我一直以為靈與肉是融為一體的，是不可分離的。沒有愛情的婚姻是不道德的，沒有愛的性是不道德的。如今我才恍然大悟，靈與肉是可以分離的，沒有愛情的婚姻和沒有愛的性都是可以理解的。要求肉一定要有靈，要求婚姻一定要有愛情、性一定要有愛，實屬苛求。當然，如果本來就是追求靈，追求愛情，有性又有夫妻的各種便利，那是喜出望外。千百年來，女人最大的悲哀就是性、愛與婚姻被捆在一起，一榮俱榮，一損俱損。是不是能這樣說？我不清楚，只是這幾天有點新的感想，還沒想清楚。我跟她有性沒

愛，跟妳有愛沒有性，上帝就是這麼殘酷，命運就這麼無情，我只有認了。要不是我強求妳有愛也要有性，哪會有今天？

我愛妳！把愛與性和婚姻分開，我更深沉地愛妳！

此生此世，我只能愛妳！

轉眼又到六月一日，阿貓要我陪她上街買幾件夏裝。我拒絕：「對不起，今天我有要緊事。」

「什麼事？」

「為一個朋友過生日！」

「帶我去嗎？」

「不行。」

「那你完了再來好嗎？」

「不，今天我不近女色，連女人的面都不見。」

我買了蛋糕和錄音帶，擺上林香梅那張背著紅書包的相框，反覆播放「Happy birthday to you」的歌。我想起往年今日，想起那串紅豆項鍊，想起我們親親熱熱的日子，想起她此時此刻待的骨灰盒，不禁潸然淚下……香梅啊香梅，等著我吧，我一定儘快來和妳團聚！我會用金線重新串好那紅豆項鍊，我會用聖潔的甘露擦淨妳的血跡，用熾熱的愛烘乾妳潮溼的心……我呆呆地坐在供品前，痴痴地凝視著她那張背著紅書包的相片，陷入無限的思念，從紅書包到紅豆項鍊，從紅彤的洞房到腥紅的鮮血，又從鮮紅的血到紅彤的洞房，從紅豆項鍊到紅書包，來往反覆，細細咀嚼，細細品味……天不知什麼時候黑，阿貓悄然找來，像是貓見到了魚：「嘿，蛋糕還等著我切哩！」

第十二章　豔遇

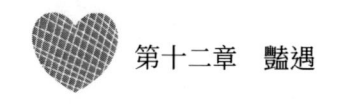

「別動！我不是說了今天不見女人嗎？」

「以為你騙我。生日主人失約是嗎？」我沒心思理她。「別哭喪著臉，我來陪你。」

「妳代替不了她。」

「她比我可愛是吧？」

「妳讓我安靜一天行嗎？」

「不行，你是我的。」

「我的心絕不是妳的。」

她生氣了，硬坐到我懷裡要賴：「我不管你心不心！我要你吻我，馬上吻我！」

「我說過今天不近女色。」

「我說要吻就是要吻！」

「我說不吻就是不吻！」

「不行馬上解除合約。」

「我們的合約隨時可以給風吹了。」

「剩下的錢我不給了！」

「我本來就沒有想要出賣什麼。」

「你明天就給我滾！」

「馬上走也行！」

她氣得說不出話，淚水滾滾而出，扭頭便跑。

第二天阿貓一連打十幾通電話，我一通也不接。這種日子早已覺得嗯

心，只是命運所驅，難以自棄，她如果要割捨，我巴不得。

晚上她又來，又氣又惱。門敲得像在打鼓似的，可是開了門又不進來，站在那等我拉她一把。我偏不理，低頭看自己的書。她不耐煩了，自己進門，邊走邊跺腳，一屁股坐下來，臉扭另一邊去。我問：「我該滾了是嗎？」

她立刻滾到我懷裡，真像一隻貓，母貓：「不，別離開我！我愛你啊！昨天我在窗外很久，知道你肯定是等一個女人，知道你非常非常愛她……」

「妳怎麼知道我愛她？」

「看得出來。你的眼睛不一樣，看她的相片比看我本人，更閃亮。你看著她的相片，一動都不動，全部的心思都用上。想著她，你還笑了，抿著嘴笑，笑得很甜。你們在一起的日子很幸福，是嗎？可是你又流淚，一串一串流到嘴角邊，你一抿一抿嚥進肚子裡。你們有什麼很傷心的事是嗎？」

「別說了！」

「你很愛她，非常愛她！要不然不會這麼思念她，是嗎？」

「嗯。」

「我真嫉妒啊！你為什麼不那樣愛我？」

「為什麼要愛妳？」

「因為……你明白！」

「妳以為跟一個人做愛了，就會有愛，是嗎？告訴妳吧，我跟那個女人還沒有做過愛，但我現在好像愛她愛得更深了！我驚訝於性是那麼原始，那麼短暫，那麼渺小，那麼不堪一擊。說男人征服世界，女人征服男

第十二章　豔遇

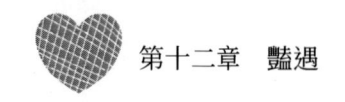

人，不無道理，但如果妳以為光有一副性感的身軀便能征服男人的心，那就大錯特錯了！情愛之妙在於拉鍊邊上，拉鍊裡頭是性愛，情愛與性愛有著區別。」

「那怎樣才能得到你的情愛？」

「我不知道。我總覺得：真正的愛情是神聖的，神奇的，可遇不可求，不可重複……」

「那你真的喜歡我嗎？」

「不知道。」

「我不吃醋了，行嗎？」

「妳沒什麼醋好吃！」

進入夏季，進入一個洪災季節。

各大河川頻頻告急，不愛看新聞的阿貓變得整天窩在電機前，早間新聞、午間新聞和晚間新聞都不放過。不過，她另有所思：「『世界末日』真的要到了，信不信？」

「不信。」

「不信？等著瞧！」

果然，洪水一天比一天凶猛，河堤像賽馬場的柵門乍開，一個個村子被烈馬踏得粉碎，大有翻天覆地之勢。政府要員趕到岌岌可危的堤壩，士兵們像參加戰爭似的日夜兼程趕赴……「說不定，『世界末日』不等明年，會提前到今年，信不信？」

「胡說！」

「真的嘛！」

「『煮』的！」

「你知道嗎？有一顆慧星，夾帶著一億噸的冰塊和岩石，以每小時六點四萬公里——即每秒十八公里的速度逼近地球，明年九月九日九時九分九秒，天空將掀起幾千立方公里的氣浪，直撞地球，撞出一個直徑一百多公里的坑。那時，熔岩將沖天而出，溢滿全球，大地變成一片焦土，所有生物都將毀滅……」

「胡說！」

「真的啊！我才二十歲，怎麼這麼倒楣啊！」

我想起天文喜喜長說的，這種可能性很小，但不能說沒有。這麼一想，也不寒而慄，但我努力保持鎮靜：「不會吧！」

「真的嘛，騙你我是小狗！」

「頂多是有這種可能，不能說肯定。」

她起身拿一本名叫《地球末日》的書遞給我，幫我翻了好幾頁：「不信你看！」

「同一件事說什麼的都有，任何一家之言都不必太信。」

她很快地又翻來其他幾本書，還有雜誌：「好多人說呢！東、西方都有！」

我覺得跟她爭論下去沒意義，便順從她的話題：「那有什麼辦法呢？」

「聽天由命吧！兩手準備，一邊該做什麼就做什麼，一邊有得吃趕緊多吃點，有機會玩就趕緊多玩點，別跟自己過意不去！」

「妳別那麼悲觀，我也許還活不到那一天呢！」

「胡說。」

第十二章　豔遇

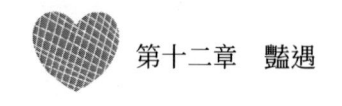

我說漏嘴了，又覺得也該說說：「真的嘛，慧星沒撞來我先自殺。」

「嘿，真的，我也這樣想過！等慧星撞來那多可怕啊，不如自己好好死。」

「我甚至想好，自己選一個墓地，自己挖好坑，裝一個機關，像米篩捉麻雀一樣，拉一下繩子就把自己安葬好……」

「真妙！」

「不過，我現在想沒必要那麼麻煩了。現在有妳，到時候請妳幫我填一下土，不是更簡單？」

「行啊，哦，不！誰幫我埋呢？」

「妳有妳老公啊！」

「那個沒良心的，早不知跟哪個小妞跑嘍！你呢，你等那個女人，能不能帶給我看一下？」

「不是我等她，是她在等我。」

「那你快去啊！」

「妳肯幫忙嗎？」

她變了臉，連捶我好多下：「你也是個沒良心的！抱著我想另一個女人不夠，還要我幫忙遞衛生紙嗎？」

「不許你貶損她，她是我的愛人！」

中元節即鬼節快到了，我想為林香梅燒紙錢。跟阿貓商量，她建議到天堂網建個紀念館。我覺得這主意很好，當天就開始。

我製作的主頁是一幅風景照：金色的秋天，一片紅豆林，三分鐘熱風兒吹來，果莢紛紛而落，有些落到地上，有些已開裂，露出一粒粒鮮紅的

豆兒。畫面上方一邊擺「愛妻林香梅之靈位」，還有她那張背著小紅書包的彩色相片，下邊跳躍著一行文字：

數不清的紅豆，訴不盡的相思

上方另一邊暫空，那是留給我自己的。中下方是文字：

愛妻林香梅，風華正茂，不幸死於非命。如果這悲劇是上帝導演的，那麼我詛咒上帝。我永遠不會寬恕凶手！

且等我吧，愛妻！

我在林香梅的靈前默地流淚。我懷念那從紅書包開始的一切，悔恨動刀那一夜的所作所為，發誓一定會盡快跟她團圓，不僅同在天堂網，而且要同一個墓穴……阿貓看我悲痛異常，一直不敢亂開口，生怕衝撞什麼。直到吃晚飯時，她才問：「你有老婆怎麼還是處男？」

「奇怪嗎？」

「嗯，告訴我好嗎？」

「到時候告訴妳。」

「什麼時候？」

「幫我填土的時候。」

「你是說真的？」

「妳不是說『世界末日』要到了嗎？」

「那要等明年九月九日，還有一年。」

洪災過去，流星雨又要來。

流星雨就是地球在繞太陽中和流星群相遇，像下雨一樣。而流星群的軌道和一些彗星的軌道很接近，是彗星瓦解後的碎物。它們闖入地球大氣

第十二章　豔遇

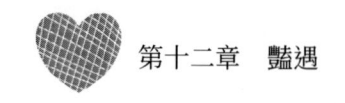

層，向四面八方散去，根本沒有軌道可言，非常可怕。這些雨點樣的傢伙如果不偏不倚剛好落到你頭上呢？

　　這一奇觀或者說災難，十一月十七日夜將要到來。天文學家們算準了，說這是四百年來最大一場流星雨，每小時達五千顆。各地天文館將舉辦流星雨觀測活動，很多人參加。阿貓也拉我去，我半是好奇、半是被迫。

　　你想，那天女散花似的，晶亮晶亮，紛紛揚揚，不是比煙火更壯觀嗎？專家早早就透過媒體透露最佳觀測位置。儘管天不作美，天氣忽變，雲層加厚，還是很多人追「星」，到半夜還塞車，小小山丘聚集了一兩千人。我和阿貓帶毛毯、餅乾和啤酒，辨清方向，支好三角架、相機和望遠鏡，耐心等待流星雨的光顧。

　　說實話，我心裡有些不安。如果真有這樣一場「雨」，那就說明人類對宇宙是可知的，「世界末日」之說並不太荒唐。萬一會落到地球、落到我們頭上，也是無奈。如果沒有這麼一場「雨」，那就說明玄之又玄的天文學不可信，至於諾斯特拉達姆士之流更是荒謬。我這樣想著，兩眼盯著天空，眼皮都不敢多眨……然而，兩種可能都沒出現，也可以說都出現了。等到天亮，一顆星也沒有。專家當天在電視上解釋，流星雨確實出現了，但比人類計算提前了十四個小時。阿貓說：「怎麼樣，我說了不騙你吧？」

　　「不騙我什麼？」

　　「流星雨真的有啊！」

　　「可是並沒有一點影響吧？」

　　「那是時候還沒到。」

「妳說什麼時候？」

「明年，九月九日。」

「『世界末日』到底是九月九日還是八月八日？」

「不知道，就算九月九日吧，讓我們多活一個月！」

「現代專家計算流星雨都差了十四個小時，誰能保證那個四百多年前的預言不會差十四年，或者十四個世紀？」

我和阿貓爭論不休。

閒來無事，除了回味往事就是上網、看書、看電視。我幾乎每天要上網一次，看大涯海角的男女相聚一塊討論愛情、婚姻與性。忍不住的時候，也會發表一兩篇，參與討論。

現在我才算理解「食色性也」之說。吃飯是什麼味道？活了這麼二十多年，吃了無數餐飯，現在想來，記得幾餐？性也如此。幾個月來，我跟阿貓做過無數次愛，能夠回憶起的並沒有幾次。然而，我們不能因此否定那些吃飯、做愛的意義。因為有那無數餐飯，才有我的成長。因為有那無數次做愛，我才跟阿貓有一種特別的感情，雖然這不算愛情！

我覺得現在這樣生活太恥辱。如果說殺林香梅那天的我是野獸的話，那麼和阿貓混的這一年是家畜，區別僅在於有沒有人豢養。有一天，我突然想到一個問題：「『鴨』價怎麼比『雞』價高？」

「養『鴨』的大都比吃『雞』的更有錢吧，不過『鴨』也比『雞』更幸苦。」

「那麼『雞』、『鴨』與『人』相比呢？」

「怎麼比？」

第十二章　豔遇

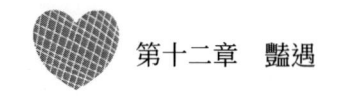

「隨妳怎麼比。」

阿貓想了半天想不清楚，索性不想了：「禽獸怎麼能跟人比？」

「那妳說我現在是人，還是禽獸？」

她連忙抱了吻我：「你別亂想嘛，我是愛你的！你愛我嗎？」

「我說過，此生不再言愛。」

我們的合約即將結束，她提議續延至明年九月九日，我斷然拒絕：「我們可以保持友好往來，直到『世界末日』那一天！」

何況秋天已到，紅豆快成熟，我該去拾撿……

第十三章
驚喜

第十三章　驚喜

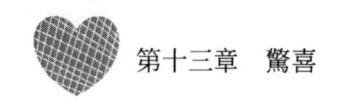

朱紫橙將以上回憶錄發給拉拉，拉拉也即深宮婦當天夜裡回電子郵件：

讀了你的故事，如果我是林香梅的話，也會深為感動，感到三生有幸。不過，我覺得事情真相很可能不一定像你所說那樣。

你在阿貓那裡不愁吃不愁穿，日子過得挺不錯。不過，我想，你回家也許會更好些。

胡扯！要我回家，不是送死嗎？女人就是頭腦簡單！朱紫橙覺得拉拉一點也不理解他的處境，簡直夏蟲不可語冰！這麼想著，隨手將她拉到黑名單。

母貓陀陀鑽進被窩，朱紫橙醒來，發現阿貓還在書房。平時，她在書房總反扣門，窗也關得嚴嚴密密，手機關機，排除一切干擾，專心讀書做作業。今天夜裡，門沒關緊，留有一隙，燈光長長地射到廳上。於是，他輕輕推開門，躡手躡腳走進去，到她身邊，想看看她看什麼書。她毫無反應。他不忍心打擾，悄然離開。這時，她忽然開口：「幫我煮杯咖啡。」

朱紫橙柔聲勸道：「一點多了，休息吧！」

「我再看一會兒。」她頭也沒抬。

「剛考完，該放鬆放鬆。」

阿貓起身，邊跳健美操邊說：「我要找點辯論賽的資料。」

「不是比完了嗎？」

「還沒有決賽。」

「你們晉級啦？」

「嗯。」

「電視臺都會轉播的吧？」

「嗯。」

「要是再獲勝，就替妳們大學爭光了！」

「盡力吧！」

朱紫橙送咖啡，阿貓又在埋首研讀。他不禁輕輕吻一下她的臉腮，她沒有任何反應，令他暗暗一驚。做愛時，她會雙手把你的兩瓣屁股死命往裡摳，好像生怕偷工減料。可是，一翻開書，她又靜若處子。他想，看來，我對她了解還是太少！

因為對拉拉失望，朱紫橙好幾天沒上網。讀完《挪威的森林》，阿貓又租一堆日本VCD，好像要當日本文化專家。朱紫橙也看出點名堂，覺得日本人明顯有些不一樣。他們對於性與死好像特別興趣，特別喜歡在性中求愛，在愛中求死，五花八門，驚心動魄。《挪威的森林》中女子有個怪病：下體閉澀不能做愛，在兩任男友中僅一次如鐵樹開花，做愛做得出神入化，最後由於不能治好怪病而上吊。而《失樂園》之二《赤橋下的暖流》，則描述一個女子在男人走後，一發情愛液如渠中流水，直流屋外河裡，結果被一個情人治好。朱紫橙很自然地聯想：難道說林香梅也有什麼特別奇怪的婦科病？

難怪大小醫院都要專設婦科！

朱紫橙看累了，目光轉向窗外，餘光卻發現剛切換的電視畫面，報導「通緝要犯」。朱紫橙立即本能地喊道：「停！看看電視！」

「有什麼好看！」阿貓嘟噥。「我去上課了。」

朱紫橙沒理會她，專心看電視。

第一條新聞：在警方規勸敦促和家屬的配合下，懾於法律的威力，至昨日，先後有六名在逃人員向警方投案自首。

第十三章　驚喜

　　第二條新聞：警方在某茶館逮捕正在賭博的一名男子，經查發現此人與其弟馬秋是持槍殺人案的主嫌，已被列入通緝要犯名單。昨日凌晨兩點多，警方又逮捕前來分局替哥哥交賭博罰金的馬秋。有趣的是，原先兩兄弟都很胖，在通緝要犯名單中對他們體貌特徵描寫「特胖」，記者看到的馬氏兄弟卻稱得上瘦子。

　　第三條新聞：兩年前，劉老伯的兒子劉某受僱於人當司機。劉某送貨返回途中撞死一名騎車男子，當天深夜逃跑。今年年初，警方將他列入通緝要犯名單。兒子出事，親人十分著急。六十一歲的母親整天以淚洗面，劉老伯也到處向人打聽怎麼才能幫助兒子……看完這新聞，朱紫橙坐立不安。他不能不考慮：我是不是也被列入通緝要犯名單？答案是肯定的，說不定還是重大通緝犯級別呢！

　　朱紫橙立即上網，在搜尋框裡輸入自己的名字。萬萬想不到，網路上不僅沒有朱紫橙的通緝令，反而驚現「尋人啟事」，上面寫道：

　　朱紫橙，男，現年25歲，身高1.63公尺，在樵城市失蹤。他年邁的父母盼他早日歸來。知情者提供訊息，定給重酬。

　　上面還有大頭照，絕對沒錯是尋他這個朱紫橙。他眼前馬上變幻出劉老伯為子奔波的畫面，還有自己爸媽盼兒歸的老臉，淚流如注，放聲痛哭。爸媽好辛苦啊，指望我能出人頭地，沒想到竟犯下死罪，害他們全國到處尋尋覓覓！為了我結婚嘔心瀝血，指望能添丁傳後，沒想到竟無法為他們送終……為人夫，我不是好丈夫！為人子，我不是好兒子！

　　是的，女人是魔。有了林香梅，我想爸媽少。我為林香梅笑而笑，為林香梅哭而哭，為林香梅死而死，彷彿我生就是為林香梅而生的。逃亡這些日子以來，我所思所念的還是林香梅長、林香梅短，想過爸媽多少？

此時此刻，關注我的人除了警察，只有自己的爸媽！爸哮喘有點重，這時一定在田邊，剛坐到耙子柄上休息，想到生不見人、死不見屍的我，重重嘆一聲，引發一連串咳，咳得臉紅脖子粗，邊咳邊捶心頭。媽眼睛不大好，這時很可能剛剛為豬添食出來，看到遠遠的路上有個人，以為是有罪或無罪的我回來，連忙抬起脖子，站到旁邊的木頭上，墊起腳跟……可別摔了啊，媽！爸！我回來看您們，一定回來！哪怕被抓去槍斃，我也要回去，給您叩個頭，給您點支菸，給您敬杯酒……突然，朱紫橙又想：會不會是警方的圈套？

　　那可能真是一張「網」啊！如果不是，難道他們會不知道殺了林香梅，叫我回去是送死？

　　朱紫橙不敢相信這尋人啟事，繼續搜尋，接著到各大搜尋引擎，甚至直接搜尋警方網站，都沒有發現他的通緝令，奇怪！

　　不管怎麼說，也該打聽一下家裡那邊的情況。

　　朱紫橙大膽地打電話給盧如騰。盧如騰不敢相信電話裡真的出現朱紫橙：「你是人還是鬼呀？」

　　「當然是人。」

　　「是人怎麼不回家？」

　　「一言難盡。」

　　「我以為你也被人殺了。」

　　這麼說，不是我殺了人？朱紫橙驚訝極了：「我也被人殺？」

　　「是啊，你老婆給人殺成那樣子……」

　　這麼說，林香梅還活著？朱紫橙馬上追問：「等等，你是說林香梅她……」

第十三章　驚喜

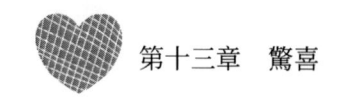

「是啊，你有還幾個老婆？當然她現在不是你老婆了……」

這麼說，林香梅確實還活著，但是改嫁了？朱紫橙叫起來：「等等，我馬上趕去，等我！」

簡直不可思議！林香梅居然沒死！警方居然沒把我當凶手！天下竟然有這麼怪的事！

這不是電話裡能說清楚，而又必須儘快弄清楚！朱紫橙擱下電話，沒等阿貓回家，也顧不得要留紙條，簡單抓點行李，直奔機場……

林香梅沒死！她還活著！我們還能在人世重逢！朱紫橙一路連奔帶跳……謝謝！

謝謝……謝謝妳媽媽！謝謝妳外婆的銀鐲，它果真又顯靈了！

機場保全檢查更嚴，如臨大敵。朱紫橙不怎麼怕了，警方可能真的不「關心」我！不想劫機，沒帶毒品，不是逃犯，還怕什麼？女保全拿著他「肖小龍」的身分證看了又看，他差點補充：「我的真名叫朱紫橙！」

朱紫橙是平生頭一次搭飛機，很快產生新的恐懼。一上飛機，美麗的空姐向乘客講解怎樣使用救生衣之類，彷彿說如果你不聽，到時候萬一用得著，可別怪我沒提醒啊！飛機不能確保你的安全，所以需要你自己小心。

「不至於那麼倒楣吧！」朱紫橙想。「萬一出事，我可就真的是『失蹤』了，那可要害香梅等得……等成『望夫石』了……」

飛機座位前小電視實況轉播飛行情況。開始在地面行駛，跟汽車、火車沒多少區別。突然離地騰空，眼看著幾十、幾百公尺升騰，頭腦裡隨之一跳一跳。飛越雲層之時，整個飛機還一抖一抖……朱紫橙想：萬一抖鬆幾個零件怎麼辦？

飛機殘骸裡走出過幾人？飛機若出事，那真的是「天要下雨、娘要出嫁」只好隨它了！我們美好的生命與猙獰的死神就這麼一瞬之差，像一張撲克牌的正反面。死神之可惡，不會憐惜青春，不會珍愛美麗，不會同情你我。而且，面對這樣一個惡神，我們最終得徹底失敗。在這失敗之前，我們能做些什麼？能抓過彈出來的救生衣穿上，僥倖飄落海中？能最後微笑一下，祝福大地上的親友，道聲來生再見？能將有形、無形的衣物全都脫下，乾乾淨淨、清清爽爽地回歸當初……在七、八千公尺的高空，朱紫橙胡思亂想著。

　　高樓看人，人如蟻螻。雲中看人，人無異於細菌。可是，人為什麼總得為那些所謂崇高的什麼，犧牲自己的幸福以至生命？

　　雞鴨豬狗是人飼養的，因此它們生來就必須隨時準備為我們作出犧牲，比如有人喜歡吃乳豬，豬剛出生也不得不挨刀。那麼，我們人類是某些所謂高尚的什麼？哲人說，人一思考，上帝就發笑。如果我們聽到螞蟻在高談闊論，會發笑嗎？人們如果知道了我和林香梅悲劇，會發笑嗎？

　　傍晚時分，朱紫橙到盧如騰住處。畢竟心虛，先躲在一個角落裡佯裝看報，暗暗觀察，到天黑還沒發現警察埋伏的跡象，才上前叩門。

　　裡面一道門開啟，盧如騰探出頭：「朱紫橙！真的是你？」

　　「真是！不是假是！」

　　盧如騰馬上開啟外道鐵門。朱紫橙脫鞋進門，盧如騰用圍裙擦手：「你怎麼變成這鬼樣子了？」

　　「一言難盡。你快說說林香梅的情況！」

　　「邊吃飯邊說吧！我一直等你，菜都切好，等你到再下鍋。以為你不來了，正愁一個人怎麼吃這麼大堆！」

第十三章　驚喜

「飛機晚點！」朱紫橙進門後，不禁幾個房間都瞧瞧……「找什麼？」

「沒什麼，看看有什麼變化。」

「沒什麼，老樣子。你自己坐一會，看一下電視，茶在桌上。我炒兩個小菜，很快！」

這時段電視千篇一律兒童節目，他看了一會兒沒興趣，隨手把茶几上一本書拿起來翻。這本書是美國人寫的《水晶頭骨之謎》，封面標明「世界偉大考古紀實報告之一」，「揭示了人類的祕密——過去、現在、將來」，還稱聲「這是九十年代世界考古學界最重要的一次發現——傳說中馬雅人留下的十三個水晶頭骨終於全部被找到，這意味著人類的眾多祕密將得以揭示——當此探索過程被英國BBC全部播出後，全球為之震動」。看印刷，不像非法出版品，也就是說可信度頗高。隨便一翻，翻到書籤一頁，又是「世界末日」。朱紫橙問：「你也喜歡看這類書？」

盧如騰剛好端一碗菜出來：「談不上喜歡，無聊時翻翻。」

「張娜呢？」

「唉，一言難盡！」

「陳筱華呢？」

「那是別人的。」

「別的女人呢？」

「什麼別的？」

「女朋友啊。」

「沒了，自由了！」

「自由？」

「好了，先喝酒，先不談女人！」

一坐下連乾三杯，一句話也沒有。對朱紫橙來說，第一杯是悔恨，第二杯是驚喜，第三杯是希冀，千言萬語，萬語千言，全都被酒壓下。然後，朱紫橙請求：「你快說說林香梅的情況！」

「你真不知道嗎？你出差失蹤那天，一大清早，林香梅被人殺了，好在發現早，撿回一條小命……」

「香梅！」林香梅果然還活著，朱紫橙又驚又喜，一聲輕喚幾串淚。

「警方還懷疑是你幹的哩！」

「『懷疑』我？」

「你想啊，門窗都好端端的，沒有一點撬的痕跡，凶手怎麼進去？又怎麼離開？而且，你偏偏又失蹤……」

「結果怎麼樣？」

「誰知道怎麼樣，案子到現在還沒破。」這麼說，我還是「嫌疑犯」，不能露面？朱紫橙沒說話。「你到哪裡去了，怎麼沒一點音訊？」

這叫朱紫橙怎麼回答？他說：「我被人綁架了，以後慢慢告訴你。你有林香梅現在的電話嗎？」

「沒有。我專門去看過她一次。」

「她怎麼樣？」

「她沒被砍死，但是面目全非，只好戴著面罩……」

「真是該死！」

「還好有個同學仍然愛她，現在嫁給他……」

「他叫什麼名字？」

第十三章　驚喜

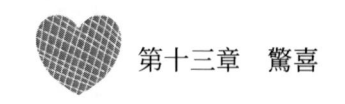

「不記得。改嫁之前，她打電話來徵求我的意見，我說這種事我怎麼好出主意呢？做一次媒是可以，總不能做兩次媒吧！她透過法院發出公告，要求你回來離婚，在全國大報上刊登了，你沒看到嗎？」

「沒有，我都沒看報紙！」

「要是你早看到就好了！等了半年不見你回覆，法院就判跟你離婚。」

「不行，不能這樣判！那男的叫什麼名字？」

「姓黃……黃什麼……」

「草頭『黃』——黃新后土？」

「好像是。林香梅還請我去喝酒，當然我沒去，我要對得起你老兄弟。」

「林香梅呀林香梅，妳誰不好嫁，怎麼偏偏嫁這個王八蛋！」朱紫橙沉吟道。「不行！林香梅是我的！我要要回來！」

朱紫橙打電話給李局長，請他幫忙查一下黃新后土家的電話。然後，直接打去黃新后土家。

黃新后土接電話，沒聽出朱紫橙，馬上叫林香梅。林香梅來了，聲音沒變，但說話的語氣變了，幽幽然像古剎裡的老尼姑：「請問哪位？」

朱紫橙的心跳到喉嚨口了，百感交集，聲淚俱下：「我是朱紫橙啊！」

沒有回聲，許久沒有……

朱紫橙泣不成聲：「香、梅！」

仍沒有回話。一會兒，電話斷了。再撥，一連撥十幾次，怎麼也不通。朱紫橙沮喪極了：「她不理我！」

盧如騰同情朱紫橙，拍了拍他的肩，提議坐回到飯桌，再乾兩杯。

「她應該諒解你！你也遭難，又不是願意這樣。」

朱紫橙默默地獨自喝一杯酒，怔怔然。看來林香梅確實愛我，沒說出真相，但我對這位同窗好友不能再保密。於是便說：「實不相瞞，林香梅是我殺的。」

「不可能吧？」盧如騰一驚，屁股連著椅子馬上挪開了一些。

「真的。」

「你真對林香梅下得了手？」

「事出有因。那天喝多了，我們吵架，又是她先動刀……」

「那警方還是要抓你的！」

「我知道。我要馬上回去，帶上我的林香梅，遠走高飛。」

「那不是自投羅網嗎？」

「自投羅網也沒辦法，這輩子早交給這個女人了，活也罷，死也罷！」

「問題是，她會理你嗎？你們現在是『山盟雖在，錦書難託』啊，你別一廂情願，自找沒趣，自討苦吃！」

「相信她還愛我！不過最好請你一起去，幫我說幾句，方便嗎？」

「當然，當然要去！這不是方便不方便的問題……後天吧，明天我還要把這星期的報紙發排一下。後天我陪你去！」

「那我先走一步。」

「這麼急？」

「已經耽擱這麼久了，還急？一分鐘也不能再等了！晚上還有火車，明天一早到。」

「好吧，我理解！你先去，在那等我一兩天！」

第十三章　驚喜

　　朱紫橙連夜趕火車。買了票，等剪票時才想起阿貓，馬上打電話給她：「我有急事回家了。因為太急，請原諒我不告而別。」

　　「難怪電話打破了都不回。什麼事，這麼急？」

　　「嗯……以後告訴妳！」

　　「什麼時候回來？」

　　「不了，那房子可以退……哦，不，替我留著！」

　　「還要回來是嗎？」

　　「是啊，帶我妻子一塊來！」

　　「你老婆不是死了嗎？」

　　「妳老婆才死了呢！」

　　「什麼我老婆！別那凶好不好？是你自己說的，還叫我幫忙在網路上祭弔，如果不是，是另一個老婆嗎？」

　　「唉，跟妳講不清楚，反正聽我的就是了！」

　　「你老婆來了，還會跟我好嗎？」

　　「會的！不，我們可以好，但不能那個……」

　　「那我幹嘛為你留房子？」

　　「不行就算了，再見！」

　　「等等，算了。留給你吧，冤家！」

　　朱紫橙相信她會留的。這個女孩心地挺善良。

　　「等等！」正要掛上電話，阿貓又說。「你在那邊，萬一碰到我爸，可不要亂講啊！」

「不會碰上！即使碰上，我也不敢……讓他知道……一個平民，不，一個逃犯勾引了他的千金公主，他不一刀劈了我才怪！」

「哼！還有，寒假快到了，我會回家，有事打我手機。」

一上火車，朱紫橙的心又飛到了林香梅那。想起他們在包廂裡唱〈潮溼的心〉〈真的好想你〉，想起在婚禮上朗誦〈長命女〉〈一朵紅紅的玫瑰〉，他想她現在的心更需要我的愛去烘，去留駐。她曾誓願我們歲歲重相見，他也宣誓只要生命之流不絕就一直會愛她。這一段時間的分離，就當作出了趟差，對了，〈一朵紅紅的玫瑰〉最後一段這樣寫：

再見吧，我唯一的愛人，
讓我和你小別片刻；
我會回來的，親愛的，
即使我們萬里相隔。

當時，考慮剛結婚不好說「再見」，把這一段刪了。可是，動身逃亡那天怎麼不會想到這離別僅僅是「小別」呢？

詩要完整，人生要完美，什麼都不能硬割捨。我們果然「小別」了，果然回來了！

香梅，我唯一的愛人！妳聽到我的心隨著這滾滾的車輪離妳越來越近了嗎？

到樵城接火車的班車換了豪華中巴，二十分鐘一班，限時到達，跟朱紫橙和林香梅那次回來完全不一樣。

朱紫橙歸心似箭，也討厭樵城。當時，要不是在這，要不是多喝了酒，怎麼會連夜趕回，怎麼會強求林香梅，怎麼會……

往事不堪回首，好在都已經過去。當時，從這裡逃離，朱紫橙想可能

第十三章　驚喜

　　跟這個小城市永別，根本不敢想像再見，沒想到會是這樣。這是最理想的！還能再見林香梅，當時哪敢奢望……

　　當時，怎麼那麼粗心？不知道冷靜點，看看是不是真的死了：吻一吻鼻孔還有沒有氣，聽一聽心臟有沒有跳，摸一摸體溫有沒有冰，隨便試一下也好啊！竟然沒有，想都沒想，從來沒想過她居然還活著！

　　既然她還活著，我就要和她在陽間團圓！「得成比目何辭死，願做鴛鴦不羨仙」，一點也不錯！天堂有什麼好羨慕？還是人間好！不能榮華富貴沒關係，不能雲雨之歡也沒關係，只要還活著，只要還能相親相愛在一起。

　　出了那種事，肯定全縣都知道。應該悄悄地回去，把她悄悄地接出來，然後……然後先借阿貓的房子住。我白天到君子蘭大酒家洗碗，晚上回家陪林香梅。買套VCD，她唱〈潮溼的心〉，我唱〈真的好想你〉，恩恩愛愛。省吃儉用些，存錢讓她出個唱片……朱紫橙先到李局長家。李局長練氣功回來，在大門口碰到。朱紫橙發現他也變了，戴個鴨舌帽，這麼怕冷？

　　「唉呀，這麼久，你去哪裡了？」李局長怨道。「究竟出了什麼事？你也要給一個音訊呀！怎麼連電話也不打？」

　　「真是對不起！」

　　「我是機關負責人，出了事我跟你父母一樣難受，還要給警方交代，弄得我……」

　　「實在對不起！」

　　他一邊上樓一邊數落，朱紫橙跟在後頭只有賠不是的份。朱紫橙想，如今能幫我的只有他了，父母都幫不上。只要他像以前一樣待我，怎麼罵都願意忍受。

李局長請朱紫橙一塊吃早餐，還很熱情。他老婆就不一樣了，滿臉不高興，恨不能拿起掃把趕他出去，只是看李局長的面子沒發作。事到如今，能指望人家怎麼樣呢？有這樣已經算不錯了！

　　吃完飯，李局長打電話回辦公室，說今天有事不過去。打完電話喝茶，朱紫橙把殺妻以及逃亡的經過如實告訴他，說得很詳細，只差關於阿貓的事。最後說：「這次回來，我想破鏡重圓，把她帶出去。」

　　「她現在已經是別人的妻子了！」

　　「沒關係！可以離婚……」

　　「可能嗎？」

　　「怎麼不可能？你不知道，我多愛她！」

　　「可是她愛你嗎？」

　　「愛！我們的婚禮你見過！你看她……」

　　「那是以前。現在呢？現在還愛你嗎？」

　　是啊，她如今還愛我嗎？盧如騰也提過這個問題，然而這是問題嗎？一觸及這個問題，朱紫橙耳邊就響起她那暖人三冬的話語「我們早點結婚吧」她忽然吻著我說。「我愛你！我會好好愛你一輩子！」

　　「怎麼好好愛我？」

　　「我會每天唱一首歌給你聽，全部唱愛情歌，然後為你做香噴噴的菜，然後替你洗乾乾淨淨的衣服。」

　　「還有呢？」

　　「還有我會吻你，熱烈地吻你，甜蜜地吻你。」

　　「還有呢？」

第十三章　驚喜

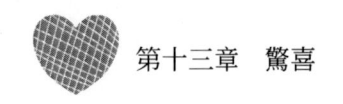

「還有什麼？」

「很重要、非常重要的做愛……」

「討厭！沒到『點』的事，我沒想！」

說這些話的語氣他還記得一清二楚，至今覺得絲絲毫毫至真至純，經得起任何試金石的鑑別，也經得起任何風吹雨打的考驗。海有枯的一天，石有爛的一天，世界終究有末日的一天，但我和林香梅……我和林香梅的婚姻關係可以變，性關係可以變，但我們的愛情永遠永遠不會變！

朱紫橙不容置疑說：「愛！一定還愛我，就跟以前一樣……」「我看不一定！你要冷靜點，想清楚，不要再出亂子……」

「這是顯而易見的！你想想，如果不愛我，如果真恨我，她怎麼不跟警察說實話？」

「嗯。有點道理……可以試試！」

「我想請你陪我去。」

「這怎麼好呢？」

「現在不比以前，有個人在場會更好些。你是我親戚，又是上司，還是朋友吧，她很敬重你！」

「那好吧！不過，我想最好跟她那個小黃先溝通一下。」

他……這個人，哼，讓他得意一次吧！他有什麼能耐？中學時候，他就口出狂言，說非她不娶。結果怎麼樣？還不是我娶了！現在，他只不過乘人之危，林香梅只是一時對我失望。只要我回來，林香梅自然回我懷裡，他乖乖地還給我。朱紫橙這樣想。

真的，朱紫橙從沒把黃新后土放在眼裡。朱紫橙總覺得，那種人說說

大話是可以，真要叫他去愛一個女人，俘虜一個女人的心，屁本事沒有！

黃新后土已提拔為站長，這不奇怪。擔任長官司機的，一般都會弄個一官半職。

這一天，黃新后土剛好在縣裡。李局長直接告訴他，朱紫橙回來了，想去看看林香梅。李局長強調：「人家畢竟夫妻一場啊，我想見個面……」

黃新后土倒爽快：「行啊，只要她本人同意，見兩面也可以！好歹我們還是同學嘛！」

李局長要了農業局的車，他們在樓下相見。

「你好！」黃新后土笑著問候朱紫橙。

朱紫橙想，這沒什麼。他自以為是勝利者，勝利者往往喜歡做些姿態。可是他高興太早了，以為我只是「看一下」林香梅，還不知道是來「討債」，等他恍然大悟，看他還有沒有這副大度。朱紫橙點了點頭，以示回禮。

他們沒有握手。黃新后土笑不由衷，但朱紫橙假笑都裝不出來。

一行三個人，李局長坐前座，把朱紫橙和黃新后土並列在後。按規矩，上司都坐前座，本該如此就坐，可是今天他們兩個是情敵、是冤家啊！應該讓他們保持點距離才是。李局長沒考慮這點，他們自己不便提出。

因為三浪溪旅遊開發情況比預料還順利，縣城到津口的公路變熱鬧起來。一路上，很多載客的大巴、中巴和小轎車，不少是運磚運瓦運砂石的大小貨車。但路來不及改彎取直拓寬，常有驚險。車子不時左傾右歪，使得朱紫橙往黃新后土身上靠，一會兒又使黃新后土往朱紫橙身上靠。朱紫橙連忙抓住門上把手，一見彎道遠遠地就使勁保持身子正正直直……此時

第十三章　驚喜

此刻，朱紫橙無比憎恨身邊這個人。當年追林香梅的人很多，只有這一個一直在跟他較勁。朱紫橙暗戀她時，他口出狂言公然種梅；朱紫橙跟她確定關係，連車都不讓他坐；朱紫橙暫時失去她，他馬上霸占，林香梅沒來得及給我這個堂堂正正丈夫的，卻留給了這個王八蛋……一想到這，朱紫橙就憤怒，真想打狗一樣衝著鼻梁揍他一拳！

「其實，我也很愛她！」黃新后土好像看出朱紫橙的心思，先開了口。

朱紫橙努力紳士些：「我知道！早知道！」

「她也愛我！」

「她更愛我！」

「那是以前。」

「包括現在！」

「你錯了！」

「錯的是你！」

「我不想跟你爭論，我只要事實。」

「那就等著瞧吧！」

第十四章
真相

第十四章　真相

　　黃新后土家的房子有點舊了，但大門上的對聯挺新，橫眉「黃林結婚」四個字特別刺眼。那些丈餘高的臘梅盛開，奼紫嫣紅，昭示著春天即將光臨，也象徵林香梅在此枯木逢春？朱紫橙的心不禁一陣寒顫：難道她注定不屬於我而屬於他？

　　朱紫橙舉目逡巡，沒發現林香梅的影子。

　　「她在房間。你知道，她被人害得很慘……」黃新后土說。他好像發現朱紫橙開始尋找她了，但還不知道那凶犯正是朱紫橙。黃新后土的母親出來倒茶，他自己進房間去。

　　「記住：該說的說，不該說的不要說！」李局長跟朱紫橙耳語，生怕他惹出不好收場的事來。

　　朱紫橙嗯一聲表示同意，但是憋了一肚子氣。他想，我是來看心愛的妻子，來討債的啊，怎麼能像討飯似的？

　　「紫橙，請你諒解：香梅她身體不適，不方便見你。」黃新后土瞪著兩眼，雙手一攤，一副很無奈的樣子。

　　朱紫橙不客氣地說：「不一定真的是她的意見吧？」

　　黃新后土抱歉說：「是真的，我不騙你！」

　　「我不信！」

　　「你不信，我也沒辦法！」

　　「不要爭了，我去看看！」李局長出面。

　　只剩朱紫橙和黃新后土在廳上，他們都很尷尬。朱紫橙的茶一口未喝，黃新后土還端起壺往他杯子裡添了幾滴，並畫蛇添足說：「喝茶。」

　　「嗯。」朱紫橙把頭扭一邊去。他無法尊重這個奪了他妻子的人，更無

法想像林香梅在他懷裡的情形……「小黃，你過來一下！」李局長喚黃新后土進房去。

朱紫橙想事情出現轉機了。果然，不一會李局長又招呼朱紫橙。

房間光線暗，以致朱紫橙一進去兩眼發黑……

「請坐！」這是林香梅的聲音！

朱紫橙一時還看不清楚，只是從聲音還有淡淡的幽香判斷她人在幾步之外。

「坐這！」李局長伸手把朱紫橙拉在沙發上坐下，旁邊還坐了黃新后土。

朱紫橙急於看林香梅，但仍然看不清楚。他想，看來，她確實傷得很重，確實不願見人，我的罪孽確實很大……朱紫橙聲淚俱下：「香梅！」

朱紫橙不禁又站起來，想奔過去。李局長再次把他拉下，手按在他膝蓋上。

房間很寬敞，像辦公室，桌上一臺電腦。朱紫橙突然想：說不定她也是「網友」，說不定我們曾在網路上聊過……林香梅穩步走出套房，終於讓朱紫橙看到她的面罩和面罩上的眼睛。那面罩是藍色，上面繡著幾枝梅。那眼睛依然明亮，但只盯著窗，對那投進陽光的窗外充滿著某種渴望……李局長好心酸，埋下頭，一時不知如何是好。情急當中，注意到手上的菸，菸灰好長，稍一動就會掉落到潔淨的地板上，而這房間顯然找不到菸灰缸。於是，他一手執菸，一手用巴掌襯著以防菸灰掉落，邊起身邊說：「唉，我抽菸，還是到廳上。」

這時，林香梅說：「新皇，你也迴避一下吧！」

黃新后土瞪了瞪朱紫橙，不鹹不淡應道：「好吧。」

第十四章　真相

「我知道你總有一天會回來。」

朱紫橙跪到林香梅跟前，淚如雨下：「我真的愛妳啊，求妳原諒我！」

林香梅輕輕嘆息一聲，心平氣靜，像剃度削髮之人：「起來吧，無所謂原諒不原諒，我們誰也不欠誰的了。」

朱紫橙跪著上前，緊緊抱住她的雙腿，面頰緊貼她的腹部，明顯感到她的拉鍊冷冰冰印在他的臉上，心裡一驚：難道我這輩子也拉不開這條拉鍊嗎？他吶喊道：「不，我要用我的餘生撫平妳的創傷，我要帶妳遠走高飛！」

林香梅推開朱紫橙。朱紫橙不鬆手，她就用力掰，非常堅定……有一道強烈的陽光，從視窗斜斜射進，在房間中央形成一道「牆」。林香梅搬了張椅子坐在「牆」的另一邊，讓這道光阻擋他們的視線。

「坐一下吧！」林香梅平靜地說。「但是別說傻話，我現在已是有夫之婦。」

「離開那個混蛋！」朱紫橙吶喊道，根本不顧廳上的黃新垕和李局長會不會聽到。

「黃新垕是個混蛋，可是我已經愛上他。」

「妳騙我！」

「作為一個女人難免不說點謊，比如我們結婚那段日子……」

「妳為什麼要騙我？」

「因為當時我愛你。」

「愛我就騙我？」

「是的！實在是沒辦法，因為我懷孕了……」

晴天霹靂六月雪。當時朱紫橙問醫生，那老醫生也提過這問題，但他作過種種猜測，唯獨沒往這方面去想：「怎麼可能！」

「好好坐吧，我今天把一切都告訴你。」

肯定有重大隱情！我以前怎麼一點都沒察覺？怎麼那麼粗心大意？怎麼那麼聽信她？忽然，朱紫橙心裡的悔恨猛增了千百倍……「你知道黃新堊早就在追我……」

「這個混蛋……」

「讓我慢慢講完。說實話我也早有點喜歡他，可是上高中後他變了，愛噴香水，像女人似的臭美，我變得討厭他。畢業後也沒理他，他的情書一個字也沒回。後來我到城裡，碰上你，跟你回縣裡，又被他糾纏上。他找我好幾次，要我別嫁給你……」

「別聽他媽的胡說八道……」

「你聽我說！那時候，我已經愛上你，從沒給他一句好話，可是他不死心。元旦前三天晚上，他、他他就把我，強暴了……」

如今想起，而且是面對自己曾經深深愛過的朱紫橙，林香梅不禁傷心起來，淚如泉湧，只是強忍著沒哭出聲。她覺得應當把真相告訴他，不願意讓他恨她一輩子。那實在是不堪回首……那些天，林香梅跟朱紫橙一樣，做夢都盼著元旦早日到來。

他們的婚事，在她自己看來也倉促。原來，她曾發誓事業不成功，不到三十歲不談婚戀。她有一大串追求者，但從沒有像朱紫橙這樣痴情而狂熱的。在朱紫橙持久而猛烈的進攻下，加上家裡逼嫁，她投降了，甘當俘虜。朱紫橙要她快點結婚，她幾乎沒有任何異議。只有一樣沒順著他，就是婚前做愛。

第十四章　真相

關於性，林香梅也早感覺到，想得很多，一是怕婚前懷孕，二是想求個名符其實的新婚之夜，隱隱約約中似乎還有點不大信任的因素。現在想來，實在可笑，笑自己太落伍，太幼稚，太固執。否則，哪會有今天？

當然，罪魁禍首是黃新后土。他跟朱紫橙剛好相反，大大咧咧，不顧後果。他不怕同學們嘲笑，敢當眾說愛她，還公開發誓要娶到她。關於他在自家院子裡種梅的事，早已在同學當中傳開。但不知怎麼，她就是不為所動，甚至反感，還賭氣說這輩子嫁不出去、上庵當尼姑也絕不會嫁給他。

跟朱紫橙的婚事定下，她的心也安定了下來。從此，她不用再想像跟自己同床共枕的男人將是什麼樣，不愁那些老老少少的追求者不好應付，不怕父母再逼嫁，可以清靜，安寧。所以，也放鬆了對黃新后土的警惕。

那天傍晚，魏萍說幾個同學聚會，朱紫橙也會從鄉下趕回來。她打電話問朱紫橙，沒回話，以為是到村裡了，或是已回來在路上，訊號不好。傍晚，魏萍替她調了班，到翠竹園飯店。沒想到，只見黃新后土一個人。林香梅在門口駐足，急忙思索對策……「大美人到，快請進！」黃新后土正用手機講電話，見林香梅到，馬上關機，迎上前握手。「他們馬上就到！」

林香梅淡淡地笑了笑，應付地握了一下，進去坐在跟黃新后土隔了幾張椅子的位置上。她想，如今不是小女孩了，對追求者應當予以尊重。再說，像那首歌唱的：「因為明天，我將成為別人的新娘，讓我最後一次想你」。不過，不能把我的朱紫橙視為「別人」，今天見黃新后土也不是「想」的問題。

三人坐在飯桌上邊等邊說笑，主要談畢業分手幾年情況，偶爾涉及黃

新后土追林香梅的往事……「是嗎?」林香梅裝傻。「我怎麼不知道?」

瓜子啃掉了半碟,還沒其他同學來。魏萍說她肚子很餓,先吃算了,邊吃邊等。

酒和冷盤早就上了。酒是白酒泡檸檬。三個人你敬我、我敬你,菜沒上,一瓶就喝光。魏萍說去叫酒,一去不回。林香梅雖有點飄飄然,還是意識到不妙,藉口上洗手間想逃。黃新后土識破她的企圖,說是去洗手間可以,皮包留下……林香梅發怒:「你想幹什麼?」

「求妳聽我說幾句!」

「我不聽!」

林香梅要走,寧可不要皮包了。黃新后土搶上前,用背擋住門……「讓開……讓開……請你讓開……我要喊了!」

「妳喊吧!把110喊來我都不怕!我只是想要妳聽我幾句話!」

「我不聽!我不聽!我什麼都不聽!」

「我要妳聽!但請妳放心,我保證不會強暴妳!」

黃新后土仍然擋著門。林香梅無奈,覺得有點頭暈。那一瓶酒,她一個人全喝了也沒事。現在,是被氣昏了頭。她嘆息一聲,退回餐桌,坐下來,雙手揉著頭:「你說吧,給你兩分鐘!不過,我告訴你,你要說的那些話我早就知道了。還有,你別忘了,再過三天我就要跟朱紫橙結婚!」

「不要跟他結婚……」

「你沒權力說這話!」

「我是真心愛妳的!你知道,早在國中的時候……」

「不要扯太遠!還有一分鐘,有什麼直說。」

第十四章　真相

「妳能不能遲兩年結婚，給我一個平等競爭的機會？」

「不可能！」

「真的？」

「你不要浪費時間。」

沉默。

沉默了好幾分鐘。黃新后土仍然依在門上，林香梅依然在揉自己的太陽穴……「好吧！既然愛妳，就愛妳的一切，包括妳的選擇。請妳接受我真心的祝福好嗎？」

「嗯。謝謝！」林香梅起身離開，黃新后土連忙閃開……到大門口，黃新后土叫一輛計程車，讓林香梅坐上。然後，說聲「我送妳」，不等林香梅答應，就坐到她身邊。

林香梅仍有點暈，渾身燥熱。黃新后土不死心，她感到意外。但就這麼放過她，也感到意外。她覺得他跟當年相比有所不同，更成熟，更理智。她想也應當用理智對待他，讓他送一程，並讓他送到自己宿舍，還跟同住的女同事介紹這是老同學。然而，接下來的事她就越來越糊塗了……第二天醒來，太陽已經照進窗。林香梅第一個感覺是有點疼，馬上又覺得身子赤裸……睜開眼發現黃新后土跪在床邊：「妳打我吧！都是我不好！」

林香梅一切都明白了，瘋了……

事後，直到結婚後，黃新后土堅持說他只是請魏萍幫忙設計會見林香梅，並沒有打算強暴，而做愛時，她預設……「我怎麼可能同意呢？」林香梅咆哮道。「朱紫橙那樣要求我都沒同意，再過三天就要進洞房了，我怎麼可能同意你！」

黃新后土堅持說是她同意。林香梅只能懷疑魏萍做了手腳，在酒中放

了什麼藥，而且支開了跟她同住的女伴。後來，那女伴承認是魏萍拉去陪上司打牌打通宵了，但酒中是否下藥，找不到證據。黃新后土說有這種可能，但堅持說根本不知道。

林香梅堅持認為是強暴。今天，儘管已經嫁了黃新后土，面對另一個受害者，朱紫橙，她仍然這麼說。

真相居然這麼簡單，朱紫橙大感意外。我怎麼一直被矇在鼓裡？我怎麼一點都沒懷疑？我怎麼早不知提防他？

朱紫橙怒火中燒：「這狗娘養的……我要殺了他！」

「別激動！」

「這王八蛋，把我們害好慘！我們告他！強暴，完全可以告他！」

「當時，我也想告他。可是，你想，一告大家都知道，你叫我怎麼做人？」

「現在什麼年代了？」

「我知道『笑貧不笑娼』，可這強暴……一個小縣城，隨便幾口唾液都可以把你淹死。」

「我們離開這鬼地方！世界這麼大……」

「你還會有這心思？」

「……什麼意思？」

「被人強暴了，你還要我？」

「這……當然不是好事。但是，但我……但我不會計較！」

「不會？你不是說黏過人家口水的東西都不吃嗎？」

「我……我是說過。可是，這、這不一樣！」

第十四章　真相

「就算你心懷寬大，我自己心裡也過意不去。太突然了！剛剛婚前體檢還是處女，突然變了……只有三天，就算三十天、三個月、三十年，我也無法適應。我不知道怎樣面對你，不知道怎樣向你解釋……」

朱紫橙想：確實啊！我也不知那時候會怎麼反應，肯定會找那王八蛋算帳，說不定也是一樁人命案……「還有：萬一懷上他的孩子，又跟你結婚，搞不清楚，生下來才知道，怎麼辦？你看蓓蓓……」

朱紫橙的確真的沒想過。

「你想想，那會是怎樣一種後果？」

朱紫橙回答不出來。

「所以，第二天我就去醫院檢查。醫生說要一個月後才查得出來，所以我只好請求你推遲婚期或者婚後一個月不發生關係。沒想到一個月過去，醫生說沒查清楚，還得半個月，我只好求你再推遲。半個月又過去，檢查出來果然懷孕，當即立斷做人流手術，可是當天你就克制不住，半夜回來。我迷迷糊糊醒來，也缺乏冷靜，終於釀成大禍……」

「全怪我啊，我真該死！」

「我沒有全怪你！警察到醫院，我撒謊說那凶手蒙著面，長得特高大。我想現在社會燈紅酒綠，聲色犬馬，到處是性的誘惑、色的陷阱，你還能潔身自好，恪守愛情，婚後又克制了四十多天，真不容易啊！我很感動，覺得我很對不起你。你砍我幾刀算是報應，算是扯平了。」

林香梅確實是這麼想。慘案發生後，她第一次甦醒過來，不知何時。第一感覺是痛，渾身疼痛，似乎馬上意識到怎麼回事……「唉喲」林香梅無力地呻吟一聲。

「好了，終於醒了！」

「姐」

「不要吵她！」

林香梅聽到了人們的話語。那叫姐的，顯然是自己妹妹，其他應該是護士。聲音不夠清晰，雜音很多。林香梅睜開雙眼，發現有些白光，但有的縫隙特別亮些。於是，她明白自己被滿頭包裹了，外傷不輕。再動動手，沉重，有附著物，顯然還在掛點滴。過了多久？現在是晚上還是白天？朱紫橙在哪……林香梅想，繼續不知道多好！怎麼沒死？就那樣死了多好！可是我沒死，還得起來，還得走出醫院，還得面對這個充滿了愛與恨的世界。想到這，林香梅又感到頭疼。此時此刻，痛的不僅皮表，還有七竅，還有心靈深處。她不願再想什麼，想逃避，想繼續昏迷，甚至想死。逃著逃著，好像閉著兩眼漫不經心地跑著跑著，不久又昏睡過去……再一次醒來，是因為餓。那是在自家廚房，媽炒花生米，很香很香。媽用鍋鏟拿起幾粒，放在灶臺上涼，想等會兒嘗一下是否熟。林香梅在旁看著，禁不住誘惑，抓起就往嘴裡塞。媽生氣了，拍打她的手：「餓鬼呀！這麼燙的東西吃了不好！」這一罵，她醒了。她隨即意識到那是夢，現實是躺在醫院病床。她張了張嘴，感到口很乾……「香梅！」

「你？」林香梅發現黃新后土的聲音，馬上警覺起來，掙扎起來。「你來幹嘛？」

「這幾天，多虧了你這同學幫忙照顧。」母親的聲音。

「我不要他照顧！」林香梅覺得又惱又羞，奮力掙扎。

「她可能想吃點東西了！」黃新后土說。經他這麼一提醒，媽媽餵食物。

「你是罪魁禍首！」林香梅這樣想，但沒力氣說出來。要不是他強姦，她跟朱紫橙的蜜月肯定甜蜜無比，哪來新婚反目，血濺洞房？如今，他倒

第十四章　真相

是來看熱鬧，來羞辱。想到這，她再次掙扎著說：「你⋯⋯滾！」

「那好，我先走，我不打擾了，你好好休息。」黃新后土邊走邊說。「有什麼事，打我手機！」

後一句是交待母親的。林香梅想說「我永遠不想見你」，但沒力氣說。

黃新后土走了，母親餵食的時候，她想：朱紫橙呢？他到哪去了？自殺了？被抓了？跑了？丟下我不管了⋯⋯林香梅淚如泉湧⋯⋯「梅仔，莫哭哩！」母親給她揩紗布上滲出的淚水。

聽到母親抽泣聲，林香梅不吃了，拚命咬著牙。不能失聲痛哭，不能再傷母親的心。但她不能不想，而且居然會想：黃新后土敢做敢當，強暴了並沒有跑；朱紫橙就顯得太沒責任心了。這麼想著，她對黃新后土頭一次產生好感，而對朱紫橙頭一回生恨，不是恨殺她，而是恨丟下她⋯⋯剛吃了點東西，有點精神，警察就來了，要求談談慘案發生經過。

這可不是輕鬆的事。行凶殺人，主要是仇殺、情殺和謀財害命。那麼，我這種情況屬於哪類？仇殺，我二十餘年與人為善，父母雖然得罪了些人但沒什麼私仇。一分錢也沒丟，謀財害命明顯說不過去。那麼，只有情殺，特別是一個女人，而且是一個美麗女子。說丈夫為了做愛而殺妻子？笑話！何況，我已經對不起他了，再讓他為我去坐牢，那只會更讓我內疚。這麼一想，林香梅拿定主意，輕描淡寫說：「我已經睡著了。突然，有個人到床邊來，要非禮。我逃到廚房，堅持不從，他便行凶⋯⋯」

「凶手相貌怎麼樣？」警方追問。

「不知道。蒙面。」

「他個頭大還是小？」

「很大。」

「大概幾公分?」

林香梅心裡一驚。朱紫橙個頭不高,難道懷疑他了?她肯定地說:「至少一百八十公分。」

「凶手是從房門進去,而且沒有撬的痕跡,怎麼回事?」

「不知道。」

「非禮的目的是強暴,而非殺人。如果要殺,那也是無奈,殺了趕緊逃命。而在本案中,凶手連砍十餘刀,不像一般姦殺,而像仇殺,好像有滿肚子的仇恨要發洩,這怎麼解釋?」

「這要問你們!」林香梅佯裝生氣。「我如果能解釋,我也會當警察!」

警方單刀直入:「你們夫妻感情不錯吧?」

「很好!」

「那麼你丈夫呢?」

「出差了。」

「怎麼還沒回來?」

「你問我,我問誰?」

後來,警察還來問了幾次,均感失望。

林香梅對朱紫橙說:「我不開口,他們拿你沒辦法。」

「我欠妳的,一輩子都還不清……」

「無所謂誰欠誰了。」

「不!我要妳重新嫁給我 —— 還給我!」

「別說傻話了,我心裡已經沒有你了……」

第十四章　真相

「妳騙人！」

「沒必要騙你。你說：你還是以前那個朱紫橙嗎？」

「我……我對妳的愛還跟以前一樣，我們的愛情永遠、永遠不會變！」

「以前那個林香梅死了，我們的愛情也到那終結了。」

「是中止，而不是終結，現在應該繼續！」

「不，這輩子我不可能再愛了！曾經滄海難為水，除卻巫山不是雲。以前那個朱紫橙也死了，以前的愛情不可能復活，我不可能再愛你現在這個朱紫橙。」

「那妳怎麼……怎麼……怎麼偏偏跟他……」

「他早在追我，這你知道，但我從來沒有理會他。如果沒有那場災禍，我永遠不會嫁給他。那場災禍發生後……你知道後果多嚴重嗎？」

朱紫橙無法想像。

「第一次看到我現在這副模樣，已經是兩個月後。他們儘量讓我晚一點揭開面紗，我小妹，黃新堇，講了一大堆殘疾人的故事。我知道，這是打預防針，要我有心理準備。在那漫長的幾十個日日夜夜，我也一遍遍埋葬了那個如花似玉的我，做好了浴火重生的充分準備。可是，當我第一眼看到自己的真面目時，還是嚇一大跳。我只看了一眼，至今只看過那麼一眼，而且是驚慌一瞥。看完那一眼我就緊閉上，發誓不看第二眼……

「容貌是女人的第二生命。有幸生得美麗，我多麼感激父母啊！從小，我就知道怎麼小心呵護這份來之不易的資本。長一粒小痘痘，會幾夜睡不好。外出打工，之所以沒去做苦力活，就是怕過早損壞這張美麗的臉蛋。可是現在，一下就……全毀了！我第一個感覺是：完了！這輩子完了！這輩子全毀了！如此恐怖，如何見人？如何活下去？我想到死，決意一死了

之……「沒想到，黃新垕不嫌棄。他整日跟我妹妹一起陪我，勸慰我，幫我做面罩，鼓勵我正視這個世界，還向我這個醜八怪求婚。當然，他不知道這場慘禍的直接原因，至今不知道。他沒忘記強暴了我，不過堅持說那是我願意，也就是說我和他相愛。他說臉面毀了不要緊，身子還是那個美麗的身子，還是那個善良的心地，依然是一個可愛的妻子……

「黃新垕想了很多辦法讓我恢復生活的信心。他買一個筆記型電腦送到病床，讓我生活在更廣闊、更豐富的世界裡，感到生活對於我依然美好。我沒臉見人，足不出戶，但我可以隨時在網路上暢遊世界，一即時了解世界各地最新發生的各式各樣的事，可以跟各地的人促膝談心，生命依然絢麗多彩。我創辦了『愛在旅途』網站，頗受歡迎。也因為毀容，這輩子不想生兒育女了，但我想像拉拉那樣以己之力影響更多的人熱愛大自然，熱愛真善美。我不能在生活中展現微笑了，就在網路中盡情地展示我的微笑。同時，有廣告收入。這樣，我還能夠自食其力……

「我恢復了生活的勇氣，找回了人生的價值，也重新理解了愛情與婚姻。我覺得黃新垕可愛了，答應他的求婚。不過，我提了個條件。我向法院提出跟你離婚，在報紙上刊登公告，請你在半年之內回來跟我辦理離婚手續。我跟黃新垕說，如果你在期限內回來，如果還愛我，那麼我還是與你為妻。結果卻失望，就讓法院判了……」

「我不怪你！」聽到這，朱紫橙痛心不已。那些日子，我在哪裡？只顧自己逃命，跟阿貓尋歡作樂，還有什麼資格說愛……「婚後這些日子，他對我恩愛如初。」林香梅繼續說。「以前有你的愛，現在有他的愛，都是真摯而又熾熱的。沒有幾個女人能享受到真正的愛，更不能一次又一次享受，我三生有幸啊！」

第十四章　真相

　　林香梅終於泣不成聲，淚水溼透了面罩⋯⋯

　　朱紫橙沒勇氣望她，埋下頭，半天說不出話。朱紫橙想，黃新后土最終贏了，我徹底失去了林香梅，可是我仍然強烈地愛著她啊！愛是什麼魔，怎麼這樣「剪不斷，理還亂」？

　　朱紫橙恨自己，恨林香梅，恨黃新后土，恨魏萍，恨不能像武松殺王婆一樣殺了她！可是，朱紫橙又覺得很累很累，像林香梅那時說的是心累，累得提不起刀。他突然想休息，好好地休息，遠離紅塵，像梅福，像尼姑和尚一樣，伴著孤燈青影聊度餘生⋯⋯失去了她的愛，往後怎麼活？活著怎麼能沒有她的愛？

　　朱紫橙想自盡，又想沒意義了。他想剃度削髮，又想那寺門廟扉關不住自己的心，我的心還多麼愛她啊！她把我的心丟擲回來了，卻又不能把它塞回自己的心窩，怎麼辦？只有把我的心鎖上腳鐐手銬，囚禁到死牢。對，就這麼辦！越快越好！我該離開這裡，離開林香梅，離開我和她的那個梅雨季節⋯⋯這麼想著，朱紫橙低著頭起身啟步。

　　「等等。」林香梅取出一個小鐵盒遞給朱紫橙。「這是那條紅豆項鍊。他們撿起了，我重新串好，我知道會有機會還你的。」

　　朱紫橙忍不住又跪到她面前，雙手捧盒獻上：「讓我為妳重新戴上吧，我還會種播一片紅豆林！求妳了！」

　　「但願來世吧！」說完，轉身走進套房裡面。

　　林香梅走得很急，逃回深宮，埋進被窩痛哭。那無數通電話，那長長的紅豆項鍊，那柔腸寸斷的網路祭弔，都過去了，但還有一個夢，紅豆林，仍然不時地誘惑著她，而理智又告誡她必須拒絕這誘惑⋯⋯步出林香梅的房間，朱紫橙覺得小鐵盒很沉，腳步更沉⋯⋯「現在去哪？」李局長

看朱紫橙一副委靡不振的樣子，連忙迎上。

「去看我爸媽，然後去自首。」朱紫橙如喪考妣，手捧紅豆項鍊盒如捧骨灰盒。

黃新后土也迎上，善心大發：「我送你！」

朱紫橙睥睨一眼，沒理他。朱紫橙雖然徹底輸了，但比此前什麼時候都更討厭他。

園中的梅花，朱紫橙覺得特別刺眼。林香梅怎麼可能愛他呢？真不可思議，然而這是現實。朱紫橙總以為：愛情是聖潔的，崇高的，永恆的，死神也望而卻步，沒想實際卻如此不堪一擊，連強暴犯都能贏我⋯⋯究竟是誰的錯？是林香梅遷就了現實，還是我遷就了理想？

朱紫橙不知道，也不想再想了！讓我忘卻這一切吧！

第十四章　真相

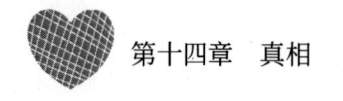

第十五章
審判

第十五章　審判

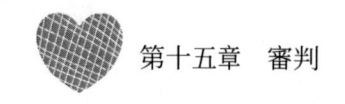

通往家鄉的路變得光亮起來，遊覽車來往不斷。

「種瓜得豆。李局長，看到這景象，你心裡什麼滋味？」朱紫橙突然問。

李局長說：「旅遊也能賺錢，有什麼不好？再說，搞電站力跑了那麼多資金，買竹排、修碼頭什麼的，都派上用場，我們的心血沒白費。哎，到三浪橋了，我們下車看看！」

朱紫橙佇立在石拱橋上，舉目四顧，一草一木都似曾相識。這條路，從小到大，朱紫橙走過無數回。驀然回想，首先想到是那一次跟林香梅一起走，他們還在牌坊下的紅樹下做過一個很美很美的白日夢「我常想，什麼時候能弄些紅豆種子來，在這一路播撒過去。」林香梅依在紅樹上，進入無邊的遐想。「將來，種子發芽了，出苗了，成樹了，長大了，初夏時節，一路是幽香的小白花；深秋時節，又一路鮮紅的小紅豆，一路是詩，一路是愛……」

「那太美了！」我吻了她。「這件事，就交給我吧！我保證弄一堆紅豆種子，我們一起來播撒。將來，一路上……一條長長的紅豆林，我們到這林間漫步，手拉著手，還有我們的兒子，或者女兒……」

「你想哪去啦！」

「還有，一到金色的秋天，我們就和兒子或者女兒到這來撿紅豆，撿很多很多，串成很多很多紅豆項鍊，每一條都跟我們創金氏世界紀錄那條一樣長，免費送給所有相親相愛的人們，讓紅豆項鍊比金項鍊、銀項鍊更時髦，滿街看過去是紅紅的……」

如今，林香梅早就忘了，早就不想要了，我怎麼還記得它？我怎麼還帶著那條紅豆項鍊？

朱紫橙返身到車上拿來小鐵盒，把蓋開啟，取出紅豆項鍊，狠狠地將

線扯斷。紅豆上還染著血斑，黑色的底端也變血色，分不清豆紅還是血紅，血染的紅豆分外刺眼。他每拿起一把紅豆都吻一下，然後拋入溪中：紅豆啊紅豆，遠遠地漂吧！漂入河裡，漂入大海，漂到我們來世去！

是的，海有枯的一天，石有爛的一天，世界終究有末日的一天，但我和林香梅……我和林香梅的婚姻關係可以變，我們的性關係可以變，但我們的愛情永遠永遠不會變！永遠……突然，朱紫橙眼前不知怎麼閃現一個曾經做過的惡夢：被一條長長的紅豆項鍊似的鐐銬鎖住雙手和雙腳，又像絞索一樣套住脖子，而兩個陰間差吏用皮鞭惡狠狠地驅趕他往冰箱似的寒冷地獄。他本能地緊閉上兩眼，驅趕那個惡夢，手上的小鐵盒落入溪中。那小盒像一葉小舟，隨波逐流，飄飄蕩蕩，很快就不見了……李局長問：「要不要下去漂一下竹排？」

朱紫橙回過神來：「不了。」

「要不要上丹霞巖去一下？哦，對了，張娜在上面。」

「張娜？」

「就是那個小盧的女朋友。」

「她怎麼在這？」

「她出家了……」

「她會出家？」

「怎麼講呢？她來好久了！要不要去看一下？」

「我看，還是算了。」朱紫橙猶豫著說。「見了面，難免談到過去，談到盧如騰，談到林香梅……唉，我看還是算了！」

想到父母親，朱紫橙的心情更是沉重：「算了，家也沒什麼好去的！

第十五章　審判

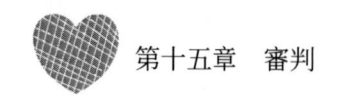

又不是衣錦還鄉，無非多幾把眼淚，在鄉鄰面前多丟一次臉，何苦？」

「你自己看吧！」李局長道。

「我看，還是算了！」

滿天夕陽照得森嚴的警察局大門一片火紅。朱紫橙不由自主地回望一眼，心中無限留戀。出這道大門，將是何年何月？

朱紫橙正要邁進警察局大門的時候，李局長突然一把拖住他：「我為你餞行一下！」

車子掉頭到一個小酒館，辭了司機，要個包廂，李局長和朱紫橙一對一。沒等上菜來，一連乾了三杯。滿腔的話語不知從何說起，只有喝酒，兩眼一對視，微微一笑，杯底朝天，似乎什麼都說了，什麼都理解了。等菜的空檔，李局長說：「實話告訴你，警方掌握了你的行蹤，但他們認為你不是預謀犯罪，又『殺人未遂』，還要去看林香梅，說明你良知尚存，就想成全你。他們要求我配合。從黃新后土家裡出來時，你說要自首，我去洗手間時打個手機，告訴警方，請求再成全你一下，他們也同意了……」

「這麼說，他們正在等我？」

「嗯。不過沒關係，儘管多喝幾杯，等到半夜他們也會等。」

「還沒見過這樣抓人的，有意思！」

「他們要是等急了，肯定會先通知我。」

「李局長，我真的要好好感謝您！」

「謝什麼啊，我也要謝你哩！沒有你鞍前馬後幫著跑，那麼多錢上哪去籌？他們怎麼會升我的官？」

「哦，果然高升了？」

「我想也沒想過他們還會給我個安慰獎，副主席，還在農業局上班。」

「這麼好的事，我還不知道呢！祝賀你！」

「這有什麼好賀！這年頭的烏紗帽，大雨天的斗笠似的，什麼時候給吹走都不知道。」

「不管怎麼說，升官總是件好事。」

「這年頭，要活下去，要做點事，難免不犯點錯，只是有多有少，有輕有重，有的被抓到，有的沒逮著。你的事，也別太難過。金鑾殿要有人坐，牢也要有人坐……來，喝酒！別想那些亂七八糟的了，喝它個一醉方休！今天不喝，進去了想喝也沒得喝，等你出來，那是……我不知道在哪了！」

「升縣長了！」

「那真是要等下輩子！我是說，到時候我在不在世上都是個問題。」

「你怎麼那麼悲觀？」

「不是我悲不悲的問題。人生就這樣，今天不懂明天的事，更不懂後天、大後天的事。」

「我真不明白，怎麼到這地步。究竟錯在哪一步？難道說愛林香梅是個錯，從一開始就錯了？」這麼尋思著，朱紫橙猛地自飲一杯。

李局長陪一杯，但接不上話。朱紫橙也不說了，只是想著，不時搖搖頭，傻笑冷笑乾笑……酒喝七分，李局長起身，開門望了望外面，回來坐下，點起菸，淡然說：「我還不算醉，想說一句清醒的話：我想把你放了。」

第十五章　審判

朱紫橙吃了一驚：「不怕追究？」

「我喝醉了！」

「說得過去嗎？」

這時，李局長脫下帽子，露出個大光頭，又將整個腦袋摸了兩週：「怎麼樣，好看嗎？」

朱紫橙禮貌地笑了笑，不知怎麼回答。

「你失蹤後，我也倒楣，查出胃癌……」

「真的？」

「化療幾個月，基本上控制住，頭髮都掉光了。」

「唉……我不知道……人家都說，大難不死必有後福……」

「這把年紀了，還有什麼後福可談！生死，早就看淡。」李局長用菸屁股點燃一支菸。「十歲那年，上山砍樹，被毒蛇咬了。要不是你們村幾個人幫忙抬出山，我早就死了。後來當兵，一想起被蛇咬的事，就特別不在乎生死。那年打仗，我們尖刀排深入敵後，他媽的，被抓好幾個。後來，送回來四個『大冬瓜』……你知道什麼叫『大冬瓜』嗎？」

「不知道。」

「就是把手腳四肢都砍了，叫你生不如死。你說那些人多可惡？每當我想起這些戰友，工作就特別起勁，生活也特別起勁……來，喝，能喝就喝，不能喝拉倒！」

他們又連乾三杯。

「你會不會覺得，人有時候要犯點錯也不容易？」

「我倒不覺得。相反，我覺得太容易了，一不小心，人命案都犯下。」

「那是你，衰鬼！想想我這輩子，認真說起來，違法亂紀的事也沒少做過，有些東西真的說不清楚！所以，我真想勸你逃走。我這樣的人，這點錯誤犯得起。聽我的吧！」

「我是說沒必要。」

「沒事！他們也不是真的想抓你。林香梅不肯開口，他們可以裝糊塗……」

「我是說沒有逃跑的必要。反而我現在覺得很需要監獄的高牆和槍口，來逼著我遠離這個鬼地方！遠離林香梅！遠離那個纏綿悱惻的雨季！」

午夜，正要搖搖晃晃地遘進警察局大門的時候，朱紫橙突然想起一些事，向盧如騰和阿貓分別打電話。阿貓劈頭就說：「你再沒音訊，我要報警了！」

「不必妳麻煩！此時此刻，我正在警察局門口。」

「我以為你把我忘了。」

「哪能忘呢？」

「怎麼不可能？以為她死了，還那麼愛她。現在，她活生生的，如花似玉……」

「好了，別說了！」

「我都不怕酸，你還怕甜？」

「實話告訴你吧，她改嫁了。」

「啊，那你怎麼辦？」

「涼拌！」

第十五章　審判

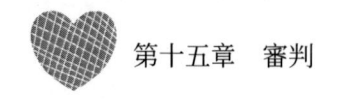

「那你還不趕快回來？」

「不，我不去了⋯⋯」

「真的一點都不愛我？」

「我不知道⋯⋯我⋯⋯越來越不知道什麼叫愛。」

「管它！兩個人知道怎麼過得好就行！」

「妳別說了，我真的不可能回去了！」

「為什麼？」

「我要去投案。」

「投案？你犯了罪嗎？」

「嗯。」

「不可能吧！」阿貓大嚷起來。「你騙我！你要逃避我儘管逃好了，何必騙我？」

「我沒騙妳，—— 不，以前倒是騙了妳。實話告訴妳吧，我殺了妻子，因此逃到妳那。現在，發現她還活著，但她不愛我了，我只好去投案⋯⋯」

「你是說⋯⋯警察沒抓你？」

「沒有，我找他們。」

「會有你這樣的傻瓜？」

「妳不明白。」

「到底誰不明白？」

「隨妳怎麼說吧！」

「回來吧,大傻瓜!我們結婚吧,我愛你!」

「我知道。但是……」

「別但是了,快回來!像以前一樣……不,比以前更好,我們可以名正言順……」

「我的心還在林香梅那。」

「我理解。很快就會過去,用不了多久……」

「別說了,再見了!」

「等等!千萬認真考慮一下,三思而行,世上沒有後悔藥……」

「再見!哦,等等!天堂網上的林香梅紀念館,麻煩幫我撤銷。」

「這點小事好說。問題是,你明知她是別人的……」

匆匆道了聲再見,朱紫橙掛斷電話。阿貓回撥過來,朱紫橙不接。李局長看不下去,搶過來接。阿貓在電話裡說了一大堆,讓李局長將手機遞給朱紫橙,可是他仍然不接。於是,阿貓問李局長,朱紫橙犯了案要自首是不是真的。李局長如實告訴她。接完電話,李局長問朱紫橙:「這女的是什麼人?」朱紫橙淡淡說:「一個熟人。」

「我看熟透了吧?」

「隨你怎麼想。」

「聽聲音,聽她講話,好像不錯吧?」

「嗯。」

「那為什麼拒絕她?」

「你知道,我忘不了林香梅。」

「並不衝突啊!」

第十五章　審判

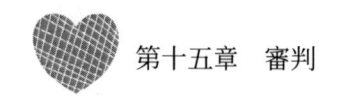

「不，衝突……很衝突！」

「我是說……」李局長忽然放小聲音說。「我之前說的，你還可以考慮，最後考慮一下，現在要跑還來得及。再遲一步，等邁進去一腳，後悔可來不及了。怎麼樣？」

「謝謝！雖然不是深思熟慮，但我感覺到了……感覺到該這麼做。我不會後悔的！再見吧！」

「我不請求寬恕，只請求從快判決，儘快強制我遠離這個地方！遠離林香梅！遠離這個纏綿悱惻的雨季！」向警官毫不保留地陳述完犯罪事實，朱紫橙最後只提這麼一個請求。

一名警官對朱紫橙笑了笑，沒答覆什麼，叫旁邊的警察把他帶下去。

「如果每一個犯罪嫌疑人都這麼乾脆，我們起碼可以多活十年！」朱紫橙一出門，兩個警官議論起來。

朱紫橙在警察手上輕鬆過關，到牢房可不輕鬆。他到警局已是午夜，初步理一下案情，差不多快天亮了。牢房門一開，一股熱烘烘的臭氣撲鼻而來。裡頭有五個人，都還睡著，有的鼾聲震天。看守一離開，一個猴精似的中年男人就醒了。他側躺著，一手撐著腦袋，平靜地命令：「過來──！」

曾經聽說過，一個牢房就是一個黑社會，新進來的得服從資格老的，特別是頭目，否則有吃不完的苦頭。這麼一想，朱紫橙心中有數了，老實走近那傢伙的床沿。沒想到，那傢伙猛地跳起來賞他一巴掌：「跪下！」

朱紫橙眼前金星直冒，一肚子怒火，但他知道，多抗拒只有多吃虧。他照辦了，鼻子一酸，真想流淚……「帶了什麼孝敬老子？」這時，其他傢伙紛紛醒了圍過來，並也要「孝敬」。

「沒……沒什麼，被搜身了。」

「打算不打算孝敬啊？」

「一定！一定！」朱紫橙想也沒想，一口應承。

「那好，先饒了你！」那傢伙懶洋洋起床。「那馬桶提過來！」

朱紫橙噙著眼淚照辦。等那傢伙開始拉屎，他終於忍不住，跑到門口痛哭……

「來呀，替我擦擦！」那傢伙彎起身子，翹高著屁股嚷道。「沒聽到是嗎？」

「不！」朱紫橙咬牙切齒。「你憑什麼　　」

「來呀！我們這有什麼規矩，教教這小子！先叫他嘗嘗老子拉的新鮮不新鮮！」

那傢伙一聲令下，其餘傢伙全都起來了，並有兩個衝上前，一人剪起朱紫橙一隻手，將他押回馬桶邊，又強按他的腦袋進裡頭，看樣子絕不是嚇唬……「不！我擦！」朱紫橙掙扎著大叫。「我擦！」

侍候完這個，接著第二個、第三個。有的人沒屎，拉尿也得給端馬桶。有的人覺得不過癮，還要在他身上活動活動手部關節……才一個早上，朱紫橙就覺得待不下去。那頭目威脅說：「如果你今天就有本事從這裡出去，你去告狀好了。如果沒那個本事，在這裡一天，你就得服侍老子一天！」

怕犯罪嫌疑人串供，未決犯不准探視，但朱紫橙是投案自首，案情一目了然，加上李局長下了點工夫，警方破例。

第三天一早，李局長帶盧如騰來探視，帶了滷雞、滷鴨和香菸。沒有

第十五章　審判

接見室，就在所長辦公室。一見李局長，如同流浪兒終於見到娘，朱紫橙忍不住大哭……「別這樣，這樣不好。既然到了這地步，生屎都要吃下去！」李局長用俚語勸慰說。「來，吃點東西！」

沒有筷子，朱紫橙用手抓，狼吞虎嚥。但他忽然想到牢房裡那群惡狼，連忙說：「吃很飽了！」

李局長問：「有什麼為難是嗎？」

「沒，沒有！」朱紫橙慌忙掩飾。「過兩天就要過年了，我想留點……」「過年我們會再來呀！」盧如騰說。

「哦，借我點錢吧！」朱紫橙請求。

李局長和盧如騰似乎什麼都明白了，但沒點破，一人給他四千元。

沒幾天，阿貓千里迢迢來看朱紫橙，路上就哭成淚人兒：「我替你請了一個全國有名的律師，他說像你這樣的情況判不了重刑。」

「別浪費錢了，我不想辯護！」

「怎麼這麼悲觀呢？你還年輕，日子還長啊！」

「妳不是說『世界末日』要來嗎？」

「你不是說不可信嗎？」

「的確，但我不一樣，我願意肝腦塗地，願意用血來洗涮我的罪孽！」

「你可不能這樣啊，不為你自己，也要為我想想！」

「妳不是好好的嗎？」

「還有這裡呢！」她指了指自己的肚子。

朱紫橙大吃一驚：「妳怎麼能肯定是我……」

「當然是你呀！他一年沒回來，你還想賴啊？」

「就算是我的，去醫院做了不就得了！」

「我不要！他不回來了，你也不在身邊，我孤零零守空房？」

朱紫橙無言以對。

不久，真的有一位大名鼎鼎的律師來見朱紫橙，說是阿貓請來的。朱紫橙見都不見。他捎話給律師：「請轉告阿貓，我已經替自己判了死刑，請她自己多加保重。」

才一個多月，就開庭訊問朱紫橙蓄意殺人案。

這一天，下著大雨，旁聽位上座無虛席。這案子太引人注目，媒體記者等著這一天。早在朱紫橙向林香梅求愛時，那條創造金氏世界紀錄的紅豆項鍊就引起媒體的關注。凶案發生，儘管警方緘默，還是有人寫了〈血染的紅豆〉之類文章，在報刊和網路上到處轉載。如今，這齣戲到高潮了！

朱紫橙的父母來了，始終流著淚……

黃新后土來了，始終充滿著仇恨……

身著灰色僧衣的張娜居然也聞訊而來。她站在最後一排，特別醒目。當朱紫橙兩眼逡巡時，她立即抬起手，揚了揚，並微笑示意……法官和檢察官一到，庭審正式開始。檢察官說，鑒於朱紫橙投案自首，可考慮從輕處罰。

被害人林香梅，本來要作為證人出庭。由於眾所周知的原因，她不便到庭。她的證言由黃新后土代為宣讀：「鑒於當時情況特殊，我本人對此悲劇也負有一定責任，且朱紫橙已對自己進行了良心的審判，建議免予刑事處罰。」

可是，朱紫橙平靜地向審判長表示：「我不請求寬恕，只請求儘快

第十五章　審判

　　判決，儘快強制我遠離這個地方！遠離林香梅！遠離這個纏綿悱惻的雨季！」

　　結果，朱紫橙被判有期徒刑十年。

　　朱紫橙沒有上訴，只是說：「我不請求寬恕，只請求儘快讓我服刑，儘快強制我遠離這個地方！遠離林香梅！遠離這個纏綿悱惻的雨季！」

第十六章
天堂

第十六章　天堂

　　兩座西北東南走向的高山之間，有一個五、六公里寬的盆地，一展十餘公里。其間，散落著七、八個村，還有第二監獄的九個大隊。朱紫橙在這裡服刑。

　　像朱紫橙這樣的自首犯，在監獄受到善待。何況，朱紫橙剛好落在趙隊長管轄的第七大隊。第一次訓話，趙隊長就認出朱紫橙，略微一驚，佯裝不識，繼續訓話。朱紫橙也認出，當然不敢高攀，甚至羞為相見。朱紫橙沒心思聽訓話，努力回憶那天晚上，清楚地記得，那天他們五個人去洗桑拿，結帳時發現有兩個人沒簽高額小費，也就是說沒享受小姐的特殊服務。一個是他朱紫橙，另一個不知道，當然不方便問。吃宵夜時他還暗地裡猜了另一個人，猜不出是誰。現在想來，會不會是趙隊長？如果是，說明這個人正派。當然，也有可能因為不信任，小費自己付，不讓他人留把柄。如果是這樣，那說明趙隊長是個十足的政客。

　　趙隊長始終沒有和朱紫橙相認，朱紫橙以為他忘記了。不過，朱紫橙還是受到挺好的待遇。監獄管理分五級，一般為C級，B級鼓勵，A級獎勵，D級警告，E級加懲。朱紫橙一到監獄即定為B級。剛好一名教員刑滿釋放，由他接任。白天備課，晚上上課，輕鬆得很。只有採「清明茶」大忙季節，才會要他下農地幹活。誰都說，像他這樣，減刑肯定沒問題，而且會減不少，好不讓人嫉妒。

　　這一天上午，上千名犯人在茶田採「清明茶」。遼闊的盆地，小山巒連綿起伏，全都覆蓋著深綠的茶叢。犯人的衣服背上，統一綴著大塊黃色的布，遠遠看去像星點小黃花，又像流動的活靶。每一隊犯人的旁邊，有個簡易的小亭子，站著荷槍實彈的武警。

　　犯人的手腳自由，但不能越過指定的界限，否則視為越獄，後果不言

而論。在允許範圍內,手腳要勤快,採到一定數量的茶葉。沒完成的要扣分,超額可以加分獎勵。

這一天上午,太陽越來越熱,躲得過太陽也躲不過熱風,突然有一個犯人往大山方向猛跑而去……喝聲:「站住!」

槍聲:「叭!」

那犯人像一個活靶,儘管他能跑,卻甩不開跟蹤的眼睛。可是,這一天的警衛是個新手,朝天開了兩槍後直射目標,不料一槍未中,也許太慌張。光天化日之下,哪曾料想會有犯人公開逃跑?

追了一陣追不上,只好作罷。茶園裡還有螞蟻群一樣的犯人,不能為了一個而放跑更多。

晚上,警方在大山附近布下天羅地網。村民反映,有人進村偷東西吃。趙隊長馬上帶人包圍這個村子,挨家挨戶搜查。一家豬欄邊,有一條黑影像驚弓之鳥,箭一般竄出。趙隊長立即開手電筒照去……「朱紫橙!」趙隊長突然叫出他的名字。

朱紫橙應聲跪下,慌亂中跪到石頭,痛得趴倒,但他隨即跪正……「再跑?」趙隊長厲聲喝道。「再跑,要你的命!」

朱紫橙不亢不卑說:「我要林香梅!」

「什麼?」趙隊長大感意外。

「我要林香梅!」

「林香梅是誰?」

「我的愛人!我要見她……我要見林香梅!求你們讓我去見她一眼……」

連夜,全監獄的犯人們被集中起來,宣布逃犯朱紫橙被抓回,處以關

第十六章　天堂

禁閉七天的處罰。然後，要求朱紫橙作檢查，保證不再逃。沒想到，朱紫橙一連三遍只說一句話：「我要見林香梅！求你們讓我去見她一眼！」

人們哄堂大笑。

到了禁閉室，朱紫橙仍然這麼亂喊亂叫，瘋瘋癲癲。人們懷疑：朱紫橙是不是犯「桃花癲」？

禁閉結束，趙隊長親自找朱紫橙談話：「實話告訴你吧，老李專門找過我了，要我好好照顧你……」

「謝謝！」

「可是你自己要爭氣呀！」趙隊長扶了扶眼鏡。「那個林香梅，我了解過，那已經是人家的妻子……」

「她是我的！」

「你該清醒了！這是監獄，不是談情說愛的地方！」

「我知道。可是我受不了！受不了她的折磨！受不了……」

「我知道，我理解！慢慢就會好的。時間是最好的醫生。多少人愛得死去活來，可是最後……」

「她不一樣！她是在我心裡頭……」

「把你的心思轉移開，很快就會明白……」趙隊長突然發現不知怎麼表達，轉而直接了當。「你不要當教員了，整天去勞動，晚上學習，讓勞動和學習充實你的生活！」

「那沒用！我試過！」朱紫橙認真地說。「我之所以來投案，就是想讓高牆和鐵絲網強行隔斷我與林香梅。可是沒用，一點兒也沒用！林香梅是在我的心靈深處，每時每刻都在。每一陣山風吹來……啊，那帶著百花的

幽香,特別是那紅豆花香,那幽香的山風一吹來,她就復活,就出現在我眼前,就可以擁抱到她,就可以親吻到她……」

朱紫橙繪聲繪色,充滿激情,出神入化。趙隊長不相信這等神奇。但朱紫橙堅持這麼說,他不能不重視,甚至推想:泉上,林香梅的地方,也是他的家鄉,就在大盆地東南方,難道她真有什麼會隨風飄來?

趙隊長有位同學姓魏,在另一個監獄當隊長。他仍然雄心勃勃,喜歡探索,主張改造罪犯要處罰,要教育,更要感化,試行軍事化與人性化相結合的管理方式,在同行中小有名氣。趙隊長跟他電話閒聊,偶然談到朱紫橙。趙隊長說:「相信吧,那實在太荒唐;不相信吧,我又不相信他會撒謊。你說我該怎麼辦?」

「既然這樣,我們做個試驗!」魏隊長說。「從泉上的方位看,你那裡是順風;再說你那是山區,有紅豆樹,現在又是紅豆開花的季節……也可能不太荒唐!你把那個犯人轉到我這來試試。我這裡跟泉上不順風,沒有山,只有海風,看看他還嗅得到嗅不到情人的幽香。」

「嗯,可以試試!」趙隊長奮興起來。「我馬上請示。」

魏隊長管的監獄在東北部沿海一個小半島,三面茫然。風挺大,但只有濃重的腥味和鹹味。這是個關押重刑犯的地方,管教很嚴。五個大隊各個自成一體,只有開大會和看電影,才會幾百號犯人同處一堂,其他時間嚴禁擅自流竄。

與採茶相比,這裡的勞動很單調。生產鞋子,五個大隊生產線作業。朱紫橙所在第二大隊做鞋底,膠塑壓模,每天定量,超額完成的表揚獎勵,沒完成要扣分懲處。從上班到下班,手腳得忙個不停。稍有怠慢,就可能完不成任務。

第十六章　天堂

　　朱紫橙實在沒心思幹這種單調的活。第一天快下班的時候，就差點壓掉自己一個手指頭。他警惕著，集中精力，全神貫注，兩個眼珠死盯著壓模機。然而，眼神還是時常渙散。有天下午，盯著盯著，膠片上好像出現林香梅的笑臉。香梅在那怎麼敢壓下去？真該死！他閃電般伸出手指頭，去搶救他的林香梅，結果被無情的壓模機壓到一個手指頭⋯⋯

　　休息了兩天，魏隊長親自找朱紫橙談話。

　　「你的情況，我很了解。那個趙隊長，是我要好同學。林香梅，就是那位『拉拉』，或者叫『深宮婦』，我也算挺熟——是網友，不過以前不知道這麼多。我們只是在網上聊，談旅遊，談人生。我覺得她挺善良，挺樂觀。古人說『近朱者赤，近墨者黑』。能跟她這樣的女人相愛，說明你不會差到哪裡去，只是一念之差到今天這地步。我們都認為你完全能改過向善，重新成為一個良好公民。我們很信任你，能關照的會儘量關照，可是你自己要爭氣啊！」說著，魏隊長扔一支香菸給朱紫橙，大概忘了手腳併攏坐在對面的是他的犯人。

　　朱紫橙連忙站起來，連聲道謝，說：「沒抽了，沒抽了！」

　　朱紫橙菸癮本來就不大，可抽可不抽。進了警局大門，想抽也沒得抽。沒多久，差不多就忘了世界上還有香菸這樣一種東西。林香梅要是像香菸就好了，那就真能兌現他當初的誓願：「我不請求寬恕，只請求儘快讓我服刑，儘快強制我遠離這個地方！遠離林香梅！遠離那個纏綿悱惻的雨季！」

　　沒想到，林香梅竟然如此難捨難棄，剪不斷、理還亂。高牆沒用，槍口沒用，這蒼茫的大海也沒用。失眠之夜，朱紫橙披衣而起，佇立窗前，眺望那死寂的大海⋯⋯在他的眺望下，死寂的大海復活了。圓月的銀輝傾

瀉而下，浪濤泛白，婆娑起舞，有時像林香梅那笑靨，有時又像林香梅那豐乳……林香梅，難道我真的無法逃離妳嗎？

這時，阿貓給朱紫橙寫來一封信：

關於身孕，我會尊重您的意見，請放心。

據說，我那個愛情騙子死於非命了，但我沒有再找別人。

這些日子，我老是在想您的事，越想越糊塗。您真的不愛我嗎？我希望您能認真回答我一次。

真奇怪，還很想見你。如果願意，我馬上就去。

朱紫橙馬上給阿貓回信，寥寥數語：

在這孤獨的苦海中，如果您能再來看我，自然感激不盡。

餘言面談。

信交給獄警去郵寄後，這一天晚上，朱紫橙做了一個夢，竟然夢到阿貓：一個雨下得昏天暗地的深夜，阿貓變成一隻真貓，來到這個半島，偷偷挖開牢房的牆，悄悄走到朱紫橙床頭，耳語：「我的小冤家，快醒來！」

朱紫橙醒來，驚訝極了，輕聲責問：「妳到這來幹什麼？」

「我研究出來了，再過三個小時，『世界末日』就到了……」

「真的嗎？」

「當然是真的，我還會騙你嗎？」

「沒發生什麼奇怪的事吧？雨雖然這樣猛下，雷雖然這樣猛炸，大不了天上破個窟窿吧，—— 別忘了還有女媧會補。」

「這種事，她頂個屁用！」

「真的是小行星要來嗎？」

第十六章　天堂

「不是，比人家來撞更嚴重，這回是地球耍小孩脾氣，要偏出軌道……」

「偏就讓它偏一點吧，能跑到哪去？」

「跑不到哪去？你看流星，也是偏出軌道……」

「那更好啊，我們可以趁機到太空旅遊一趟。」

「好個屁！你想啊，那流星進入大氣層都要燒成隕石，地球進入大氣層會怎麼樣？你比隕石更耐燒是嗎？」

「那還用說！」

「那就快跑吧！」

「跑哪去？」

「跟我走就是！」

朱紫橙迅速起來，悄然跟阿貓到牢房外，發現那裡竟然停著一艘宇宙飛船：「妳從哪裡弄來這傢伙？」

「快上吧，再囉嗦來不及了！」

「先到泉上去接林香梅！」

「來不及啦！」

「來不及也要去！」

「你不要命嗎？」

「我不要命，只要她……」

「少囉嗦啦！」

她伸出手拖他，他執意不肯：「不，我死也要跟她死在一起！燒也要跟她一起燒……」

朱紫橙疾聲吶喊，全牢房的犯人都被他吵醒……

阿貓如約而來，穿了一條雪白的新裙子，看得出她很高興。一進門，當著獄警的面給朱紫橙一個飛吻。她帶來一大包食物，交給獄警檢查。迫不急待問朱紫橙：「我的問題想好沒有？」

「什麼問題？」

「我上次問的呀？」

「哪次？」

「上封信裡頭呀！」

「什麼問題？」

「裝傻！」阿貓不高興了，瞥一眼獄警，噘了噘嘴。「你真的一點也不愛我是嗎？」

「妳說呢？」

「我說真該槍斃你！」阿貓惡狠狠地說。

朱紫橙笑了：「坦白說吧，我也常想到妳，但不知道是不是愛。」

阿貓乘勝追擊：「有沒有想林香梅多？」

朱紫橙嚇了一跳：「你幹嘛老是跟她比呢？」

「她是對照組啊！」

「我真希望誰也不想！這一段時間，嚴重失眠，被折騰得實在受不了。」朱紫橙苦笑說。「睡不著的時候，我一直在尋找那根記憶神經。一根根頭髮找過去，怎麼也找不到。如果找到的話，我要把它捏斷，好把林香梅和妳通通忘記！忘得一乾二淨，像剛出生那樣空白，那該有多好！」

「你忘記了，那麼我呢？」

第十六章　天堂

「我也幫妳捏斷那根神經！」

「捏錯了怎麼辦？」

「涼拌！」

他們開心地笑了，笑得獄警莫名其妙，不好意思地轉開視線。

「看來，你最近心情不錯。」

「恰恰相反！」

「為什麼？」

「跟妳說過，失眠很嚴重。」說著，朱紫橙看了看獄警，悄悄用啞語比劃說「酒」，又用手指頭在玻璃上寫「安定」兩個字。

　　阿貓不負重託，不久又來探監，水果做了手腳。兩個大大的柚子，每個都掏空，塞進一小瓶「二鍋頭」。橘子則塞了一瓶瓶安眠藥。阿貓準備的非常認真，順利逃過獄警的檢查，非常得意。但她萬萬沒想到，朱紫橙要這些東西是另有他用。

　　同房有個老鼠精似的老曾。這一天早上，他最早醒，發現飄蕩在空氣中的酒精，很快像狗一樣嗅到朱紫橙床邊。朱紫橙仍在死睡，身邊有三個空酒瓶，手上的瓶子裡還剩大半瓶。老曾抓過來就喝……「爽啦！」那犯人高聲嚷道，邊嚷邊走近頭目床邊，將只剩一口酒的瓶子遞給他。「老大，快，氣都快跑光了！」

「這是什麼？」頭目睡眼惺忪，一見到瓶子馬上兩眼發光，邊接邊往嘴邊送。「怎麼是酒？哪來的酒？」

　　如此一來，除了朱紫橙，全房的囚犯都醒了。幾個老酒鬼爭著到朱紫橙床上翻找，除了空酒瓶，只發現三個空的安眠藥瓶子和四份遺書，全都驚呆……一份給魏大隊長。

很對不起，讓你們失望了。但請予以理解，不要多打擾我的安息。

一份給父母，也很短，除了道歉，只說「請當你們沒生我」。

再一份給阿貓，除了道歉，強調：「我實在沒辦法把愛從林香梅那轉移到妳。」

當然，少不了給林香梅。

那天從黃家出來，我以為只要強行離開，就能夠忘卻，不料很快就證明我錯了。那南來北往的風，無不夾帶妳的幽香，無孔不入，無時不在，而有時伴著松濤，有時掀起狂風……轉到這裡來，有點奇妙，真似乎沒有妳的幽香了，然而，妳的倩影，從背著小紅書包，到戴著紅豆項鍊，無數的記憶像漫天的雪花，紛紛揚揚向我飄來，不論白天還是黑夜，不論醒著還是睡著。於是，我終於明白：只要活著，就無法逃脫妳！

如果說小紅書包、紅豆項鍊帶給我的仍然是美好回憶，那麼想像到妳與那個強姦犯男歡女愛的情形，我便心如刀絞，實在不堪忍受。還有，那天從黃家出來，我分明看出黃母的冷眼。一想起那雙冷眼，我就掛念妳。我總覺得，那個該死的強暴犯並不一定真心愛妳。他娶妳，只不過是怕妳告他，受不了自己良心的譴責。時間一久，他肯定會冷落妳，以至拋棄妳……

可是，我無奈！

於是，我只好選擇死亡。

我想，無情的死神肯定能斬斷妳我的遺夢。

我還有點怕死，捨不得死，一天又一天，下不了決心，但我想酒能夠幫我。

祝福妳吧，但不包括那該死的強暴犯！

但願你我來世有緣！

第十六章　天堂

很快地，朱紫橙被送到醫院。

朱紫橙被搶救過來，手腳銬在床上。他真困惑，怎麼死也這麼難？那些不想死的糊里糊塗就死了，而像我這樣想死的人，精心準備也無濟於事，難道冥冥之中真有所謂神靈在主宰人生？難道是保佑林香梅的神靈也在關照我？

神靈啊，你怎麼這樣不理解：我現在生不如死啊！如果你真心慈愛我，那就讓我少受些折磨，早一天遠離這紅塵，遠離林香梅！遠離這纏綿悱惻的雨季！

朱紫橙一天比一天虛弱，但他絕食的決心依然堅強，灌食也灌不進，只能強行注射葡萄糖，勉強維持他的生命。

監獄管理層很不安。眼睜睜看著一個犯人絕食而亡，那是管理無能的表現。他們開會研究對策，想出一個不是辦法的辦法：請林香梅出面勸說。

林香梅不是好請的。首先，她願不願意？其次，她丈夫是否支持？

魏隊長親自上網，發電子郵件給拉拉。

撇開法律層面說，朱紫橙對妳的愛是感人的。妳知道，他自首只是為了強行離開妳。可是他失敗了，至今仍強烈地思念著妳。在那邊監獄，他冒死公然脫逃。在這邊，他服安眠藥自殺，緊接又絕食，目前生命垂危。

俗話說：解鈴還須繫鈴人。我們想，妳如果能出面勸幾句，也許會有轉機。妳說呢？

也不必太為難，就網上聊聊，如何？

林香梅很快表示同意。

於是，魏隊長提來一臺筆記型電腦，放到朱紫橙床頭，然後告訴他：

「林香梅來了！」

一聽見「林香梅」三個字，朱紫橙的兩眼本能地睜開了，四處逡巡。正要失望，正要拉下眼皮的時候，魏隊長將膝上型電腦拿起來，開啟螢幕送到他眼前：「在這。」

果然，上面有一行字：

深宮婦：：）紫橙，你好嗎？

朱紫橙一看，雙眸閃亮，熱淚盈眶。他不知從哪來的力氣，瞬間坐起。由於用力過猛，腳鐐手銬拉得床架嘩嘩響。獄警連忙開鎖，讓他在鍵盤上談詁：

流浪漢：：）我不好！我想妳，想得太苦了！
深宮婦：都是我不好。那天太匆忙，有些話還沒對你講明白。
流浪漢：不，我明白，太明白了：這輩子再也得不到妳了！
深宮婦：都怪我們的命不好！
流浪漢：不，都是我不好！
深宮婦：別再折磨自己了，我沒有多怪你！過去的讓它過去！
流浪漢：它沒辦法過去，我無法不想妳。
深宮婦：想就想吧，我又沒叫你別想。可是，現在跟過去不一樣，你應該更多想點別的。生活是豐富多彩的，太陽每一天都是新的。
流浪漢：妳怎麼不一樣了？
深宮婦：怎麼不一樣？
流浪漢：妳以前沒有跟我說過這樣的話。
深宮婦：如果要這樣說，那確實不一樣了。因為，以前沒有經歷那些風霜雪雨！
流浪漢：不，不！妳不是林香梅！

第十六章　天堂

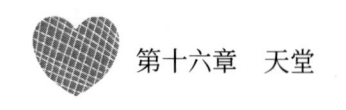

深宮婦：我告訴過你，「深宮婦」是我的網名，還有「拉拉」也是我。

流浪漢：不！妳不是深宮婦！不是拉拉！

深宮婦：紫橙，請相信我，我是林香梅！

流浪漢：不，妳騙我！

深宮婦：我以前是騙過你，善意的，但今天沒有，絕對沒有！

流浪漢：不！

突然，朱紫橙吶喊起來：「不，妳騙我！你們全都在騙我！」

朱紫橙發瘋似地將筆記型電腦摔到地上……

朱紫橙再也不相信電腦了，電話也不相信，不僅繼續絕食，還有點瘋瘋癲癲。但是，透過分析那一段網上交談，獄警們更相信林香梅對他有著特殊的說服力。問題是，得讓他相信那是林香梅說的。

那麼，有什麼辦法讓朱紫橙相信確實是林香梅呢？恐怕唯有請林香梅親自出馬，讓他們面對面談了！

魏隊長馬上聯絡林香梅。她猶豫了一會兒，還是同意。黃新后土堅決反對。自從得知朱紫橙是凶手後，黃新后土對他就沒了同學情：「她跟他現在沒關係了，為什麼還硬要把他們往一塊扯？」

魏隊長說：「俗話說，救人一命勝造七級浮圖……」

「可是他是殺人凶手，死有餘辜！」

「他現在悔改了，改過自新後還是一個公民。」

「你們去吧，別打擾我們的生活！」

「你怎麼能這樣說呢？」魏隊長生氣了。「你在鄉政府工作，社會治安綜合治理總該了解吧？對一個服刑人員施以教化，你敢說沒責任沒義務？」

一番官話果然把黃新后土鎮住，他支支吾吾起來，老半天才說出一句清晰的話：「他是個殺人犯啊，你能保證我妻子的安全嗎？」

　　「要我替你開一張保證書是嗎？」

　　黃新后土步步退卻，最後說只要林香梅同意，他不干涉。結果，他還決定自己開車送林香梅來……

　　魏隊長將林香梅要來的消息告訴朱紫橙。朱紫橙將信將疑，但精神顯然大為好轉，自己找水喝。護士趁機遞上牛奶，他也喝了。

　　「我們請她來，是為了幫助你正視現實：她現在是他人的合法之妻。你和她有過愛情，那已經屬於歷史。分不清歷史與現實，只能是悲劇。」說著，魏隊長撥手機。「喂——，小黃嗎……你們到哪啦……好！請小林接個電話……小林啊，妳辛苦啦……請妳出深宮，真難為妳……好久沒出門了，路又不好走……哎——，好！好……我們等妳……等等，小朱在這，他要跟妳先說一句話。」

　　「真的是……香——梅嗎？」朱紫橙接過手機，手和聲音一起顫抖，泣不能言。

　　「能再見面，應當高興，是嗎？」林香梅說。

　　「嗯。」

　　「等我，快了！」

　　「等妳！等……」

　　路挺遠，還需要三個多小時，大概可以趕到吃午飯。朱紫橙喝牛奶，精神基本上恢復了，安心等待。

　　魏隊長見朱紫橙情緒穩定下來，便替他解了腳鐐手銬，自己先去忙點別的，留下他讓身著警服的護士看護。

第十六章　天堂

　　然而，中午時分，林香梅他們沒有如期到來。遇上車禍？還是被堵在途中？那都是常有的事。手機打不通，說明在沒有訊號的路段，也正常。

　　吃過午飯，還沒到。

　　下午又等到三點左右，魏隊長這才過來，一臉肅穆說：「走，我們去看看。」

　　一輛警車已經在病房樓下。女警坐前座，魏隊長和朱紫橙坐後座。一坐定，車子就開。

　　雨後初晴，太陽特別熾熱。隔著玻璃，災後慘狀歷歷在目。公路沿著溪流蜿蜒，高高低低，曲曲彎彎，加上洪水沖得路基像被偷啃的月餅，人跟車子左晃右擺更嚴重……朱紫橙的心亂跳不已。他不知道要去何處見林香梅，而又不便問。幾個人誰也沒說話，低矮的車子裡顯得特別沉悶……司機開啟收音機，正在播國際新聞：

　　國外天文學家發現，一顆小行星可能會在二十年內與地球相撞，帶來災難性破壞。這顆小行星現已成為天文觀測史上最具威脅的物體。

　　NT7在本月五日首次被美國科學家發現，每八百三十七天完成圍繞太陽公轉一圈。約曼斯說，由於NT7的軌跡比地球傾斜得多，所以在此之前沒有被發現，天文學家是在不久前才開始觀察此一行星所在位置，並說人們要開始習慣，以後將會陸續出現類似的撞擊威脅……

　　「胡說八道！」司機罵道，關了收音機，改聽歌。第一首是真的好想你，朱紫橙輕輕跟著哼……

　　歌曲結束後，朱紫橙不唱了。女警開始閒聊：「聽說，南部的司機到了北部開不了車子，北部司機到了南部也開不習慣，有這說法嗎？」

　　司機接話說：「是呀！北部路太平了，簡直令人打瞌睡。所以，他們

的路要特意設計幾個彎,讓司機提提神。南部的路剛好相反⋯⋯現在被洪水沖一下,更糟了。」

洪災過去一個多月了,小河兩岸還是荒灘。河中央,大塊大塊岩石裸露出來,雪白雪白,像裸屍。河畔田地成沙洲,只有些許稍高的葉尖殘留,上面橫七豎八地滯留一些生活垃圾。電線竿東倒西歪,電線亂纏亂繞。公路邊的樹木高大,依然挺立聳天的樣子,但低處樹枝間掛滿了破塑膠、爛蘆葦之類⋯⋯

彷彿洪荒歲月,世界末日⋯⋯

女警感慨:「還不是我們人類自己造孽?拚命砍樹,山上涵養不住水了,稍微下點雨就成災⋯⋯」

「朱紫橙,我跟你說!」魏隊長突然打斷他們的話。「情況可能有點變化。但不管什麼變化,你一定要保持冷靜。」

「怎麼了?」

「到時候就明白,你記住我的話就是了!」

被這麼一說,朱紫橙變得不安起來。難道林香梅中途變卦了?

對於即將重逢的林香梅,朱紫橙作了幾十、上百種設想,結果還是在他料想之外。車子行駛到一處正在處理車禍的地方停下來,朱紫橙以為要等待處理完事故再通車,不料魏隊長叫他下車,並要求跟著到人群裡去⋯⋯

剎那間,朱紫橙什麼都明白了,本能地衝過去,撲到黑色的裝屍袋上,猛地開啟拉鍊,發現是黃新后土。他沒多看一眼,也沒多想一分秒,馬不停蹄轉往另一袋,快速拉開,驚現出那繡著梅花的面罩⋯⋯

朱紫橙悲天愴地呼喚:「香梅——!」

第十六章　天堂

妳不該出來啊！妳終究還是為我而死啊……

朱紫橙緊緊抱著林香梅的遺體，頭埋在林香梅的頸脖裡，痛哭不已……

「沒想到會發生這種事！」魏隊長蹲到朱紫橙身邊，內疚說。「太意外了，誰也沒想到……」

朱紫橙的淚流乾了，抬起頭來，茫茫然無所視……腦海忽然閃出一個念頭：會不會又像上次一樣，外婆的銀手鐲幫她再逃一劫？他冷靜下來，用手拭拭她的脖頸，沒感到一絲溫度，──這回是徹底香銷玉殞了！

「這就是所謂死亡！」朱紫橙愣愣地端詳著林香梅。兩隻眼窩從面罩裡裸露出來，但是永遠地閉上了。他想掀開面罩，但隨即又想：她自己也不願意看第二眼，還是讓我保留她美麗的記憶吧！他往下審視，幫她扯了扯草綠色的Ｔ恤，雙峰更為醒目，讓他不忍目睹。下身又是牛仔褲，那條鍍銀的拉鍊在陽光下熠熠閃爍……

「這條拉鍊，真是一輩子也拉不開了！」朱紫橙心裡這麼說，又一陣心酸，又一陣落淚……

三分鐘熱風過，樹葉飄飄飛落，還夾著一些小豆莢。有幾個小豆莢落在林香梅屍體上，朱紫橙用手將它撿掉，發現已裂的莢裡是紅豆，進而發現周圍地上已落不少，抬頭巡視到路邊山旁有幾株高大的紅豆樹……

朱紫橙的心一驚：難道冥冥之中真有什麼定數？

朱紫橙從事故現場撿了九千九百九十九粒紅豆，串成一條新的項鍊。他用針不習慣，一次次刺破手，分不清是豆紅還是血紅。他將這條新的紅豆項鍊戴到林香梅脖子上，讓紅豆同她一起涅槃，一起升入天國……

朱紫橙虔誠地祈禱：「讓天使帶給天堂一片紅豆林！將來，但願我能和她到那林中去散步！」

凝望著火化爐那高高的煙窗，朱紫橙回憶起網友們曾經給林香梅的留言：

　　——林香梅是如此之美麗（如果照片確實是她的話），只能說她是仙女。仙女是不應該留在人間的，但願她的美麗永駐人間！

　　——看著妳，我想到了我那去世不久的好朋友。她和妳同樣那麼年輕，那麼美麗，但老天爺還是那麼不公平地奪走了妳們年輕又精彩的生命。相信妳們在天堂上過得快樂幸福，不過還是希望妳能早一天變成天使回到人間！

　　——嗨，香梅妹妹，妳看見了嗎？春天已經來了！只是我不知道天堂裡的春天美不美？如果妳能看到我的留言，就妳你告訴我，好嗎？我相信妳在春的季節裡一定過得很開心！願妳的笑容永遠像這春天的花兒開放一樣燦爛！！！

　　朱紫橙最後祈求：「但願真的有所謂『天堂』！」

　　處理完林香梅的後事，魏隊長讓朱紫橙休息了兩天。第三天上工時，魏隊長把朱紫橙叫到辦公室：「怎麼樣，有什麼新的想法？」

　　朱紫橙心平氣靜回答：「請放心！」

　　「如果有什麼需要幫忙，儘管跟我說。」

　　「我想打個電話給朋友，行嗎？」

　　「嗯，你打吧！」魏隊長將自己手機開蓋遞給他。

　　阿貓一聽見朱紫橙的聲音就興奮：「怎麼樣，酒喝完嗎……我聰明嗎……要不要再給你送幾瓶？」

　　「妳聽我說。」朱紫橙努力克制。「我的妻子林香梅，現在是真的死了！」

　　「真的嗎……怎麼死的？」

第十六章　天堂

「車禍。我是說，妳把那個筆記型電腦帶給我用一下，好嗎？」

「幹嘛？」

「我要重新在網路上祭弔我妻子，資料都在那上面。」

沒幾天，阿貓真的來了。她穿一條碧綠色的呢絨連衣裙，特別顯眼，充滿生機，給朱紫橙一種嶄新的感覺。但朱紫橙的注意力馬上轉移到她手上的筆記型電腦。

就在接見室，朱紫橙用阿貓的手機訊號登入天堂網，重設紅豆林的頁面，重立「愛妻林香梅之靈位」。

「我有個意見能不能說？」阿貓問。

朱紫橙說：「妳說吧！」

「那兩個字就免了吧！」

「哪兩個字？」

阿貓伸出食指指了指「愛妻」兩個字。

「為什麼？」

「很顯然，作為妻子，她是別人的！」

「胡說，她實際上從來就是我的！」朱紫橙沒有理會她的建議，繼續往下填寫。在林香梅的卒日欄中，他填寫著：

與朱紫橙同年同月同日同時同分同秒。

阿貓瞪了兩眼，不敢說什麼。

其他內容，與以前差不多，主要是林香梅那張背著小紅書包的彩色相片，底下跳躍著一行文字：

數不清的紅豆，訴不盡的相思

下方是一塊文字：

愛妻林香梅，風華正茂，卻不幸死於非命。如果這悲劇是上帝導演的，那麼我永遠詛咒上帝。

你的永遠與我同在，愛妻！

網頁上，哀樂綿綿，祭酒滴滴，香煙裊裊，鮮花則好像真能散發出沁人心脾的幽香……獄警提醒：「時間快到了！」

「快好了。」說著，阿貓離開桌子，得意地舞了一圈。「怎麼樣，這條裙子好看嗎？」

「嗯！」朱紫橙由衷地笑笑。

「這裡呢？」阿貓兩隻手的虎口比成一個圓，擴大到自己肚皮上。

朱紫橙馬上意識到什麼：「怎麼，妳沒有……」

「我本來是要聽你的，可是突然變了。」阿貓撒嬌坐到朱紫橙身邊。「紫橙，你應該好好想一想。我不指望你能像愛林香梅那樣愛我，但她已經死了，我那個小冤家也死了，可是我們還得繼續生活。只要『世界末日』沒到，我們就得活下去，我們一起生活吧，還有我們的孩子！我想，林香梅在天之靈也一定會同意的！你說呢？」

「嗯……讓我再想想。」

「再過半年，我就要畢業了……」

「那妳怎麼辦？」

「什麼怎麼辦？」

「怎麼向你爸媽交代？」

第十六章　天堂

「你擔心我不好交代？你以為我真的墮落得不可藥救？錯！大錯特錯！我不僅有畢業證書，還有一堆獲獎證書，還在準備考研究所！」阿貓變得歇斯底里。「你以為我真要賴著嫁給你？NO，NO！我根本就沒懷過孕！」

朱紫橙驚得說不出話。他緊張地瞥了獄警一眼，直瞪著阿貓，久久說不出一句話……

天堂網之謎：
永無止境的逃避與追尋，希望與絕望只有一線之隔

作　　　者：	馮敏飛
發　行　人：	黃振庭
出　版　者：	複刻文化事業有限公司
發　行　者：	複刻文化事業有限公司
E - m a i l：	sonbookservice@gmail.com
粉　絲　頁：	https://www.facebook.com/sonbookss/
網　　　址：	https://sonbook.net/
地　　　址：	台北市中正區重慶南路一段61號8樓 8F., No.61, Sec. 1, Chongqing S. Rd., Zhongzheng Dist., Taipei City 100, Taiwan
電　　　話：	(02)2370-3310
傳　　　真：	(02)2388-1990
印　　　刷：	京峯數位服務有限公司
律師顧問：	廣華律師事務所 張珮琦律師

-版權聲明

本書版權為淞博數字科技所有授權崧燁文化事業有限公司獨家發行電子書及紙本書。若有其他相關權利及授權需求請與本公司聯繫。

未經書面許可，不得複製、發行。

定　　　價：375元
發行日期：2024年08月第一版
◎本書以POD印製
Design Assets from Freepik.com

國家圖書館出版品預行編目資料

天堂網之謎：永無止境的逃避與追尋，希望與絕望只有一線之隔！/馮敏飛 著. -- 第一版. -- 臺北市：複刻文化事業有限公司, 2024.08
面；　公分
POD版
ISBN 978-626-7514-30-6(平裝)
857.7　113011566

電子書購買

爽讀APP　　　　臉書